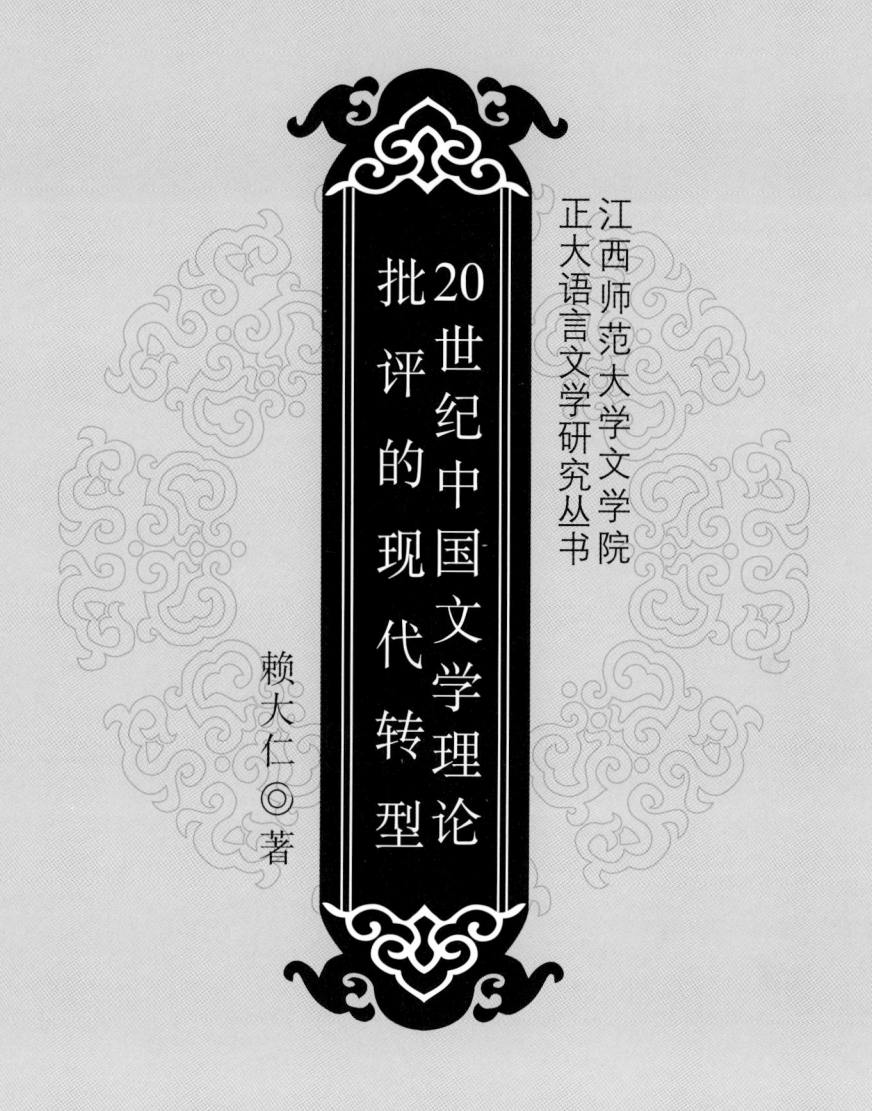

20世纪中国文学理论批评的现代转型

赖大仁 ◎ 著

江西师范大学文学院
正大语言文学研究丛书

中国社会科学出版社

图书在版编目(CIP)数据

20世纪中国文学理论批评的现代转型 / 赖大仁著. —北京：中国社会科学出版社，2018.5

ISBN 978-7-5203-2327-7

Ⅰ.①2… Ⅱ.①赖… Ⅲ.①中国文学-文学评论-20世纪 Ⅳ.①I206

中国版本图书馆CIP数据核字(2018)第073301号

出 版 人	赵剑英
策划编辑	任　明
责任编辑	陈肖静
责任校对	刘　娟
责任印制	李寡寡

出　　版	中国社会科学出版社
社　　址	北京鼓楼西大街甲158号
邮　　编	100720
网　　址	http：//www.csspw.cn
发 行 部	010-84083685
门 市 部	010-84029450
经　　销	新华书店及其他书店

印刷装订	北京君升印刷有限公司
版　　次	2018年5月第1版
印　　次	2018年5月第1次印刷

开　　本	710×1000　1/16
印　　张	15.75
插　　页	2
字　　数	242千字
定　　价	80.00元

凡购买中国社会科学出版社图书，如有质量问题请与本社营销中心联系调换
电话：010-84083683
版权所有　侵权必究

目　录

绪论　20世纪中国文学理论批评现代转型的整体观照 …………（1）
　第一节　中国古典文学理论批评形态的终结与现代转换 ………（2）
　第二节　20世纪中国文学理论批评的两次转型 ………………（4）
　第三节　当代文学理论批评变革发展的趋向 ……………………（8）

第一章　中国近代文学理论批评的变革转型 ……………………（13）
　第一节　中国近代小说理论批评的兴盛 ………………………（13）
　第二节　梁启超的改良主义小说理论批评 ……………………（16）
　第三节　近代小说理论批评的系统建构 ………………………（18）
　第四节　王国维在文学理论批评现代转型中的意义 …………（23）

第二章　文学革命浪潮中文学理论批评的观念重建 ……………（47）
　第一节　五四新文化运动的时代背景 …………………………（47）
　第二节　五四时期的文学革命浪潮 ……………………………（50）
　第三节　文学理论批评：在批判中重建 ………………………（54）

第三章　文艺论争时期文学理论批评的多元探索与建构 ………（78）
　第一节　文艺论争的时代背景与文艺思潮 ……………………（78）
　第二节　浪漫派：表现主义与审美主义文学理论批评形态 …（80）
　第三节　写实派：中国化的现实主义文学理论批评形态 ……（98）
　第四节　周作人的个性主义文学理论批评 ……………………（111）
　第五节　梁实秋的新人文主义文学理论批评 …………………（114）
　第六节　其他各种形态的文学理论批评 ………………………（118）
　第七节　革命派的政治社会学文学理论批评 …………………（121）

第四章 革命文学潮流中文学理论批评的分化与汇流 ……（125）
　　第一节　民主革命的时代背景与文艺思潮 ……（125）
　　第二节　革命文学观念与文学理论批评 ……（128）
　　第三节　马克思主义文艺理论的传播与发展 ……（139）
　　第四节　自由主义与审美主义文学理论批评流向 ……（149）

第五章 政治革命进程中文学理论批评的主导性发展 ……（166）
　　第一节　政治革命进程与文学理论批评的主导性
　　　　　　发展趋势 ……（166）
　　第二节　革命现实主义文学理论批评的探索发展 ……（168）
　　第三节　《在延安文艺座谈会上的讲话》：革命现实主义
　　　　　　文学理论批评的体系化 ……（186）
　　第四节　政治化现实主义文学理论批评的极端化发展 ……（198）

第六章 新时期文学理论批评的再次变革与转型 ……（211）
　　第一节　文学理论批评再次转型的历史必然 ……（211）
　　第二节　新时期文学理论批评转型探索的进程及其走向 ……（213）
　　第三节　当代文学理论批评的体系化探索 ……（218）
　　第四节　马克思主义文学理论批评的当代拓展 ……（222）
　　第五节　新时期文学理论批评转型探索的成绩及其问题 ……（231）

余论 当代文学理论批评创新建构的几个问题 ……（236）

主要参考文献 ……（243）

后记 ……（245）

绪 论

20 世纪中国文学理论批评现代转型的整体观照

在 20 世纪中国新文学发展的整体格局中，文学理论批评的现代转型发展是其中的一个重要方面。对于 20 世纪中国文学理论批评的发展，也许可以从多种角度、以多种方式进行研究与总结，比如已有的通史式的梳理与描述方式，或横断式的、批评家论的研究方式等。而我们这里则试图转换视角，侧重从文学理论批评转型的角度和意义来进行研究，即以文学批评形态论的观念与眼光，着重抓住现代转型问题，来观照和论析 20 世纪中国文学理论批评的变革与发展，对其发展演变作某些规律性的思考探究，总结历史的经验教训。

按我们的理解，所谓文学理论批评转型，是指文学理论批评形态的转变，即从一种文学理论批评形态转变为另一种文学理论批评形态。以形态学的观念与眼光来看，一种成熟的文学理论批评形态，是由一定的文学理论批评观念、方法、范式和话语构成的有机系统。所谓现代转型，最重要的是具有现代意识，形成现代文学理论批评的观念、方法、范式和话语，从而构建文学理论批评的现代形态。通常所谓文学理论批评的变革发展或者说"进化"，在一定意义上说，正是以文学理论批评形态转换的方式实现的。

从这个角度看，在 20 世纪中国新文学发展的整体格局中，中国文学理论批评至少发生了两次根本性的、具有全方位意义的大转型：一次发生在世纪初，由古典文学理论批评形态向现代文学理论批评形态转换，在经历了短时期的开放性、多元化发展之后，逐渐归于以现实主义理论批评和社会历史批评为主导的理论批评形态；第二次发生在 1978 年以后，主要是打破单一僵化的政治化文学理论批评模式，走向开放性、多元化的探索发展，并寻求重新建构适应新时代和新文学发展要求的现代文学理论批评形态。那么，20世纪中国文学理论批评的现代转型是怎样发生的？它有没有形成或形成了怎样的理论批评形态？在它的转型发展历程中有些什么样的经验教训？这些问题都值得作一些分析总结，这对于当今文学理论批评形态的重新建构发展应当会有一定的启发意义。

第一节 中国古典文学理论批评形态的终结与现代转换

无论是从文体理论批评形态还是价值理论批评形态来看，中国古代文学理论批评至清末走向了全面衰落和终结，而终结的同时也预示着现代转换。那么这种终结和现代转换的内在根源何在呢？

首先，从文体论角度看，中国古典文学的终结及其向现代文学转换有两个明显标志：一是文学语言由文言转变为白话；二是文体转变，如古体诗变为现代自由体诗，戏曲变为话剧，文言章回小说变为现代形式的白话小说。与语言和文体变革并发的是文学观念的变革，即由传统的抒情言志文学观念向写实叙事文学观念转变，不仅戏剧和小说强化了叙事再现功能，连诗体也发展出了叙事诗。这样，建立在传统文体观念基础上的理论批评形态便难以为继，必然要走向衰落和终结。

其次，从价值论角度看，贯穿整个古典文学理论批评发展历史的是政教中心论与审美中心论的二元对立冲突与融合，然而这两种价值论观念都与封建时代特定的社会条件和社会文化相关，有特定的时代意义。政教中心论的文学理论批评观念基于儒家的社会文化理想，其实质是代表社会（实际上是统治阶级）的根本利益，按照既定的社会规范和伦理道德规范向人们施行教化，使人去服从这种规范，维护现存的社会秩序。审美中心论的文学理论批评观念，多是基于道家的人生理想，针对现实社会对人的自然生命本性的桎梏，寻求远避社会，归于自然，把文学作为表现和寄托自我生命体验的最好方式，这是封建社会处于"穷"境而不甘认同现实的文人所乐于选择的道路。而到了反封建和追求人的解放的时代，这两种价值论观念都必然要走向衰落和寻求新的转换。反封建的历史任务是要推倒封建社会制度，破除封建社会秩序和相应的伦理道德规范，也包括破除站在封建社会立场向人民施行教化以维护封建社会秩序的文化，政教中心论的文学理论批评观念即在其中。与政教中心论的代表社会教化民众以维护社会秩序相反，反封建时代所要求于文学的则是充分觉醒了的文学主体，站在民众利益的立场去批判社会，促进社会的变革。这虽然也还是一种社会功利主义的文学观念，但显然与教化论的社会功利主义有根本性质上的区别。同样，审美中心论也不可能适应新时代的需要。如上所说，传统的审美论是旨在借文学以寻求个体的情感寄托与自我保全，这是封建社会条件下的一种退避式的人生态度和文学策略。而在反封建时代，充分觉醒了的文学主体不再满足于消极地借文学以寄情和自慰，而是走向通过文学张扬个性、表现思想、抒发激情、呼唤人性解放、追求自我价值的实现。这样，传统价值论批评走向衰落和寻求现代转换也是必然的。

中国古典文学理论批评观念与形态向现代转换，是经由晚清文学改良运动的过渡而逐步实现的。其中最有影响的是梁启超和王国维的文学理论批评，它们分别代表了文学理论批评观念与形态转型的两种基本取向。梁启超所标举的"小说界革命"可谓五四时期全面兴起的"文学革命"的先声。他的文学观既非传统的政教论，更非审美论，而是一种具有时代特点的社会功利主义文学观。这种社会功利主义表现为特别重视和强调文学在变革社会中的重要功用。在所有文体中，他独尊小说，就因为小说在再现和批判现实方面比其他文体更胜一筹，这似乎昭示了小说一类叙事文学在新的社会变革时代的广阔发展前景。王国维大概也算得上是文学改良派人物，不过他所着力的主要是将传统审美论扭转方向，使其改弦易辙，转入现代审美论的轨道。如果说传统审美论在个体生命表现的意义上，是退避在文学审美境界和审美理想中自娱自慰的，那么王国维从康德和叔本华学说中吸取现代哲学和审美意识来评析《红楼梦》及屈原的文学精神，所阐发的文学观念更多是指向人学反思，具体说是对个体自我生命存在及意义的自省自审。此外，王国维在传统文学理论批评向现代转换过程中的意义还表现在两个方面。一是开启了文学理论批评系统化的风气。中国传统文学理论批评多采用语录、诗话、词话、评点等形式，惯于作印象式或妙悟式的鉴赏评论和理论阐发，可谓鉴赏批评化，批评鉴赏化，审美体验和理论发现都由"悟"而得之，以诗意简洁的文字传之，"一点即悟，毋庸辞费"，这就难免缺乏理论的系统性。王国维的《〈红楼梦〉评论》以长篇论文的形式建立起系统的理论框架和批评坐标，并深入分析论说了这部名著的意义价值，这无论从文学批评的思维方法还是批评文体形态看都具有划时代的意义。二是他借鉴西方的哲学美学思想和文学批评的观念方法来评论古典文学名著，阐发其思想意义和自己的审美感悟，尽管有生硬和牵强之嫌，然而毕竟是一种新的尝试与开拓，标志着中国的文学理论批评从以往自我封闭式传承演进走向中西汇通交融的开放性发展，这也恰是现代文学理论批评的一个良好开篇。

第二节 20世纪中国文学理论批评的两次转型

20世纪对于中西文学理论批评的发展来说都是变异甚大、演进甚速的时代，然而比较而言，中国文学理论批评界发生的变异可以说更为巨大。在这近百年的历程里，中国文学理论批评的两次全方位转型，都不是孤立和内在自发的文学变革，而是在整个社会和文化变革的背景下，在外来文学理论批评观念的影响冲击之下发生的。

作为五四新文化运动重要组成部分的新文学运动，经历了从晚清"文学改良"到现代"文学革命"的酝酿发展过程。在社会变革的进程中，文学要实现转换和革新，不可能依靠传统文学自身的力量，而只能如鲁迅所说"别求新声于异邦"[1]。打开国门看世界，新文学的倡导者们发现，当时的西方文学"已经由浪漫主义进而为写实主义、表象主义、新浪漫主义"，而中国文学"却还停留在写实以前"[2]。"这样，近现代文学史上的三大文学思潮——浪漫主义、现实主义和现代主义，在西方本来是'鱼贯式'先后出现的历时性文学现象，就几乎同时在20世纪初叶'雁行式'地传入中国，对中国文学发生了共时性的综合影响。这种影响与后来从苏联引进的社会主义现实主义的影响交织在一

---

[1] 鲁迅：《摩罗诗力说》，《鲁迅全集》（第1卷），人民文学出版社1981年版，第65页。

[2] 沈雁冰：《"小说新潮"栏宣言》，1920年1月《小说月报》第11期第1号。

起，共同推动了20世纪中国文学的发展，使中国文学也相应地形成了自己的现实主义、浪漫主义和现代主义三大潮流。"①

文学理论批评的情形也大致如此。西方近代以来的文学理论批评形态主要有浪漫主义（表现论）理论批评、现实主义理论批评（马克思主义的现实主义理论和社会历史批评是在此基础上的发展深化），以及现代主义的各种理论批评形态，如现代人本主义、直觉主义、印象主义、表现主义等。这些文学理论批评也几乎同时被引进，被各家各派的理论批评家所借鉴吸收，并应用于各自的理论探讨和实际批评，乃至于探索建构中国的现代文学理论批评形态。比如开现代文学理论批评风气之先的王国维，便是将叔本华的解脱论美学思想化为自己的理论批评坐标，并用以评论中国古代文学作品和整合传统文学理论，形成其独立的审美理论批评形态。梁实秋留学美国曾师从新人文主义者白壁德，深受新人文主义文学理论批评的影响，回国后极力主张以人性论和伦理道德标准估量文学的价值，他的文学理论批评大致应归属于新道德理论批评形态。朱光潜从克罗齐"直觉论"美学思想出发，提倡一种欣赏的、创造的文学批评；李健吾则共时态地横向借鉴了20世纪初西方盛行的印象主义批评，并吸纳了某些传统批评的成分，倡导以审美感受为基础的印象批评，并开创了一种美文式的随笔性批评文体；梁宗岱所师法的主要是西方现代象征主义诗论，提倡"纯诗"的理论批评观念。上述诸人的文学理论批评，大致属于纯艺术或纯美学的理论批评形态。

西方18世纪末19世纪初兴起的浪漫主义文学思潮和表现论的理论批评观念，虽然距我国五四新文学运动有一个多世纪之遥，但由于它切合我国新文学解放个性和高扬主体意识的时代需要，其影响作用仍是极大的。其中以周作人和创造社的理论批评家如成仿吾、郭沫若等的表现最为明显，他们的共同文学观念在于强调文学是作家情感个性的表现。虽然很难说他们具体袭用了哪位西方浪漫派理论批评家的观点，但浪漫主义思潮和理论批评观念的影响是显而易见的。新文学运动中与浪漫主义（表现论）理论批评相对应的，无疑是现实主义理论批评，其中最有代表性的是文学研究会中的作家，尤其是茅盾的文学理论批评，他们

---

① 唐正序等主编：《20世纪中国文学与西方现代主义思潮》，四川人民出版社1992年版，第3页。

的基本文学观念是"文学为人生",这是一种特别注重社会功利的文学观,是中国化了的现实主义文学理论批评形态。

当然,这些文学理论批评形态无论地位还是影响在当时都并非无分轩轾,其中现实主义和浪漫主义(表现论)的理论批评始终处于主导地位,对新文学的发展方向起着重要的影响作用。随着社会变革向民主革命运动推进,新文学运动也由最初的倡导"文学革命"走向发展"革命文学",在这个过程中,整个新文学和文学理论批评都迅速发生分化和自我调整,由多元化格局向主导性形态凝聚。就文学理论批评而言,那些倡导纯艺术纯审美或基于一般人性论的种种理论批评形态,都渐次式微或转向,即使是具有重要地位和影响的浪漫主义(表现论)理论批评形态(以成仿吾、郭沫若为代表)也发生转向,逐渐向现实主义理论批评靠拢。这样,世纪初的文学理论批评转型,在经历了一个时期的全面探索和多元发展之后,多元归一,革命现实主义理论批评成为主流形态,到1930年则逐渐发展成为社会历史批评形态。

我国社会历史批评的形成发展有两个重要背景条件:一是民主革命运动的高涨和革命文学运动的勃兴;二是马克思主义文论的传入。在20年代末至30年代我国革命文学论争激烈的背景下,马克思主义文论连同当时苏联的"社会主义现实主义"理论一并从苏联传入,一方面给当时的革命文学提供了现成的批评观念、模式、方法以及批评话语,诸如文学的社会性、时代性、阶级性、思想倾向性、意识形态、历史的和美学的观点等一套观念范畴,确实非常适合当时革命文学批评的需求;但另一方面,苏联文学理论批评某些"左"的、僵化的东西也在马克思主义理论批评的旗号下传入我国现代文坛,这使得20世纪30年代后我国文学理论批评界的论争更趋激烈和复杂。

这一时期对社会历史批评在理论形态上加以探讨阐发乃至争论的,主要有冯雪峰、周扬、胡风等人,茅盾也在他的"作家论"批评中自觉不自觉地运用这种批评形态的思路、观念和方法。作为中国化的社会历史批评的经典理论表述,应当说还是毛泽东《在延安文艺座谈会上的讲话》。这个讲话对文艺与社会生活、文艺与时代、文艺与政治、文艺与人民、文艺与革命事业等各种重大关系,文艺的阶级性、意识形态性、社会功利性等各种特性,以及文学创作、文学批评等问题,都做了极为概括明晰的阐述。尤其引人注目的是，作为马克思主义社会历史批评最高准则的两个观点，即"美学观点和历史观点"，在《讲话》中被置换为"政治标准"与"艺术标准"，并强调"政治标准第一，艺术标准第二"。这确实标志着马克思主义文学批评的中国化，标志着中国化的社会历史批评从具体批评模式到完整的理论形态都已完全形成。这一文学理论批评形态的形成，当然有它的历史合理性和时代意义，但显然也有其缺陷与偏颇，尤其是当它定于一尊、自我封闭之后，就更难免走向僵化。

我国的社会发展和文学发展，在经历了20世纪初的转型和富于生机活力的发展之后，在20世纪中后期重又陷入僵化停滞，大概有两个主要原因：一是教条主义地照搬苏联经验；二是重新走向闭关锁国、自我封闭。新时期的社会变革被称作"改革开放"，这是很精辟的概括。"改革"就是打破教条主义僵化的局面，解放思想，实事求是，面对客观现实来解决社会发展中的实际问题；"开放"则是打破自我封闭的状况，打开通往外部世界的通道，呼吸新鲜空气，转变思想观念，学习世界上的先进事物，促进自身事业的发展。

在新时期社会变革的条件下，文学获得了又一次极好的发展机遇，重新焕发蓬勃生机，文学理论批评则开始实现它的第二次转型。

新时期中国文学理论批评的再次转型，从根本的意义上来说，就是把经过第一次转型发展，但不幸陷于僵化、偏离现代化发展方向的文学理论批评，重新扳回到正常的轨道上来，继续其现代化发展进程。具体来说，就是打破封闭过于政治化的理论批评模式，使当代文学理论批评获得解放，走向开放性的探索发展。

新时期文学理论批评转型的第一步，是在社会改革转型之初，打破以往过于政治化的理论批评模式，恢复现实主义理论批评传统，倡导和弘扬文学的现实主义精神，这既是文学自身变革发展的内在要求，也是对社会改革的有机配合。当时围绕着对"三突出"之类创作理论与政治批评模式的批判清算，对现实主义创作方法和精神的探讨，对许多引人关注的作品作贴近人们感受和要求的评论，都表明文学理论批评在寻求摆脱以往的僵化模式而走向新变。第二步是在1985年前后酝酿兴起的文学批评方法论探讨的热潮，标志文学理论批评力图进一步突破单一化的模式而寻求开放性多样化的发展道路，它在新时期文学理论批评转型中具有十分重要的意义。如果说当代转型的第一步主要是在"改革"的背景下发生的，那么这第二步则应当说是在"开放"的条件下实现的。这场文学批评方法论的大讨论，实际上主要是引进介绍西方各种现代文学理论批评流派和方法或尝试着在文学批评实践中做一些简单的移植试验。这种文学批评方法论层面的介绍引进和移植试验，显然还谈不上真正意义上的文学理论批评转型，但是它显示了一种努力的趋向，即首先寻求在文学批评方法论层面上突破，改变社会学政治学批评方法一统天下的局面，全方位多方面地探寻革新文学批评方法的可能性，为文学理论批评走向全面开放性探索发展打开了道路。在这之后，文学理论批评变革探索继续向纵深推进，即深入文学理论批评的观念和形态转变的层面，尤其是20世纪80年代后期开展文学主体性问题讨论以来，在文学理论批评观念层面有了更深入的探讨，文学理论批评的类型和方法也充分多样化了。然而从总体上来看，新时期文学理论批评的变革是一种整体的转型，它主要不是由某些特别富于理论创造、构筑理论体系的理论批评家所代表，而是整个文学理论批评界的共同努力所促成，从而形成一种整体转型的风气和潮流。也许与此有关，新时期文学理论批评的变革与转型总让人感到似乎不那么成熟，不那么富有理论成果，迄今为止也还不能说已经形成了稳定成熟的新的理论批评形态。也就是说，第二次文学理论批评转型还没有跨出关键性的第三步，即建构适应新时代文学发展要求的新的理论批评形态。当然，这种新的建构也许还需要一个较长的过程，还不能操之过急，目前所做的一切都仍属于实验探索，但它所显示出来的发展趋向和某些现象却值得我们思考分析。

第三节　当代文学理论批评变革发展的趋向

从20世纪70年代末开始的社会变革，以改革开放的姿态又一次启动了中国社会的现代化进程，并且明确以西方社会的现代化为参照，向西方学习，努力缩短与西方社会的差距，争取到21世纪中叶赶上中等发达国家的水平。这就是说，在社会发展方面要补上20世纪的时代落差，还有相当长的一个过程。但在文学方面，则表现出一种更为急切的努力和更为激进的姿态，企望在短期内即填补上这种时代落差。20世纪80年代以来，文学界对于西方20世纪现代主义文学的学习借鉴移植表现出了极大的热情，在文学理论批评方面也把西方20世纪的各种形态与方法差不多都搬来演练了一遍，似乎在前大半个世纪形成的时代落差在十多年中就完全填平了，中国文学和文学理论批评好像已经进入了世界文学的发展潮流。然而这不过是一个错觉。如果承认中国社会的现代化发展还远远没有赶上世界潮流，那么文学进入世界潮流就只能说是一种脱离了时代现实的超越性发展，是一种孤军突进，这种超越性发展或孤军突进所带来的是文学与社会发展、与时代要求的不相适应，同时文学自身也难免产生失衡状态下无所依归的彷徨困惑，这正是当前我国文学和文学理论批评发展中所必须面对的现实。

中国文学理论批评经过第二次转型和30多年的变革发展，形成了多元化的批评格局。第二次转型和变革的最大成绩，是打破了政治化社会历史批评的单一模式和僵化的理论批评观念，解放了思想，激发了文学理论批评的活力。但是，当代文学理论批评的不成熟也是显而易见的，具体表现为在僵化的理论批评观念和单一的理论批评模式打破之后，多元化的批评探索还是以西方的理论批评观念和方法为参照，没有形成有自己特色的理论批评观念和方法，而这又源于还没有重新找到并实现文学理论批评的角色定位与价值定位；在多元化文学理论批评格局中也没有形成与时代主题和社会发展潮流相适应的文学理论批评主潮。当代文学理论批评如果不能从这种多元混杂的浑沌状态中走出来，就很难有新的发展，甚至会制约整个文学的发展。

美国当代政治评论家亨廷顿在其著名的《文明的冲突》中认为，现代社会的一个重要特征，也是现代人中最容易见到的一种现象便是"精神分裂"。以国家而言，否定了自己的历史和传统，放弃了民族的理想和信念，只崇拜、模仿别人的观念模式，而实际上因国情不同又不可能真正走向别人的那种发展道路，处于无所依归的两难境地无所适从，这便是一种"精神分裂"。亨廷顿把20世纪90年代初的俄罗斯称为"最重要的精神分裂国家"，这是令人警醒和深思的。中国在"文化大革命"结束后坚决实行改革开放，既全面向外国学习借鉴，又始终坚持走有中国特色的社会主义发展道路，这就避免了走向"精神分裂"，这也是中国的改革开放和现代化建能够取得成就和走向成功的根本保证。如果将这一思路引申到文学和文学理论批评上来，似乎也可以这样说，文学和文学理论批评一方面要打破僵化的思想观念及方法模式，向别人学习借鉴；另一方面也要避免走向"精神分裂"，即在借鉴模仿中丧失自我无所依归。要做到这样，真正实现文学理论批评的转型，就需要在对各种文学理论批评观念方法加以参照的基础上，从多元化试验探索走向比较成熟的文学理论批评形态的建构。

当代文学理论批评形态的建构，也许需要解决理论参照和价值定位两个方面的问题。

对于当代文学理论批评来说，大致有三个方面的理论资源可供参照。

首先是西方文学理论批评尤其是20世纪文学理论批评的参照。在笔者看来，西方文学理论批评最值得我们借鉴的，是对文学规律全方位深入探索的精神，自觉的主体意识和开放性的思维方式，这些都可以说是我们以往的理论批评中所缺乏的。关于一些具体的理论批评观念和方法，当然也有不少能给我们启发和借鉴的，但也并非没有局限性。比如从形式主义到新批评，乃至读者反应批评等，重实证分析，轻价值评判，缺乏历史意识，西方一些有远见卓识的批评家早已指出这种偏向并提出了尖锐的批评。而且西方文学理论批评的最新发展，也显示出纠偏救弊向历史意识和价值评判回归的趋向。而在我们一些理论批评家的主张和实际批评中，则仍执着于对文本作细分的解剖，倡导后现代主义的理论批评观念，姑且不论是否合时宜，至少对中国的文学作品和传统的审美习惯来说是并不适合的，如果照搬显然无助于当代文学理论批评的建设。

其次是现实主义理论批评和社会历史批评的传统。其中既有19世纪以来欧洲和俄苏现实主义文学理论批评的传统精神，也有马克思主义的现实主义文学思想和社会历史批评的观念方法，同时也包括中国20世纪文学理论批评的传统和经验。如果我们善于总结历史的经验教训，扬弃其在历史演进和实践过程中那些被搞得教条化和僵化了的东西，汲取它的精髓，那么应当说，这种传统理论批评形态的许多东西在今天仍然是有生命力的。比如，它的现实品格和时代意识，历史的和美学的观点，仍然可以说是当代文学理论批评不该失落的灵魂。

最后，中国古代的文学理论批评传统，在今天也并非没有参照价值。比如，它的价值论理论批评的观念和思路，一方面是主张言志明道与社会教化，另一方面是倡导怡情悦性与自然审美，在发展演进中又走向互相渗透和交汇融合，在具体的理论批评形态中虽有侧重又有兼顾，避免走向极端。当然，无论教化也好，审美也好，都有封建时代的意识形态内涵，需要加以批判扬弃，但这种价值论的框架思路仍是值得抽象继承和参照的。实际上，在西方文学理论批评的历史发展中，在价值观念方面，也不外乎偏重文学的社会功用或审美价值两种主要取向，只不过不是那样脉络清晰，不像中国古代文学理论批评那样形成了价值论的批评理论系统。再与马克思主义批评的美学观点和历史观点相参照，也不难看出中国古代的价值论理论批评与它的某些可以契合之处。从当代文学理论批评的状况来看，各种文学理论批评观念的冲突与争论，在很大程度上表现在价值观念方面，表现为社会功用论与纯审美论的冲突，要从学理层面解决这种分歧与冲突，中国古代文学理论批评的价值观念从冲突走向融合的历史经验是值得参照的。当然，过去的那种融合，毕竟是在封建意识形态的基础上实现的，当代文学理论批评要走向这种融合，无疑要寻求新的共同基点，在笔者看来，这个共同的基点就是现代人学的基点。

在对上述三个方面的文学理论批评传统加以系统参照的基础上，中国当代文学理论批评才有可能调整和端正自己的理论姿态，既具有开放性的思维头脑，又具有清醒自觉的主体意识；既看到文学的现实品格，也尊重文学的美学品格和艺术规律。在此前提下，当代文学理论批评需要找准自己在当代社会发展中的位置，意识到当代文学和文学理论批评的历史责任，在文学与时代需要的契合上奠定当代文学理论批评形成的坐标轴心，作好文学理论批评的角色定位与价值定位，建立起相应的文学理论批评观念和范畴体系。至于在文学理论批评方法的层面，应当说并不存在高下优劣和可用不可用之分，而只存在各有长短和适用不适用之别，在文学理论批评主体意识不断强化、文学理论批评观念（尤其是价值观念）不断明晰的条件下，文学理论批评方法的多样化仍是值得继续提倡的，无论是传统的还是现代的理论批评方法，都自有其特定的适用性和某种优势，契合批评对象的特点和所要达到的批评目标，应当可以借用过来。这样，就有可能使当代文学理论批评既顺应时代和文学发展的要求，又保持开放性的格局和形成生动活泼的局面。

第一章

中国近代文学理论批评的变革转型

中国近代文学理论批评的转折与变革，从文体论批评的角度来看，是小说理论批评的空前兴盛，标志着文体论批评转型发展的一种新趋向；而从价值论批评角度来看，以梁启超为代表的改良主义小说理论批评和王国维为代表的审美人生论文学理论批评，无疑显示了近代文学理论批评转型发展的两种基本价值取向。要探讨中国现代文学理论批评的转型发展，显然需要从这个源头的考察开始。

第一节 中国近代小说理论批评的兴盛

在中国近代文学理论批评变革中，小说理论批评的兴盛显然是最引人注目的。这既标志着中国文体论批评格局发生重要转变，同时在价值论批评形态方面也同样具有标志性意义。

一 近代小说理论批评兴盛的背景与原因

随着中国近代社会与文化变革，文学形态也发生重大变革。从文体形态来看，小说取代诗文的中心地位，获得空前的繁荣发展。专门刊载小说的刊物不断涌现，创作小说加上翻译小说，数量之多前所未有，其中尤其是谴责小说或曰批判现实主义小说更是引人注目。关于近代小说繁荣的原因，阿英在《晚清小说史》中概括为以下三点：一是印刷业的发达；二是知识阶级受西洋文化影响，从社会意义上认识了小说的重要性；三是政治腐败，遂写作小说以事抨击，并提倡维新与革命。郭延礼在引述阿英的看法后认为，近代小说的繁荣，一是与近代社会黑暗腐败的社会现实有关；二是与近代普遍要求改革弊端、富国强民、自引思变的社会心理有关；三是与西方文化的影响有关；四是与市民阶层的扩大、读者需求量的增加有关；五是与小说理论批评的倡导有关。① 这后一个方面的因素确实不容忽视。

关于中国近代小说理论批评兴起的社会历史和思想根源，也许可以追溯到由于中日甲午战争失败，使当时的一些思想家看到了深层次的"国民性"问题。如严复提出了"民力、民智、民德"的问题，梁启超提出了"新民说"，其中又尤其重视"开启民智"，他说："今日之中国，其大患总在民智不开。民智不开，人材不足，则人虽假我以权利，亦不能守也。"由"开启民智"，于是想到办报纸刊物，"士民嗜阅报章，如蚁附膻。阅报愈多者其人愈智；报馆愈多者，其国愈强"②。办报成了改良主义者开启民智的重要手段。梁启超自述办《清议报》"一言以蔽之曰：广民智、振民气而已"③。既然如此，便要求报刊所载文章通俗易懂，具有可读性与生动性，从而有效地把新思想传达给大众。诗、文革新虽然在一定程度上适应了这种要求，但在通俗易懂生动可读易于传播方面，仍莫过于小说。所以当时的一些报纸纷纷刊载小说，如《清议报》设有"政治小说"，《国闻报》设有"附印说部"，后来梁启超又创办了中国第一家小说专刊《新小说》。总的来看，近代改良主义者主要是为开启民智的政治目的而发现和重新认识小说的特性与价值，从而引发了"小说界革命"，带来了小说观念的重大变革。

二　小说理论批评的价值观念转换

在中国传统文学观念中，向来以诗文为正宗，言志抒情、明道载道、经世致用，都寄托于诗文。而小说则是不登大雅之堂，被视为"邪宗"与"末技"。如鲁迅先生所说："在中国，小说是向来不算文学的。"④ 通常认为中国小说有两大流脉：一支是由史传文化发展演变而

---

① 郭延礼：《中国近代文学发展史》（第二卷），山东教育出版社 1991 年版，第 1144—1150 页。
② 梁启超：《论报馆有益国事》，《梁启超选集》，上海人民出版社 1984 年版，第 24 页。
③ 梁启超：《〈清议报〉一百册祝辞并论报馆之责任及本馆之经历》，《梁启超选集》，上海人民出版社 1984 年版，第 194 页。
④ 鲁迅：《〈草鞋脚〉小引》，《鲁迅全集》（第 6 卷），人民文学出版社 1981 年版，第 20 页。

来，确切地说是源于"稗史"，在人们看来不过是街谈巷议、道听途说、引车卖浆者之所造，属于"末技"；另一支由神话、志怪发展而来，则被目为"荒诞不经"，因而"向来是看作邪宗的"①。

近代小说理论批评一反传统的文学价值观，极力抬举小说的社会地位和作用。较早论述小说重要价值和表现出近代小说价值观的，大致可追溯到1873年蠡勺居士的《昕夕闲谈·小序》，这被认为是我国近代最早论述小说重要价值的文章，它首次用新的眼光来看待小说的价值："予则谓小说者，当以怡神悦魄为主，使人之碌碌此世者，咸弃其焦思繁虑，而暂迁其心于恬适之境者也；又令人之闻义侠之风，则激其慷慨之气；闻忧愁之事，则动其凄惋之情；闻恶则深恶，闻善则深善，斯则又古人启发良心惩创逸志之微旨，且又为明于庶物、察于人伦之大助也。"② 这里既肯定小说"怡神悦魄"的美感作用，同时又看到其"启发良心惩创逸志"和"明于庶物、察于人伦"的教育认识作用。

1897年严复和夏曾佑为当时《国闻报》馆合写了《本馆附印说部缘起》这篇长文，首开近代改良主义小说理论批评的先河。其中一个重要思想，就是充分肯定小说的社会地位和作用，代表了当时先进的文学观念。文章从人的"公性情"（普遍人性）的分析入手，论及小说在表现和满足这种普遍人性需求上的特性，结论是："夫说部之兴，其入人之深，行世之远，几几出于经史上。而天下之人心风俗，遂不免为说部之所持。"文章围绕这一观点进行了充分论证，还以国外为例："……且闻欧、美、东瀛，其开化之时，往往得小说之助。"然后又自述报馆附印说部之动机意图："是以不惮辛勤，广为采辑，附纸分送。或译诸大瀛之外，或扶其孤本之微。文章事实，万有不同，不能预拟。而本原之地，宗旨所存，则在乎使民开化，自以为亦愚公之一畚，精卫之一石也。"③ 文章对小说的文体特性及小说作用于社会人心的特殊功能做了深刻的阐发，为改良主义小说理论奠定了一个坚实的基础。

---

① 鲁迅：《徐懋庸作〈打杂集〉序》，《鲁迅全集》（第6卷），人民文学出版社1981年版，第291页。

② （清）蠡勺居士：《昕夕闲谈·小序》，《中国近代文论选》（上册），人民文学出版社1959年版，第239页。

③ 严复、夏曾佑：《本馆附印说部缘起》，《中国近代文论选》（上册），人民文学出版社1959年版，第200页。

另一维新派人物陶曾佑《论小说之势力及其影响》一文，更是将小说的社会地位、功用抬举到无以复加、唯我独尊的地步："……自小说之名词出现，而膨胀东西剧烈之风潮，握揽古今利害之界线者，唯此小说；影响世界普通之好尚，变迁民族运动之方针者，亦唯此小说。小说小说，诚文学界中之占最上乘者也。其感人也易，其入人也深，其化人也神，其及人也广。……可爱哉，孰如小说！可畏哉，孰如小说！""……欲扩张政法，必先扩张小说；欲提倡教育，必先提倡小说；欲振兴实业，必振兴小说；欲组织军事，必先组织小说；欲改良风俗，必先改良小说。"① 这从理论上说应属矫枉过正，但在当时的情况下，对于扭转传统的轻视小说的正统文学观，确有振聋发聩的作用。

第二节　梁启超的改良主义小说理论批评

当时系统的小说理论批评仍当推梁启超，他的《译印政治小说序》（1897年）、《小说与群治之关系》（1902年）等，深入论证了小说的社会地位和作用，形成其系统的改良主义小说观。梁启超的小说理论批评大致可以概括为三个主要方面。

一是以"新民""新政治"为目标的小说价值论。从小说的社会政治功利价值着眼，他把小说推为"文学之最上乘"，认为小说具有影响支配社会一切方面的功力。《小说与群治之关系》开篇即提出："欲新一国之民，不可不先新一国之小说。故欲新道德，必新小说；欲新宗教，必新小说；欲新政治，必新小说；欲新风俗，必新小说；欲新学艺，必新小说；乃至欲新人心，欲新人格，必新小说。何以故，小说有不可思议之力支配人道故。"② 在《译印政治小说序》中又说："仅识字之人，有不读经，无有不读小说者。故六经不能教，当以小说教之；正史不能入，当以小说入之；语录不能谕，当以小说谕之；律例不能治，当以小说治之。"其中又尤以政治小说的作用更为突出，他以外国为例，

---

① 陶曾佑：《论小说之势力及其影响》，《中国近代文论选》（上册），人民文学出版社1959年版，第251、253页。
② 梁启超：《小说与群治之关系》，《中国近代文论选》（上册），人民文学出版社1959年版，第157页。

"在昔欧洲各国变革之始,其魁儒硕学,仁人志士,往往以其身之所经历,及胸中所怀,政治之议论,一寄之于小说……往往每一书出,而全国之议论为之一变。彼美、英、德、法、奥、意、日本各国政界之日进,则政治小说为功最高焉。英名士某君曰:'小说为国民之魂。'岂不然哉!岂不然哉!"①总之小说的功用可以归到"新民"与"新政治"上来,进一步则可以归到改良主义的社会政治功用上来,这在当时显然是有重要意义的。

二是建立在人性人情基础上的小说特性论。小说为何可以"新民"和"新政治"呢?这是因为小说具有特别易于入人、感人的特点。又为何小说特别易入人心呢?是因为小说契合"人之情",即契合人之普遍特性。在《论小说与群治之关系》中,梁启超具体分析了小说特性与人之性的契合关系。从表层看,人们嗜读小说,是"以其浅而易解故,以其乐而多趣故",即通俗而富有趣味。而更深入一层来看,即从人性的层面来看,凡人之性有两个特点:其一是人往往不以现实境界为满足,倾向于好奇求异"小说者,常导人游于他境界,而变换其常触常受之空气者也"(如理想派小说);其二是人对于现实生活有所认识体验,但知其然而不知其所以然,心有所感而不能自传,小说则把这种人人心中所有之人生感受体验,以神妙之技传达出来,感人至深(如写实派小说)。总之,在满足人们的好奇心理欲求和扩大生活视野、传达人们的人生感受体验这两个方面,没有哪种文体可与小说相比,因此可谓"小说为文学之最上乘也"②。

三是"熏、浸、刺、提"的小说功能论。这里是从小说作用于人的具体方式来看小说的功能特点。小说怎么会特别入人、感人呢?在他看来,主要是通过四种基本的作用力来达到的:"一曰熏。熏也者,如入云烟中而为其所烘,如近墨朱处为其所染。"这是说小说对读者的熏陶感染作用。"二曰浸。熏以空间言,故其力大小,存其界之广狭;浸以时间言,故其力之大小,存其界之长短。浸也者,入而与之俱化者

---

① 梁启超:《译印政治小说序》,《中国近代文论选》(上册),人民文学出版社1959年版,第155、156页。
② 梁启超:《小说与群治之关系》,《中国近代文论选》(上册),人民文学出版社1959年版,第157—158页。

也。人之读小说也，往往既终卷后数日或数旬而终不能释然。"熏、浸都是讲小说的感染力，只不过"熏"侧重在说明外部的感染与熏陶，而"浸"侧重在指出小说如何使读者入迷和陶醉，入之于内心。"三曰刺。刺也者，刺激之义也。熏浸之力利用渐，刺之力利用顿。熏浸之力，在使感觉者不觉；刺之力，在使感觉者骤觉。刺也者，能入于一刹那顷忽起异感，而不能自制者也。"这说的是小说对读者情感的激发作用，指心灵情感在阅读的当时便受到强刺激而被深深打动。"四曰提。前三者之力，自外而灌之使入；提之力，自内而脱之使出……凡读小说者，必常若自化其身焉。"这里的"提"，是指提升或升华，即读者读了小说，深受感动，感同身受，使心灵情感和人格精神得到升华与超越，是前三种力的递进作用或综合作用所达到的结果。正由于小说具有上述特性与功能，因而易于入人、感人，最适合于做"新民"的工具，所以梁启超的结论就是："故今日欲改良群治，必自小说界革命始；欲新民，必自新小说始。"[①]

可见梁启超的小说理论批评已经形成了一定的理论系统，而其理论的核心则是改良主义的功利价值观。

第三节　近代小说理论批评的系统建构

在前一时期小说观念变革的基础上，尤其是经过梁启超改良主义小说理论的系统阐发，使这一时期小说理论批评不断深入，逐渐走向比较系统的理论建构，这在其后南社革命派小说理论批评中可以看得更为清晰。总的来看，近代后期小说理论批评的系统建构，大致可归纳为这样几个主要方面。

其一，对小说与社会关系的探讨不断深入，逐步形成了一种小说社会学。

如上所说，此前维新改良派的小说理论批评，早已一改传统文学观对小说的轻视，充分肯定乃至抬举小说的社会地位与功用。这在陶曾佑、梁启超等人那里甚至被抬举到无以复加、唯小说独尊的地步，这就

[①] 梁启超：《小说与群治之关系》，《中国近代文论选》（上册），人民文学出版社1959年版，第158—159页。

难免带来一定的片面性。到近代后期南社革命派小说理论批评，则有可能更宽泛、更辩证地看待小说与社会的关系。如王钟麒《论小说与改良社会之关系》一文开篇即以叹"小说之为道也难矣"提出问题，小说之道难在何处？即在如何正确看待小说与改良社会之关系。过去的时代人们不善读小说，看不到小说的社会意义；而近年以来，忧时之士则又过于功利地以小说为改良社会之前驱，效果则差。其实小说不仅有改良社会群治之功用，而且有辅助道德之功效，当下之时，最重要的是要培育国民最缺乏之公德心。"惟小说则能使极无公德之人，而有爱国心，有合群心，有保种心"，① 只有富有公德心的国民，才能真正改良社会。然而当今小说不能起到辅育道德的作用，在于小说自身存在缺乏道德的问题。因此欲以小说救国或改良社会，则须自改良小说始。文章提出的欲以小说改良社会，还须从社会需求出发先改良小说，二者互依互动的观点是极富有启示意义的。

黄人《小说林发刊词》首先指出，今之时代，在教育、科学、实业尚未勃兴之际，小说率先勃兴，并且"小说之风行于社会"甚广，"小说之影响于社会"甚大，是不可忽视的。然而却又有一弊："则以昔之视小说也太轻，而今之视小说又太重也。"比如，"昔之于小说也，博弈视之，俳优视之，甚且鸩毒视之，妖孽视之，言不齿于缙绅，名不列于四部……今也反是：出一小说，必自尸国民进化之功；评一小说，必大倡谣俗改良之旨……一若国家之法典，宗教之圣经，学校之科本，家庭社会之标准方式，无一不赐于小说者。其然，岂其然乎？"② 言下之意，是应当正确认识小说的社会功用。

徐念慈《余之小说观》论及小说与人生的关系时说："小说者，文学中之以娱乐的，促社会之发展，深性情之刺戟者也。"与黄人一样，他认为昔之以鸩毒莓菌视小说，不免失之过严；而今谓风俗改良，国民进化，咸谓小说是赖，又不免誉之失当。"余为平心论之，则小说固不

---

① 王钟麒：《论小说与改良社会之关系》，《中国近代文论选》（上册），人民文学出版社1959年版，第224页。

② 黄人：《小说林发刊词》，《中国近代文论选》（下册），人民文学出版社1959年版，第498—499页。

足生社会，而惟社会始成小说者也。"① 这都说明当时人们对小说与社会之关系的认识比前人深化了一层，也更为切实与辩证。

其二，对小说文体美学特性的探讨，初步形成近代小说美学。

较早对小说的特性作系统探讨的有夏曾佑的《小说原理》，它主要从读者之观小说的角度，从人性、人之常情着眼来探讨小说的快感、娱乐特性，简言之，即从小说的快感性质立论。"小说之为人所乐，遂可与饮食、男女鼎足而三。"② 文章认为时人对"纸上之物"的喜爱，除绘画之外当数小说，其原因就在于人要从阅读中求快感求乐趣，这是人之常情，人心之公理。而人心之所乐者通常有二：一是"不费心思"，读起来轻松愉快；二是"时刻变换"，即经常变换日常生活之境，有所趣味，小说恰恰能提供这种独一无二之娱，并且没有任何局限，因而为人所乐此不疲。以此为出发点，文章探讨了小说创作的难与易；考察了小说之源流，它与曲本、弹词相区分的总趋向是走向浅易叙事，契合"不费心思""时刻变换"的"读书之公例"；然后对小说的现实功用加以归结："综而观之，中国人之思想嗜好，本为二派；一则学士大夫；一则妇女粗人。故中国之小说，亦分二派：一以应学士大夫之用；一以应妇女粗人之用：体裁各异，而原理则同。"③ 在当下社会转变之时，小说可能更多适应下层民众之所需，从而起到入人心、化大众、促进社会改良的作用。这篇小说专论抓住小说的基本特性展开论述，比较系统，也极有条理和逻辑性，并且包含启蒙思想的特定历史内涵，即人性解放的内容，肯定人的世俗生活与快乐，与此一时期的整个启蒙思潮相呼应。

然后到南社革命派小说理论批评，则进一步深化了对小说美学特性的认识。如黄人《小说林发刊词》，前半部分主要是辩证地论说小说的社会意义，属于小说社会学；而后半部分则主要是探讨小说的美学特性，即他之所谓"考小说之实质"。按黄人的看法，"小说者，文学之

---

① 徐念慈：《余之小说观》，《中国近代文论选》（下册），人民文学出版社1959年版，第505页。
② 夏曾佑：《小说原理》，《中国近代文论选》（上册），人民文学出版社1959年版，第203页。
③ 同上书，第306页。

倾于美的方面之一种也……微论小说，文学之有高格可循者，一属于审美之情操，尚不暇求真际而择法语也。然不佞之意，亦非敢谓作小说者，但当极藻绘之工，尽缠绵之致，一任事理之乖僻，风教之灭裂也。"①文中充分肯定小说的美学价值，认为小说不只在求其"诚"与"善"，若此，则哲学、科学、法律、经训俱有，何必要小说？如果把小说仅仅看成政治说教和道德劝诫的工具，那不过是一"无价值之讲义"或"不规则之格言"而已。

徐念慈在《小说林缘起》一文中，首先提出今日小说界所宜研究之问题在于：今日小说为何会受到普遍欢迎？由此而推及对小说之本质特性的看法，并以提问的方式提出小说的定义："所谓小说者，殆合理想美学、感情美学而居其上乘者乎？"然后引黑格尔的绝对观念美学和邱希孟的感情美学来进一步探讨小说的美学特征。首先，小说如同其他艺术一样，其第一要义在于"满足吾人之美的欲望，而使无遗憾也"，要做到这样，"要之不外使圆满而合于理性之自然也"。其次，小说的特性总体上不外乎两个基本的方面：一是要有形象性、个性化；二是包含理想化，两者应当圆满融合。他引黑格尔的话说："事物现个性者，愈愈丰富，理想之发现亦愈愈圆满，故美之究竟在具象理想，不在抽象理想。"只有包含着理想内质的实体之形象，才能引起人的美之快感。文中对中西小说略加比较，认为西方小说多述一人一事，中国小说则多述数人数事，事繁多变，人物忠奸贤愚并列，事迹则巧绌奇正杂陈，首尾联络，映带起伏，富于兴味，因此优于西方小说。②如果说徐念慈在《小说林缘起》中是偏重于对小说内在美学特性的探讨的话，那么他在《余之小说观》中则又比较全面地探讨了小说的一些外部特性及其问题，如小说与人生、著作小说与翻译小说、小说形式、小说题名、小说之变化趋向、文言小说与白话小说、小说定价、小说与社会改良等。虽然这里对小说特性的探讨还显得十分简单粗浅，但毕竟显示了从内外各种角度来全面地认识小说美学特性的一种努力。

---

① 黄人：《小说林发刊词》，《中国近代文论选》（下册），人民文学出版社1959年版，第499页。

② 徐念慈：《小说林缘起》，《中国近代文论选》（下册），人民文学出版社1959年版，第501—503页。

其三，以新的小说观重新认识和评价古典小说，发掘其反封建的积极意义。

这方面最突出的是王钟麒的《中国历代小说史论》，其出发点在于"欲振兴吾国之小说，不可不先知吾国小说之历史"，即意在以史为鉴，振兴小说。在详考中国小说源流的基础上，他认为古之作小说者，盖有三因："一曰愤政治之压制""二曰痛社会之混浊""三曰哀婚姻之不自由"。总的来说，我国历来之小说，都往往寄寓着小说家之苦心，皆有深意存其间。因此，与所译欧美诸书相比，我国小说也有足以自豪者。① 还有他的《中国三大小说家论赞》，则以一种新的眼光来观照和论析《水浒传》《金瓶梅》《红楼梦》三部古典小说名著的社会意义。如论施耐庵，认为是可与柏拉图、托尔斯泰、迭盖斯等相抗衡的小说家，他的《水浒传》，"观其平等级，均财产，则社会主义之小说也；其复仇怨，贼污吏，则虚无党之小说也；其一切组织，无不完备，则政治小说也"。论到《金瓶梅》，认为作者"过人之才人，遭际浊世，抱弥天之怨，不得不流而为厌世主义，又从而摹绘之，使并世者之恶德，不能少自讳匿者，是则王氏著书之苦心也"。至于《红楼梦》，其"头绪之繁，篇幅之富，文章之美，恐尚有未逮此书者。盖此书非苟焉所能读也；必富于厌世观者，始能读此书；必深通一切学问者，始能读此书；必富于哲理思想、种族思想者始能读此书；世人读之而不解，解矣而不能尽作者之意，则亦犹之乎不读也"②。这是王钟麒对这几部古典小说的一种新的读解和意义揭示，显然具有一种新的时代意识与时代色彩。

总之，中国近代小说理论批评的变革转型，首先，如果从外部形态，即小说理论批评的体式来看，已由古代小说理论批评的主要形式如序跋、评点、笔记等，发展成近代的小说专论，不仅论文篇幅较长，而且论述系统，富有理论色彩，这标志着中国小说理论批评的一次质的飞跃。其次，从小说理论批评的观念建构方面来看，则更是与古代小说理

---

① 王钟麒：《中国历代小说史论》，《中国近代文论选》（上册），人民文学出版社1959年版，第226—229页。

② 王钟麒：《中国三大小说家论赞》，《中国近代文论选》（上册），人民文学出版社1959年版，第230—232页。

论批评大异其趣，把对小说特性与功能的认识推进到了一个新的阶段。具体而言表现在两个方面。一是小说价值观，即对小说社会地位与价值功能的认识，已置于新时代的思想启蒙、维新改良乃至社会革命的价值系统中加以观照与阐发，这无疑打上了鲜明的时代烙印。二是小说特性论，即对小说艺术特性的探讨。既然小说有如此重要的文学地位与社会作用，则必然与小说的特性有关。并且为使小说更好地发挥其效用，也需要对小说的艺术特性有比较自觉的认识，因而此一时期的小说理论批评探讨的一个重心，便是对小说艺术特性的深入探讨，这也是过去古典小说理论批评中所少见的。

第四节　王国维在文学理论批评现代转型中的意义

在中国文学理论批评从近代向现代转型的过程中，王国维的文学理论批评具有特殊的地位和意义，无论是从文体论批评方面看，还是从价值论批评方面看，都可以称得上是中国文学理论批评从近代向现代转型的一个标志。

王国维作为近代著名学者和文学理论批评家，在哲学、史学、文字学、美学和文学等方面都有精深研究，并且能互相打通，学贯中西古今，交织哲思与诗情，极富创新精神。

王国维的学术研究活动大致从1902年自日本归国后开始，他自称"自是以后，遂为独学之时代矣"。纵观其一生的学术活动，大致可区分为三个大的阶段。第一阶段（1902—1905）侧重于研究哲学和美学。主要研读康德、叔本华、尼采的哲学与美学著作，撰写了《汗德像赞》《叔本华之哲学及其教育学说》《叔本华与尼采》《书叔本华遗传说后》《论新学语之输入》等论文，着重介绍阐发康德、叔本华、尼采等人的哲学与美学思想。在此基础上，首次尝试运用叔本华等的哲学与美学思想读解中国古典文学名著，撰写了中国近代文学批评的划时代之作《〈红楼梦〉评论》，成为他此一时期文学批评最重要的成果。第二阶段（1906—1912）从哲学研究转向文学活动。一方面是进行词的创作，写成《人间词》甲、乙稿；另一方面是对词的研究，写成《人间词话》。然后则又转向戏曲史研究，写出了《宋元戏曲史》。第三阶段（1913—

1927）转向史学、古文字学等方面的研究，成为一代国学研究大师。

王国维文学理论批评方面的重要成果主要有《〈红楼梦〉评论》《文学小言》《屈子之文学精神》《论古雅之在美学上之位置》《人间词话》《宋元戏曲史》等，广泛涉及诗（词）文批评、小说批评、戏曲批评等各种文体批评形态。

王国维文学理论批评的总体特点，一是在美学和文学观念上，借鉴融会西方哲学、美学思想（如康德、叔本华、尼采等的思想），来观照和研究中国文学问题，评析中国经典文学作品，从而提出和阐发了一系列富有创见的理论学说。二是在价值取向上，疏离政治和社会功利，更为看重文学的审美特性与价值。当然王国维所推崇的"审美"，不同于康德等人的无功利性审美，而是主张审美与人生的统一，审美人生化、人生审美化，这大概可以看作是一种"审美功利主义"。三是文学理论批评的系统性，即作为一种比较成熟的文学理论批评形态的系统性与独特性，包括文学批评的观念、范式、方法、话语，都在融会中西文学理论资源的基础上有新的创造和建构。

一 《〈红楼梦〉评论》："审美人生论"的建构与小说批评形态转型

王国维作于1904年的《〈红楼梦〉评论》，历来被公认为是中国文学理论批评现代转型的起点和开篇。首先在文学理论批评的体式上，便与历代的诗文评、诗话词话、小说评点等传统文学批评体式截然不同，它是一种长篇论文的体式，并且论文的各部分之间相互呼应，构成了严密的逻辑系统。[①]

《〈红楼梦〉评论》的第一章"人生及美术之概观"，可看成全文的一个"总论"，作者高屋建瓴，融汇中国道家之人生观与叔本华的哲学美学观进行立论，为《红楼梦》评论建立了一个观念的坐标系统。然后以此来观照我国之文学艺术，认为以诗歌戏曲小说为顶点的中国文学艺术，其目的都在于描写人生，而其中最杰出之作便是《红楼梦》。

第二章《红楼梦》之精神，便是以上述之美学观念与审美标准，

[①] 王国维：《〈红楼梦〉评论》，《王国维文学论著三种》，商务印书馆2003年版。以下所引均见该文，不另详注。

对《红楼梦》的精神内蕴进行读解阐释。最后提升到一般审美规律加以总括："美术之务，在描写人生之苦痛与其解脱之道，而使吾侪冯生之徒，于此桎梏之世界中，离此生活之欲之争斗，而得其暂时之平和，此一切美术之目的也。"他由此慨叹，只可惜人们往往沉溺于生活之欲，缺乏美术之知识，而认识不到这些伟大著述之精神与意义。

第三章《红楼梦》之美学上之价值，是将《红楼梦》置于两种文化精神的参照中，来进一步论析其美学精神与美学价值。一是与我国传统国民精神和文学精神进行比较参照，"吾国人之精神，世间的也，乐天的也，故代表其精神之戏曲小说，无往而不著此乐天之色彩：始于悲者终于欢，始于离者终于合，始于困者终于亨；非是而欲餍阅者之心，难矣"。如《牡丹亭》《长生殿》《西厢记》《水浒传》等，都莫不如此。倘有例外，则"吾国之文学中，其具厌世解脱之精神者，仅有《桃花扇》与《红楼梦》耳"。而实际上，《桃花扇》之解脱，又非真解脱也，它之解脱，是他律的也，政治的也，国民的也，历史的也；只有《红楼梦》之解脱，是自律的也，哲学的也，宇宙的也，文学的也，大背于吾国人之精神和文学之精神，是彻头彻尾之悲剧，其价值正在于此。二是借引叔本华之说，分析悲剧的三种类型：第一种是由极恶之人的行为造成的悲剧；第二种是由于盲目的命运造成的悲剧；第三种则是普通人之生活与生存的悲剧，也就是人的平常关系造成的悲剧。按叔本华的看法，以第三种悲剧的美学价值最高。而《红楼梦》正是第三种悲剧的典范之作，因此称得上是"悲剧中之悲剧也"。并且从其中所包含的审美因素来看，是壮美因素多于优美因素，而"眩惑"之原质殆绝，因此具有最高之美学价值。

第四章《红楼梦》之伦理学上之价值，则将《红楼梦》从文学的、审美的视野中拉开来，置于伦理学的价值系统中加以观照，其实也就是将审美与人生联系起来探讨。在他看来，倘若不能将文学审美与人生联系起来，即"使无伦理学上之价值以继之，则其于美术上之价值，尚未可知也"。而"解脱"正可以看作伦理学最高之理想，《红楼梦》以解脱为理想，正体现了最高的伦理学之价值。

第五章余论，一方面是对以考证学的观念与方法研究读解《红楼梦》的流行做法提出驳难，认为以考证之眼阅读和评论《红楼梦》，纷然索求书中主人公为谁,既不可能认定所写为谁人之生平,也不可能认识作品的真正意义。既然不可以考证之眼来读解作品,那么又该如何看待作品所写的内容与意义呢?这就提出了另一个更具有普遍性的问题,即美术(艺术)之特质的问题。王国维认为:"夫美术之所写者,非个人之性质,而人类全体之性质也。惟美术之特质,贵具体而不贵抽象。于是举人类全体之性质,置诸个人之名字之下……善于观物者,能就个人之事实,而发见人类全体之性质……"由此而观《红楼梦》,虽然所写为贾宝玉等具体个人之人生境况,而实际上具有普遍人生之性质与意义,因此它的美学意义也必然是普遍性的。

如果说《〈红楼梦〉评论》标志着一种现代文学理论批评形态的形成,那么这种现代理论批评形态就不仅仅体现在外在体式上,更体现在它的文学理论批评观念、范式、方法和话语等方面,对此我们不妨再作些分析。

首先,关于《〈红楼梦〉评论》的文学理论批评观念,其中最重要的是文学本体观与价值观。

构成《〈红楼梦〉评论》理论基础的文学本体观,可以说是一种人本论或人生论的文学本体观,而这种观念又显然是从叔本华等人的美学思想中借鉴汲取过来的。其中包含着这样几重内涵。其一是认为人类各种科学都建立在生活的基础上,无不与生活之欲相联系;同样文学艺术(美术)也是建立在生活的基础上,无不与人生相联系。只不过科学满足人的生活之欲,而文艺审美则使人远离生活之欲,忘物我之关系,进而忘人生之痛苦。因此艺术的本质便是描写人生,所追求的目的便是美(优美或壮美)。在这里,审美与人生便实现了统一,形成一种独特的"审美人生论"的文学本体观。其二是认为艺术之性质并非个人之性质,而具有人类全体之性质,每一具体作品所写虽然是个人之人生境况,但实际上蕴含了普遍人生之性质与意义,因此它的美学意义也必然是普遍性的。这种文学本体观,显然是一种更为宏观、更为形而上观照之下的立论。比较而言,在中国传统文学理论批评中,虽不乏从人的情、志、意等着眼看待文艺的本质特征,但还没有见到像《〈红楼梦〉评论》这样提升到整体人生的层次上来立论的。其三,如果说传统文论中实际上也不乏有意无意地将艺术表现与现实人生相联系的感悟阐说,却也似乎还未见超出个体人生而与人类全体相联系的理论思考。可见西方美学思想确实使王国维获得了一种新的眼光与视野，形成与传统文学理论批评迥异的文学本体观。

一般说来，文学本体观与文学价值观往往是彼此呼应、二位一体的。《〈红楼梦〉评论》中所阐述的文学（以《红楼梦》为具体对象）价值观，从总体上来说是一种"审美解脱论"的价值观。具体而言则可从两个层面来观照。一是从美学上来看，文学之价值以悲剧的美学价值为最高（这显然是叔本华的观点），而悲剧的价值则正在于使人认识生活之本相，从而走向审美之解脱，《红楼梦》的美学价值正在于此。二是延伸到伦理学上来看，实际上也就是将审美与人生联系起来看，文学之价值（其中又以悲剧为最）也就在于使人借审美从人生苦痛中实现解脱，这在本质上是一种人生论的价值观。将两者联系起来看就是：文学使人审美，审美使人解脱，这是最高的美学之价值，也是最高的伦理学之价值。在这里，伦理学（人生）价值成为了美学（审美）价值的现实基础，美学（审美）价值正是以人生解脱之现实需要为基本前提。因此我们说，《〈红楼梦〉评论》中所表述的文学本体观与文学价值观是二位一体的，总的来说是一种"审美人生论"的文学观。

其次，关于《〈红楼梦〉评论》的批评范式与方法。一般说来，一定的文学理论批评范式与方法，是受一定的理论批评观念的制约，与其相适应的。如上所说，王国维一方面认为艺术的本质是描写人生的，审美与人生是统一的，美学（审美）价值只有以伦理学（人生）价值为基础才能得到切实的说明。而要做出这种说明，传统的"以意逆志"的理论批评范式与感悟式、评点式的批评方法显然是难以适应的。另一方面，王国维还认为艺术之性质并非个人之性质，而具有人类全体之性质，每一具体作品所写虽然是个人之人生境况，但实际上蕴含了普遍人生之性质与意义，因此它的美学意义也必然是普遍性的。因而他坚决反对以考证之眼读解《红楼梦》，也使他坚决摒弃从作家个人的人生事实出发进行考证、索引的理论批评模式与方法。这样他便不得不另辟蹊径，寻求一种与其文学理论批评观念相适应的理论批评范式与方法，此类理论资源在传统文学理论批评中显然是缺乏的，因此就只能从西方文学理论批评中借鉴。

总的来看,《〈红楼梦〉评论》中的理论批评范式与方法,笔者以为主要有以下几个方面的特点。

一是系统的逻辑论证分析的理论批评范式与方法。这与传统的"以意逆志"的理论批评范式与感悟式、评点式的理论批评方法显然是大异其趣的。论文第一章"人生及美术之概观"作为全文的一个"总论",首先以逻辑的方法建构起一个人生观与艺术(美术)观互通的观念系统,以此作为文学批评的基本出发点及其评析标准;然后第二章将《红楼梦》置于这一观念系统与批评标准的观照之下,对其所蕴含的内在精神与意义进行读解阐释;接着第三、第四章分别分析论证《红楼梦》美学上之价值与伦理学上之价值;第五章"余论"提升到文学批评方法论的层面,在对考证学的批评观念与方法的驳难中,阐明艺术(美术)的人类全体之性质,同时也是表明其自身的"审美人生论"的理论批评观念。由此而形成严密的逻辑结构系统,可谓首开中国现代之系统的逻辑论证分析的文学批评范式。

二是与"审美人生论"的基本文学观相对应,形成"审美论"与"人生论"彼此互证的理论批评范式。《〈红楼梦〉评论》的基本出发点和归宿都在于"人生论",如开篇即首先提出人生论命题,论证人生的本质无非欲望、功利与痛苦间的因果链关系。人的一切生存实践活动无不建立在人的生活之欲的基础上,艺术活动同样也是建立在生活的基础上,无不与人生相联系,艺术的本质便在于描写人生,追求审美。反过来说,艺术审美的价值也正在其对于人生的价值,更确切地说,艺术只对现实人生才有价值,而于现实人生之外,不必问其价值。"美术之价值,对现在之世界人生而起者,非有绝对的价值也。""如此之美术,唯于如此之世界、如此之人生中,始有价值耳。"假设有人自始以来无生死无苦乐,则美术于其无价值;又有人虽已尝人生苦痛,而已入于解脱之域,则于其亦无价值。"何则?美术之价值,存于使人离生活之欲,而入于纯粹之知识。彼既无生活之欲矣,而复进之以美术,是犹馈壮夫以药石,多见其不知量而已矣。然则超今日之世界人生以外者,于美术之存亡,固自可不必问也。"这就是说,艺术审美的价值,是以人生之生死苦乐的现实存在为前提,以使人远离生活之欲,忘物我之关系,进而忘人生之痛苦为目标的。王国维正是将《红楼梦》置于这一"人生论"与"审美论"的价值坐标中,来做出他的美学价值判断以及意义阐释的。由此可清楚地看出其人生论与审美论关联互证的文学批评范式。

三是作为一种现代文学批评形态,致力于理论批评与实际批评的互渗互证,理论批评化,批评理论化。《〈红楼梦〉评论》原本是对《红楼梦》这部具体作品的评论,属于实际批评的范围,然而它之不同于一般的作品评论,在于它不是仅仅从评论者的审美经验感悟出发对作品进行读解阐释,而是首先以批评理论建构作为先导和前提。如第一章完全是以"人生论"与"审美论"为坐标建构文学批评的观念系统,做了充分的理论铺垫;然后第二章才进入对《红楼梦》内在精神的读解阐发,而且这种实际批评层面的解析,并不关涉作品的全方位内容,而是紧扣着人生的欲望、痛苦及其解脱的主题或基本精神来加以分析论证。这个过程,既可看作是其批评理论指导并贯彻到了《红楼梦》的实际批评之中,也可看成通过对《红楼梦》这部具体作品的评论解析,来注解印证其审美解脱论的批评理论,理论的批评化与批评的理论化实现了有机的契合,标志着一种现代文学批评范式的形成。

四是作为一种现代审美批评,还显示出独特的审美体悟与严密的实证分析相融合的批评方法。按王国维的观念,艺术的特质,贵具体而不贵抽象,是以具体而揭示抽象,因此从实际批评来说,就需要从具体个别的分析入手,以揭示普遍的人生与审美之性质。如果说《〈红楼梦〉评论》借引叔本华等人的理论学说建构理论批评观念,是力图揭示艺术的抽象普遍性质,那么当进入到对《红楼梦》的实际批评,则无疑显示出王国维的独特审美体悟。比如,以描写人生之欲望、苦痛及其解脱之道的主旨来读解分析《红楼梦》,可谓见前人之所未见,发前人之所未发。这其中既得益于从叔本华等人学说中所获得的理论眼光,也应当说包含了王国维自身独特的人生体验与审美感悟。这两者共同作用于《红楼梦》评论,使其既有从作品人物情节中获得的感悟性阐发,也有依据审美解脱论所作的逻辑实证性的论证分析,彼此有机融合,可谓相得益彰。

五是关于《〈红楼梦〉评论》的批评话语。与如上所述之文学批评观念、范式与方法相关联,其批评话语无疑也是独特的。这又大致可从两个方面看。一是其基本语体与语式。上面我们曾谈到《〈红楼梦〉评论》的"体式",其中既包括文体体式,也包括语体体式。与中国传统文学批评(尤其小说批评)比较,《〈红楼梦〉评论》完全是一种以逻辑论证与审美解析为基础,以理论与批评间的周延性、自洽性为特征的现代批评文体,这也许用不着过多论证。而从语体语式方面看,虽然《〈红楼梦〉评论》的语言表达往往文白相间,打上了那个时代的烙印,但其基本语体语式是论证式、分析式、评论式的,显示出现代批评语式的特点。二是文中所使用的"关键词",诸如人生与美术、生活之欲、人生苦痛、解脱之道、喜剧与悲剧、优美与壮美、美学之价值、伦理学之价值、现实与理想、个人之性质与人类全体之性质等,在传统批评话语系统中并不多见,大多都是从西方美学与文论中借鉴过来的,显然主要是一种现代性的理论批评话语。

概言之,《〈红楼梦〉评论》确乎从多方面标志着中国文学理论批评现代转型的开端:从文体论批评方面看,标志小说理论批评的现代转型;从价值论批评方面看,则是现代人生论与审美论批评的发端。虽然《〈红楼梦〉评论》的具体观点和内容存在着诸多问题与局限,人们提出过种种批评,但从文学理论批评现代转型的意义上来说,它的意义价值是不可忽视的。

二 《人间词话》:诗(词)学批评的新形态

《人间词话》可以说是王国维化合中西文论、融会旧学新知、极富创新性的文论著作,其中既有对中国古代文论观念范畴的继承发展,同时又标志着传统诗(词)学研究方法的新开拓,使诗(词)学批评真正获得了一种前所未有的现代意义。虽然《人间词话》从外观形态上看与传统诗话、词话并无多大差异,但从其内在的逻辑系统性来看,则在很大程度上具有现代特性的文论形态。正如叶嘉莹先生所指出的:"在王静安先生所有关于文学批评的著述中,无疑《人间词话》乃是其中最为人所重视的一部作品。"如果说《〈红楼梦〉评论》还是他假借西方哲学理论来从事中国文学批评的一种尝试,那么,"《人间词话》则是他脱弃了西方理论之拘束以后的作品,他所致力的乃是运用自己的思想见解,尝试将某些西方思想中之重要概念融汇到中国旧有的传统批评中来。所以《人间词话》从表面上看来与中国相沿已久之诗话词话一类作品之体式,虽然也并无显著之不同,然而事实上他却已曾为这种陈腐的体式注入新观念的血液,而且在外表不具理论体系的形式下,也曾为中国诗词之评尝拟具了一套简单的理论雏型。"①

对于《人间词话》的这一套理论刍型,我们不妨从文学批评形态的视角,来观照和分析其中所包含的理论观念、范式、方法及话语的系统性与现代特性。

首先从文学批评的理论观念方面来看。《人间词话》中最重要、最核心的范畴无疑就是"境界",它既是整个《人间词话》用以品评诗词的基本标准,也是王国维最基本的诗(词)学本体观念。

"境界"(王国维在论曲等其他评论中有时也用"意境"一词,二者在王氏的文学理论批评中并无本质区别,可视为同义互用的范畴)这一理论批评范畴在中国古代文论中早已提出,并有相当理论阐发和学术积累,尤其是宋元以来广泛运用于诗论、文论、画论、曲论和小说理论批评中。这一范畴到了王国维这里,则获得了前所未有的地位和影响。这一是因为王氏对"境界说"的阐发比较系统化、体系化了,形成一个比较完整、系统的理论系统;二是在王国维的理论阐发中,真正实现了中西融会、古今融通,既本于中国古代文论传统,同时又吸纳了西方美学因素,具有了某种程度的"现代意味"。

《人间词话》中的"境界"范畴,可从内涵与外延两个方面来理解把握。

从内涵方面来看,什么是"境界"?境界一词本为佛学用语,指修行者参悟所达到的程度。王国维借用这一语汇来喻指诗词创作所达到的某种理想状态或艺术目标。他具体阐释说:"境非独谓景物也,喜怒哀乐,亦人心中之一境界。故能写真景物、真感情者,谓之有境界。否则谓之无境界。"② 所谓真景物,可理解为作品中所写的鲜明生动的景物形象;真感情,则指发自内心的真挚感人的喜怒哀乐等情感。二者在诗中应当是彼此融合的,古人所谓"情景相生""情景交融""一切景语

---

① 叶嘉莹:《王国维及其文学批评》,广东人民出版社1982年版,第212页。
② 王国维:《人间词话》,《王国维文学论著三种》,商务印书馆2003年版。以下所引均见该文,不另详注。

皆情语"，也就是这个意思。不过他在观照文学的各种复杂形态的时候，也看到了"意"与"境"各有胜场的情况，他说："文学之事，其内足以摅己，而外足以感人者，意与境二者而已。上焉者意与境浑，其次或以境胜，或以意胜。苟缺其一，不足以言文学。"这一看法应当说是从中国传统意境理论总结发展而来，未见得有特别新奇之处。

不过在"境界"说的外延阐释方面，却可见出王国维独具特色的理论创新。

其一，从诗人对待自然（现实）的审美态度之不同，他把"境界"区分为"写境"与"造境"两种类型："有造境，有写境，此理想与写实二派之所由分。然二者颇难分别，因大诗人所造之境必合乎自然，所写之境必邻于理想故也。"这里所谓"写境"，侧重于写实，是对客观事物作自然真实的描绘；而"造境"则偏重于创造性虚构想象，以表达主观理想与情感。这两者只是相对而言各有偏重，而并非绝对的分野，因为"自然中之物，互相关系，互相限制。然其写之于文学及美术中也，必遗其关系、限制之处。故虽写实家，亦理想家也。又虽如何虚构之境，其材料必求之于自然，而其构造，亦必从自然之法则，故虽理想家，亦写实家也"。

与写境（写实）与造境（理想）相关联，倘若换一个角度，即从诗人本身的特性方面着眼，则有"客观之诗人"与"主观之诗人"之别。前者显然偏向于写实，即创造"写境"；后者侧重于表达理想，即更追求"造境"。因此，"客观之诗人不可不多阅世。阅世愈深，则材料愈丰富，愈变化，《水浒传》《红楼梦》之作者是也。主观之诗人不必多阅世，阅世愈浅，则性情愈真，李后主是也"。

很显然，这里所谓"理想"与"写实"二派之分，从话语到文学观念都是从西方文论中借鉴过来的，并且以这样的文学观念与学术眼光来看待中国的传统诗词，以及区分中国文学的意境或境界的不同价值取向，也可以说是前所未有的。

其二，以诗人主观自我在诗词作品中的表现形态之不同，他又把"境界"区分为"有我之境"与"无我之境"两种形态："有有我之境，有无我之境……有我之境，以我观物，故物皆著我之色彩；无我之境，以物观物，故不知何者为我，何者为物。"所谓"有我之境"，即把诗人自我之主观色彩或强烈情感投射在对象物上，使所写之物明显打上主观情感的印记，因此可以说是诗人主观自我的有形表现；所谓"无我之境"，则是指诗人的主观情感消融在对象物中，达到了物我交融、物我两忘的境界，可谓诗人主观自我的无形之表现。将有我之境和无我之境与诗人创作的具体情境相关联，便形成两种不同的艺术境界或风格，即"优美"与"宏壮"。他说："无我之境，人惟于静中得之。有我之境，于由动之静时得之。故一优美，一宏壮也。"

其三，以境界之高下来区分，他又分为"诗人之境"与"常人之境"。他说："境界有二：有诗人之境界，有常人之境界。诗人之境界，惟诗人能感之而能写之，故读其诗者，亦高举远慕，有遗世之意。而亦有得有不得，且得之者亦有深浅焉。若夫悲欢离合、羁旅行役之感，常人皆能感之，而惟诗人能写之。故其入于人者至深，而行于世也尤广。"倘若以克罗齐的"艺术即直觉即表现"的美学观来理解，无论何人，不论贤愚，都可以从"天下清景"中直觉到美，在心中得到审美感受体验，进入到某种艺术审美境界。从这个意义上说，常人和诗人都可谓之有境界。不过，常人之境界与诗人之境界是有高下之别的。其区别主要有二：一是审美体验与感悟有深浅之别，常人之感较浅，诗人之感更深；二是能写与不能写之别，常人能感之而不能写之，唯诗人能感之而能写之，使人"遂觉诗人之言，字字为我心中所欲言，而又非我之所能言，此大诗人之秘妙也"。

其四，境界有"隔"与"不隔"之别。《人间词话》第四十则在评析一些诗人诗作时，王国维提出了诗境的"隔"与"不隔"的问题，尽管他并没有对此在理论上做出详尽阐释，但从他的比较评析中仍可把握其基本含义。所谓"不隔"，即指诗之写景抒情，"语语都在目前"，物景清新，意象鲜明，情感真挚，意与境谐，使读者自然而然身入其境，获得自然真切的审美感受；而所谓"隔"，则是指物景意象比较模糊，情感表达含混晦涩，过于雕琢或用典，使读者在审美接受中感到有距离和障碍。从王国维的具体诗词评论来看，他所论到的诗人诗作都是些名家名作，无论"隔"与"不隔"，应当说都达到了一定的"境界"，不过比较而言，王国维显然是以"不隔"为更高的境界而加以推崇的。

其五，境界还有大、小之不同。只不过王国维特别强调，不能以此而区分诗词的优劣。他说:"境界有大小,不以是而分优劣。'细雨鱼儿出,微风燕子斜',何遽不若'落日照大旗,马鸣风萧萧';'宝帘闲挂小银钩',何遽不若'雾失楼台,月迷津渡'也。"从王国维所评析的例子来看,大致可意会他所谓"大境界",是指如上所说的"宏壮"的审美境界,而"小境界"则是指"优美"的审美境界。虽然他强调不能以境界之大、小分优劣,但对于文学批评来说,用以比较评析作品的不同风格及审美特性,还是很有启示意义的。

其六,王国维还从创作论的角度,提出了"入乎其内"与"出乎其外"的命题:"诗人对宇宙人生,须入乎其内,又须出乎其外。入乎其内,故能写之。出乎其外,故能观之。入乎其内,故有生气。出乎其外,故有高致。美成能入而不出。白石以降,于此二事皆未梦见。"这里虽然说的是诗人进行创作应当如何面对宇宙人生,实际上仍与"境界"之高下有关:如果诗人只能"入乎其内"而不能"出乎其外",或者相反,都必有其局限;只有既能"入"又能"出",才可能达到应有之艺术境界。

以上对《人间词话》中以"境界说"为核心的文学批评观念系统作了一个粗略的梳理。接下来我们再来看《人间词话》的批评范式与方法。

按叶嘉莹先生的看法,《人间词话》的内容,尤其是经王国维自己编定的上卷之六十四则词话,是隐然有着一种系统化之安排的,概略地可以将之简单分别为批评之理论与批评之实践两大部分。[①] 关于批评之理论部分,即如上面所概括的文学批评观念,首先提出以"境界"为总的诗(词)学批评标准。《人间词话》开篇第一则便标举:"词以境界为最上。有境界自成高格,自有名句。五代、北宋之词所以独绝者在此。"在"境界"的总标准之下,又具体区分出如上所述之"写境"与"造境"、"有我之境"与"无我之境"、"诗人之境"与"常人之境",并衍生出"隔"与"不隔"、"优美"与"宏壮"、境界之大小等具体审美范畴与批评尺度。这些既是具有独立美学意义的批评理论,同时也是为具体的批评实践所首先悬置的品评标准。王国维正是以此种批评眼

[①] 叶嘉莹:《王国维及其文学批评》,广东人民出版社1982年版,第213—214页。

光,去发现古典诗词作品中各种不同"境界"的范例,同时也是以这种理论观念和批评标准,去品评诗人诗作及阐释作品的意境风格。在这一批评实践过程中,批评理论与批评实践又是互阐互释、互动互证的,即一方面是以其"境界说"的审美标准品评阐释诗词作品,反过来也是以其批评范例来支持和确证其"境界说"的理论命题。这种文学批评范式与方法,显然渗透着西方文学批评的思想观念与思维方式,在以前传统的诗话、词话中是不多见的,可以说标志着古典诗(词)学批评现代转型的一个开端。

当然,话又说回来,《人间词话》的这种中西古今杂糅的批评还是有较大局限性的。诚如叶嘉莹先生所言:《人间词话》"这种新旧双方的融汇,遂使他这一部作品在新旧两代的读者中都获得了普遍的重视。然而可惜的是《人间词话》毕竟受了旧传统诗话词话体式的限制,只做到了重点的提示,而未能从事于精密的理论发挥,因之其所蕴具之理论刍型与其所提出的某些评诗评词之精义,遂都不免于旧日诗话词话之模糊影响的通病,在立论和说明方面常有不尽明白周至之处。所以《人间词话》虽曾受到过不少读者的重视,然而却也曾引起过不少争论和批评"[①]。这也表明,《人间词话》的批评范式与方法,具有从古典形态向现代形态转型过渡的性质。

再者,关于《人间词话》的批评话语。与上述文学批评的观念、范式和方法相适应,应当说《人间词话》的批评话语也是具有一定创新性的。从《人间词话》的文体体式与话语表达方式看,显然基本上还是古典形态的,但其中已经引入了西方的批评话语,已经有了化合中西批评话语的新的创造。王国维在引入西方的审美意识与批评观念来观照阐释中国古典诗词及其意境理论时,更多是一种参照与借鉴,并没有生硬套用。他还是致力于吸纳西方文论的精神,与我们的传统文论精神和话语彼此化合,从而创造新学语,以应用于中国文学的理论观照与实际批评。

从《人间词话》的批评理论与批评实践来看,其批评话语的创造性运用大致有以下三种情况。

---

① 叶嘉莹:《王国维及其文学批评》,广东人民出版社1982年版,第212—213页。

第一种情况是对西方理论批评话语的直接借用。如"理想"与"写实"、"理想家"与"写实家"、"优美"与"宏壮"等话语，都直接取自西方文论。但在《人间词话》中却并非孤立运用，也不是对西方文艺思想的直接介绍，而是在阐发其独特的理论发现或审美感悟时，一种顺手拈来的借用，一种从属性、辅助性的明晰表达。

　　第二种情况是仍然沿用中国古典理论批评的话语。如"隔"与"不隔"、"景语"与"情语"、"生气"与"高致"、"性情"等，其中有的虽然仍用其话语，但所表达的已是化合了西方美学精神的理论内涵。比如"隔"与"不隔"，在中国传统文艺批评（如刘熙载《艺概》）中虽然被运用过，但《人间词话》中谈"隔"与"不隔"，却有王国维自己的独特理解，其中融入了西方美学中艺术直觉的理论因素在内。据说"语语都在目前，便是不隔"一句，原稿中为"语语可以直观，便是不隔"，他所强调的是艺术直观或艺术直觉的特性。① 可见在王国维的理论批评话语中，语词形态可以仍是传统的，但其理论内涵却融入了新的东西。

　　第三种情况则是真正化合中西的"新学语"的创造。以"境界"这一核心概念为例。古典文论中早有"意境"之说，但王国维却要另创"境界"一词，虽然基本含义仍与"意境"相通，然而又毕竟不同于古人所言之"意境"，因为在王国维的"境界"论中，除"情景交融"的基本含义之外，还包含了康德、席勒美学所追求的纯粹美、自由美的精神在内。② 再如"造境"与"写境"显然也是新创的话语，其中不仅把"境界"的内涵分别与西方文论中的"理想""写实"的精神融合起来了，并且在其理论阐发中彼此互阐互释，显示出极大的理论张力。此外还有"有我之境"与"无我之境"、"诗人之境"与"常人之境"等话语，也都是从"境界说"的基础上生发出来的，不能简单说是中国古典文论话语，还是西方文论话语，而是融汇了中西文论精神而生成的创新性理论批评话语，真正达到了中西融合、浑然一体。

---

① 参见刘烜《王国维创造"新学语"的历史经验》，《文学评论》1997年第1期。
② 同上。

三 《宋元戏曲史》：现代戏曲批评的开创性意义

《宋元戏曲史》向来被视为中国戏曲史的开山之作，在学界评价极高。这部著作的价值也许可从两个方面来看。

一方面，是作为一部文学史（确切说是断代的分体文学史）的专门著作，所显示出来的文学史研究的开创性意义价值。第一，在中国正统文学观念中，戏曲历来不被重视，很少有专门研究，更无戏曲史的研究，王国维的这一著述以及他的另外几部曲学著作，可以说填补了中国戏曲史研究的空白，具有划时代的意义。第二，《宋元戏曲史》以外国文学史为借鉴，显示出文学史研究体制上的创新。关于这一点，傅斯年曾说："研治中国文学，而不解外国，撰述中国文学史，而未读外国文学史，将永无得真之一日。以旧法著中国文学史，为文人列传可也，为类书可也，为杂抄可也，为辛文房'唐才子传体'可也，或变黄全二君'学案体'以为'文案体'可也，或竟成《世说新语》可也；欲为近代科学的文学史，不可也。文学史有其职司，更具特殊之体制；若不能尽此职司，而从此体制，必为无意义之作。今王君此作，固不可谓尽美无缺，然体裁总不差也。"① 可以说王国维在学习借鉴西方文学史写作体制的基础上，开创性地建立起中国戏曲史研究乃至整个文学史研究的现代性体制范例，这种现代研究体制范例的开创之功，甚至超出了《宋元戏曲史》本身的意义。第三，《宋元戏曲史》在文学史研究方法上的创新。王国维在戏曲史研究过程中，一方面继承了乾嘉学派重视考据的学统，另一方面则又吸收了西方实证科学的精神和方法，如分析和综括的方法。《宋元戏曲史》中引用史料是极为丰富的，凡提出一个新的论断，都要引用翔实的史料作为依据，并对所用史料进行严密细致的分析，做到言必有据。同时，整部著作都贯穿着分析论证和综合概括，显示出极强的逻辑系统性。这标志着《宋元戏曲史》研究一开始就建立在一个较高的起点上。

另一方面，《宋元戏曲史》虽主要是一部文学史著作，但史中有"论"（文学理论），史中有"评"（文学批评），因此它还具有文学理

---

① 傅斯年：《〈宋元戏曲史〉书评》，原载《新潮》1919年第1卷第1号，转引自王国维《宋元戏曲史》（附录四），叶长海导读，上海古籍出版社1998年版，第147页。

论批评方面的意义价值。

首先，王国维以历史的眼光来看待中国文学的发展，将戏曲置于这一历史发展的链条中，看作是一个时代文学之标志。在《宋元戏曲史·自序》中开篇即说："凡一代有一代之文学。楚之骚，汉之赋，六代之骈语，唐之诗，宋之词，元之曲，皆所谓一代之文学，而后世莫能继焉者也。"[①] 在传统的文学理论批评中，戏曲和小说都被视为野俗文学形态，不入正宗文学之大雅之堂，评价甚低。而王国维则以一种新的文学观和历史观，将戏曲与诗词骚赋等量齐观，从总体上肯定了戏曲的历史地位和文学价值，可谓一种现代意识和眼光。

其次，王国维对戏曲意义价值的肯定，仍然是建立在他的基本美学观即"意境"说的基础之上的。他在《元剧之文章》中说："然元剧最佳之处，不在其思想结构而在其文章。其文章之妙，亦一言以蔽之曰：有意境而已矣。何以谓之有意境？曰：写情则沁人心脾；写景则在人耳目；述事则如其口出是也。古诗词之佳者，无不如是，元曲亦然。"[②] "意境"论原本是用于评价诗词等正宗文学形态的标准尺度，这里移用来评论戏曲，一方面说明王国维仍以诗词意境作为戏曲的本质内涵，并以此极力抬举戏曲的艺术地位与意义价值；而另一方面也表明，他似乎还没有找到适用于戏曲批评的独特的批评理论与尺度。如果说他在这方面也曾有所努力的话，那么就如同他在《〈红楼梦〉评论》中所做的那样，借用西方（确切地说即叔本华）的悲剧理论来评说中国的戏曲，从而作出赞誉性的评价。在《元剧之文章》中他说："明以后，传奇无非喜剧，而元则有悲剧在其中。就其存者言之，如《汉宫秋》《梧桐雨》《西蜀梦》《火烧介子推》《张千替杀妻》等，初无所谓先离后合、始困终亨之事也。其最有悲剧之性质者，则如关汉卿之《窦娥冤》，纪君祥之《赵氏孤儿》，剧中虽有恶人交构其间，而其蹈汤赴火者，仍出于其主人翁之意志，即列之于世界大悲剧中，亦无愧色也。"[③] 在叔本华的美学思想中，悲剧是最高级的文学形态，以悲剧标准来评说元剧，

[①] 王国维：《宋元戏曲史·自序》，叶长海导读，上海古籍出版社1998年版，第1页。

[②] 王国维：《宋元戏曲史·元剧之文章》，叶长海导读，上海古籍出版社1998年版，第99页。

[③] 同上书，第98—99页。

实际上就肯定了它是最高水平的文学。正如有学者所说的那样，这"不仅在中国文学史上，也在世界文学史上，给予了元剧以最高的评价。给予元剧这样高的理论评价，王国维是第一人，对元剧批评有这样广阔的视野、深邃的见识，也只有王国维一人。以王国维的论述，推他为中西戏剧比较研究的第一人，也不为过。"①

从总体上来看，王国维之所以致力于宋元戏曲史研究，给元剧以近乎拔高的评价，其实是寄寓了他的文学观念与美学理想的。他曾这样说过："余所以有志于戏曲者，又自有故。吾中国文学之最不振者，莫戏曲若。元之杂剧，明之传奇，存于今日者，尚以百数。其中之文字，虽有佳者，然其理想及结构，虽欲不谓之幼稚、之拙劣，不可得也。国朝之作者，虽略有进步，然比诸西洋之名剧，相去尚不能以道里计。此余所以自忘其不敏，而独有志乎是也。"② 由此可以看出，王国维试图通过戏曲史的研究及其戏曲理论批评，唤起人们对戏曲的重视，从而促使戏剧文学走向振兴，其执着的文学理想与学术上的良苦用心，确实令人感佩。

四　其他文学理论批评观念之建构

王国维是中国文学理论批评由古典形态向现代形态转型过程中的代表性人物，他不仅在诗（词）学批评、小说批评、戏曲批评等多种文体批评形态中进行探索并卓有建树，同时还从多方面阐发他以"审美人生论"为内核的文学理论批评观念，并以此为价值尺度评析一些作家作品。这里选取他的几篇主要文论略加考察。

《文学小言》从外部形态上看，仍是传统诗话的断语连缀的方式，但比较系统地反映了王国维的纯文学观、真文学观、大文学观，以及以此为标准所做出的文学评价。

其一，王国维的纯、真、大的文学观，主要表现为一种文学价值观。

---

① 周一平、沈茶英：《中西文化交汇与王国维学术成就》，学林出版社1999年版，第215页。
② 王国维：《宋元戏曲史·自序二》，干春松、孟彦弘编《王国维学术经典》（上），江西人民出版社1997年版，第6页。

关于"纯文学"观。在王国维看来,人间一切学问(尤其是科学)都是以利禄功利为目的的,独哲学与文学不然。就文学而言,"文学者,游戏的事业也。人之势力,用于生存竞争而有余,于是发而为游戏……而个人汲汲于争存者,决无文学家之资格也"[①]。意思是说,文学既是人生的一种活动,同时又应当是超出社会功利目的的游戏(审美)活动,它以人的精神上的自由愉快为目的。这就是王国维的独特文学观:文学既是人生的,又是审美(游戏)的;既有为人生的价值,又超越社会功利目的。这种"纯文学观",既来源于康德、席勒等人的审美游戏说和审美无功利说,但又与之有一定区别,打下了"文学为人生"的时代烙印,这在本质上是一种"审美人生"论的文学观。

与之相联系,王国维进一步阐发了他的"真文学"观。这大致可从两方面来看。一是从反面看什么不是"真文学"。在王国维看来,第一,以利禄为目的的文学不是"真文学";第二,以政治及社会之兴味为兴味的文学不是"真文学";第三,职业的、专门的文学,即以文学为生活,或为文学而生活的文学,不是"真文学";第四,为名的文学、文绣的文学、模仿(指模仿他人)的文学,也都不是"真文学"。因为这是社会功利化的文学,或者是脱离了为人生的宗旨的文学。二是从正面阐述什么是"真文学"。在他看来,只有从真实的人生出发,并且真正为了人生的文学,真正是"感自己之感、言自己之言"的文学,才是"真文学"。

再进一步,则是他的"大文学"观,或曰"天才文学"观。正因为文学是人生的,而人生则各有不同的境界,因之文学也各有不同的境界。比如文学上之天才者,需要莫大之修养,高尚伟大之人格;既要济之以学问,还要助之以道德,才能产生真正之大文学。以此观之,文学史上只有像屈原、陶渊明、杜甫、苏轼等人的创作,才称得上是真文学、大文学。

其二,关于王国维的文学本质观与文学形态观。在《文学小言》第四则中,王国维说:"文学中有二原质焉:曰景,曰情。前者以描写自然及人生之事实为主,后者则吾人对此种事实之精神的态度也。故前

[①] 王国维:《文学小言》,《中国近代文论选》(下册),人民文学出版社1959年版。以下引文见该文,不另详注。

者客观的，后者主观的也；前者知识的，后者感情的也。自一方面言之，则必吾人之胸中洞然无物，而后其观物也深，而其体物也切；即客观的知识，实与主观的情感为反比例。自他方面言之，则激烈之情感，亦得为直观之对象、文学之材料，而观物与其描写之也，亦有无限之快乐伴之。要之，文学者，不外知识与感情交代之结果而已。苟无锐敏之知识与深邃之感情者，不足与于文学之事。此其所以但为天才游戏之事业，而不能以他道劝者也。"在他看来，文学无非由"景"（自然及人生之客观事实）与"情"（人的主观精神、情感、态度）两方面的要素构成，所以说到底，"文学者，不外知识与感情交代之结果而已"。这是王国维对文学本质特性的一个基本看法。

文学无非"景"与"情"两个方面的原质，但在不同的文学中则各有偏重：有的偏于客观的方面，有的偏于主观的方面。前者可称为叙事的文学，后者可称为抒情的文学。前者在功能上更多是表现作者对客观生活的某种认识（即王氏所谓"知识"），后者则更多传达作者对社会人生的某种体验到的情感。这可看作是王国维借鉴西方文学观念所阐发的文学形态观。

从这两种基本文学形态而言，王国维已经看到，我国历来抒情的文学发达，未必专门的诗人也可为之；而叙事的文学则我国尚处在幼稚的阶段。比如戏剧，本来是叙事文学形态，然而，"元人杂剧，辞则美矣，然不知描写人格为何事"，即戏剧主要还只在追求唱辞之美，这与诗词之言情并无本质差异，因此还只能算抒情的文学。戏剧作为叙事文学所要求的正在于描写人格（性格），这除了在个别作品（如《桃花扇》）中略有所见外，其他戏剧作品中是非常缺乏的；小说叙事除个别成功的例子外，看来整体上也并不成熟。在这里，王国维看到了在叙事文学方面，中国文学与西方文学相去甚远，并期待中国叙事文学发展起来，应当说也是具有一种现代意识与现代眼光的。

其三，本篇一方面融汇中西文论阐明其文学观，同时则以其提出的文学观作为标准品评文学，反过来也以其文学批评确证其文学观。不过我们注意到，当王国维品评文学时，他所主要标示的尺度是"真"：其含义在于感情之真，观物之真；感自己之感，言自己之言。第八则引《诗》后评说道："诗人体物之妙，侔于造化，然皆出于离人孽子征夫之口，故知感情真者，其观物亦真。"第十至十二则高度评价屈原、陶渊明、苏轼、李杜等，也都在于他们感自己之所感，言自己之所言；而其他诗人逊之，则或感他人所感，言他人所言；或能言其言，却未必能感其所感。第十三则评说中唐后至宋，诗不如词，即便如欧阳修、陆游这样的大家，皆诗不如词，原因正在于"以其写之于诗者，不若写之于词者之真也"。这里强调的还是观物与言情之"真"。

在《论古雅之在美学上之位置》这篇论著中，王国维提出并集中讨论了一个独特的美学范畴，同时也是一个重要的美学批评标准，即"古雅"。

第一，关于"古雅说"提出的由来。文章开篇引康德的话说："美术者，天才之制作也。"然后提出疑问："然天下之物，有决非真正美术品，而又决非利用品者，又其制作之人，决非必为天才，而吾人之视之也，若与天才所制之美术无异者。无以名之，名之曰'古雅'。"[①] 联系前面之所说，王国维在《〈红楼梦〉评论》中，借鉴叔本华的学说表达了他的哲学与美学思想，即在哲学上崇尚人生解脱论，在美学上主张一切无利害之美术（艺术）和审美，尤为推崇优美和壮美。然而面对现实，芸芸众生实际上不可能走向完全的人生解脱，美学上也不可能都走向《红楼梦》这样的优美和壮美，换言之，康德的审美无功利说也好，叔本华的优美壮美说也好，都是天才论和贵族化的审美理想，而并不是大众化、平民化的审美趣味。面对普通民众，还需要另有与天才之艺术相区别、与大众需求相适应的审美理想与审美评价尺度，"古雅说"就是据此而提出来的。

第二，关于"古雅说"的性质与含义。王国维在文中说："欲知古雅之性质，不可不知美之普遍之性质。美之性质，一言以蔽之曰，可爱玩而不可利用者是也。"（这一观点显然源自康德）为什么呢？因为"一切之美，皆形式之美也"。这里将美归于"形式"，并不是指内容与形式的"形式"，而是指"形式化"的形式，即超越了实存之物与利害关系的美的形式化，它是一种美的"直观形式"。进而言之，"形式"则又可区分为两个层次，即"第一形式"与"第二形式"。"第一形式"

[①] 王国维：《论古雅之在美学上之位置》，《王国维遗书》（第五卷），上海古籍出版社1983年版。以下引文见该文，不另详注。

应当是指"实念化"的形式,即超越了实存及利害关系的美的精神,如优美与壮美(宏壮)等;而"第二形式"则更多指美之形象表达,"古雅"即指此而言。他说:"而一切形式之美,又不可无他形式以表之,惟经过此第二之形式,斯美者愈增其美,而吾人之所谓古雅,即此第二种之形式。即形式之无优美与宏壮之属性者,亦因此第二形式故,而得一种独立之价值。故古雅者,可谓之形式之美之形式之美也。"

对于王国维的两种形式观,学界有不同的理解。① 在笔者看来,这里的"第二形式"即"古雅",是个功能性概念,它的功能是美的"表出",它本身也具有一定的美的特性和审美价值。如王国维说:"茅茨土阶,与夫自然中寻常琐屑之景物,以吾人之肉眼观之,举无足与于优美若宏壮之数,然一经艺术家(若绘画、若诗歌)之手,而遂觉有不可言之趣味。此等趣味,不自第一形式得之,而自第二形式得之无疑也。"这意思是说,普通之物经艺术家之手亦可获得无穷趣味,这趣味并不来自第一形式,而是来自第二形式。他又举例说:"绘画中之布置,属第一形式也。而使笔使墨则属于第二形式。凡以笔墨见赏于吾人者,实赏其第二形式也。"比如自古以来的钟鼎、碑帖、宋元书籍等,其美大部分实存于第二形式。因此,第二形式美实为第一形式美之"表出"。若非天才人物,往往见不出也创造不出第一形式之美,即理念层次的美(如优美与壮美),但可以在第二形式美上着力,显示其价值。

第三,"古雅"之美学地位与价值。在文章末尾,他说:"至论其实践之方面,则以古雅之能力能由修养得之,故可为美育普及之津梁。虽中智以下之人,不能创造优美及宏壮之物者,亦得由修养而有古雅之创造力;又虽不能喻优美及宏壮之价值者,亦得于优美宏壮中之古雅之原质,或于古雅之制作物中得其直接之慰藉。故古雅之价值,自美学上观之,诚不能及优美及宏壮,然自其教育众庶之效言之,则虽谓其范围较大,成效较著可也。"概言之,"古雅"之美学地位与价值,可以置

---

① 郭延礼将"第一形式"理解为自然形态美,"第二形式"理解为"艺术形式美",认为艺术形式美高于自然形态美,这一理解阐释可能与王氏本意有较大差距。其实,王氏思想应当与黑格尔"理念的感性显现"说、叔本华"意志的表出说"更相通,他之所谓"第一形式"更接近黑格尔的"美的理念",或叔本华的美的"意志";而"第二形式"则为黑格尔所谓美的理念的"感性显现",或叔本华所谓意志的"表出"。参见郭延礼《中国近代文学发展史》(卷三),山东教育出版社1991年版,第2362页。

于这样一个坐标系统中来认识：一是从美的内涵本质上来看，古雅不及优美与宏壮，因为优美与宏壮是天才的艺术，而古雅则是众庶的艺术；二是由审美教育实践来看，古雅的审美效力也不及优美与壮美，但它更易于普及，影响范围更大。由此看来，王国维虽然在哲学、美学上崇尚康德、叔本华的无功利美学思想，以天才论、贵族化的"优美""壮美"为最高美学境界和美学理想，但面对现实，面对大众的审美实践，他特别提出"古雅"这一美学范畴，其用意显然是在传统的精英化高层次审美之外，另辟出大众审美一途，这体现出王国维的"审美人生论"具有比康德、叔本华美学更为深广的人文关怀精神，并且这也是与当时人文启蒙的要求相关联的。

《屈子之文学精神》首先对中国文学之精神进行宏观考察，建立起一个观照中国文学（主要是诗歌）的整体坐标；然后将屈原文学之精神置于这一整体坐标中加以评析，揭示其意义。[1]

首先，从中国道德政治思想的分野来看文学倾向的不同，从中可领会到中国文学精神与道德政治思想之间的密切关联性。在王国维看来，早在春秋前，中国的道德政治思想便分为两派：一是帝王派，又可称为近古学派、贵族派、入世派、热情派、国家派，以孔、墨思想为代表，也叫北方派；二是非帝王派，又可称为远古学派、平民派、遁世派、冷性派、个人派，以老子思想为代表，也叫南方派。这两派其主义相反而不能调和。战国后诸学派皆出此二派，或混合此二派。故中国固有之思想，不外此二者。与此相关联，则是中国文学也不外乎这两种思想。北方学派的文学，是"诗歌的文学"，如《诗》三百篇；而南方派的文学，则是"散文的文学"，如老子、庄子、列子的作品。

其次，对北方派文学与南方派文学进行比较，揭示各自的特质。[2]第一，为何"诗歌的文学"独出于北方学派呢？因为"诗歌者，描写人生者也"。诗之道在描写人生，而人生又非孤立之生活，而是处于家族、国家及社会之中。北方派之理想，是置于当时社会之中，在于改造

---

[1] 参见王国维《屈子之文学精神》，《中国近代文论选》（下册），人民文学出版社1959年版。以下引述见该文，不另详注。

[2] 这里所谓北方派文学与南方派文学的说法，可看出法国斯达尔夫人、日本青木正儿等人文学地理学研究方法之影响。

旧社会。北方之人,往往以坚忍之志、强毅之气,按改造社会之理想与当日之社会斗争。北方之人,不为离世绝俗之举,而周旋于君臣夫妇之间,从中产生作诗的动机。第二,南方文学中又并非没有诗歌的原质,这种"诗歌的原质"就表现为"伟大丰富的想象力"。这远胜于北方人,于北方文学中所不能见,如庄子、列子书中的某些部分,可谓之"散文诗"。这体现了国民文化发达之初的特征,可与古印度、希腊之壮丽神话相比。南人之富于想象,属自然之势,因此可以认为南方文学中之诗歌的特质优于北方文学。总之,比较而言,北方人之感情是诗歌的,但由于不得想象之助,所作遂止于小篇;南方人之想象也是诗歌的,但由于没有深邃的感情做后援,故想象散漫无所附丽,因此无纯粹之诗歌。大诗歌的出现,必须是北方人之感情与南方人之想象合而为一才能实现——屈原的创作即是如此——由此而引入对屈原文学精神的论析。

再次,对屈原文学精神的具体评析。总的来说,"屈子南人而学北方之学者也",他是南方人,但却抱北方之思想。如在他的诗文中,对圣贤、暴君等的看法,完全是北方人之思想。屈子之性格在"廉贞"二字:"廉"南方学者之所优,"贞"(忠贞)则为南方学者所不屑,亦不能为也,而屈子却抱持之。并且屈原之丰富的想象力,实与庄、列相近;此外,他变三百篇之体而为长句,变短什而为长篇,使感情的表达更为婉转;再加以其北方之肫挚之性格,故成其为周、秦间独一无二之大诗人。

最后一小段结语,对诗歌的本质精神加以提升总结:"要之,诗歌者,感情的产物也。虽其中之想象的原质,亦须有肫挚之感情,为之素地,而后此原质乃显,故诗歌者实北方文学之产物,而非儇薄冷淡之夫所能托。"中国文学史上不独屈原是这样的大诗人,后世诗人中陶渊明、杜甫也是如此。

这篇文论虽然篇幅不长,但提出了关于中国诗歌精神、关于北方派文学与南方派文学特质的一个基本看法,并以此为标准来评判、揭示屈原诗创作的精神与意义,发前人所未发,显示出卓越的见识和独特的批评范式。

综上所述,中国近代文学理论批评的转折与变革,标志着中国古典文学批评形态走向全面衰落和终结，而终结的同时也预示着现代转换。在近代文学理论批评的转折与变革中，梁启超和王国维分别代表了价值论批评形态转型的两种基本取向。他们所建立起来的文学理论批评系统，无论从思维方法还是批评文体形态来看，都具有划时代的意义，标志着中国的文学理论批评从以往自我封闭式传承演进，开始走向中西汇通交融的开放性发展。

第二章

文学革命浪潮中文学理论批评的观念重建

如第一章所述，无论从文体论批评形态还是价值论批评形态来看，中国古典文学理论批评形态至近代走向了全面衰落和终结，而终结的同时也预示着现代变革与转型的开始。然而近代文学理论批评的转折与变革，从总体上来说，是在中国近代社会、文化和文学变革的大格局中，在求新、求变、求用的近代意识的导引下，寻求变革发展，在文学理论批评观念、模式、方法和话语等方面都呈现出过渡性特征，即新旧并存、中外交会、东西古今杂糅。中国文学理论批评真正意义上的现代转型发展是在进入20世纪以后，尤其是在五四新文化运动的风云激荡之下推进的。

第一节 五四新文化运动的时代背景

五四新文化运动，其实质是企求中国社会现代化的思想启蒙运动。中国封建社会经过两千余年的封闭性动荡发展，它的超稳定结构的内在潜力已消耗殆尽，再难以焕发生机，至清末已是极其腐朽衰败。鸦片战争中帝国主义的坚船利炮轰开了中国封闭的大门，从此中国沦为半殖民地半封建国家，中华民族陷于内忧外患的苦难之中。残酷的现实迫使国人惊醒感奋起来以救亡图存。觉醒起来的中国人已深切感到，要救亡图存就必须实行社会变革以强国富民。然而，变革社会以自强的济世良方在传统文化中是难以寻找到的，于是，怀抱着救国愿望的仁人志士不得不以矛盾痛苦的心情向西方学习以寻求救国之道。先是学习西方的科学技术（洋务运动），继而学习西方的政治制度（戊戌变法和辛亥革命），但都归于失败。究其原因，还在于广大民众尚未觉醒，变革社会的力量还过于弱小。于是，一批先进知识分子总结晚清以来社会变革的经验教训，意识到要真正推动中国社会的变革，向民主共和制的现代社会转型，就必须彻底反封建，不仅要推翻封建专制政治统治，同时还必须彻底批判瓦解封建意识形态，尤其是封建伦理道德观念，那么就要彻底批判封建文化，进行思想启蒙，从精神上解除封建意识对人的束缚，唤起国民的觉悟，改变国民的灵魂，提高国民的素质。这样，就将"向西方学习"推进到了文化领域，掀起了新文化运动。

这场现代启蒙运动应当说是从近代启蒙主义思潮发展而来的。如第一章所述，近代一些先知先觉者与仁人志士已经意识到中国社会要实现根本变革，就必须进行思想启蒙，即"开启民智""改良群治"，要"新民"，这正是现代启蒙运动的前奏。只不过到五四新文化运动，显然其思想启蒙要更为自觉，声势更加浩大，意义也更加深刻。

五四新文化运动作为一场现代思想启蒙运动，从总体上来说有三大任务或者说三大特点。

一是批判传统。主要是对封建传统文化特别是文化专制主义的批判，要求打破思想禁锢，呼唤精神解放，倡导思想自由。而其中主要矛头所向，首先指向儒家文化（孔学），当时最著名的口号是"打倒孔家店"。这是因为儒家文化（核心是其中的政治文化与伦理文化）事实上早已演化成为封建主义意识形态，历代封建统治者都无不以"尊孔"即推崇儒家学说来维护其封建统治。儒家文化一方面是封建统治者巩固封建专制统治和维护等级社会秩序的思想文化基础，另一方面，其"三纲五常"之类的封建礼教则成为对民众进行奴化教育的工具，为专制社会制造顺民，培养奴隶道德，扼杀人性。为了实现人的解放，还人以人性的自由，就必须打破这种封建思想文化统治，重估传统文化价值，促使伦理价值观念的根本转变。尽管有人认为五四时期激烈的反传统文化显得比较简单化与偏激，但在当时以反封建为第一急务的时代，应当说自有其历史的合理性。此外，对传统文化的批判也扩展到其他方面的某些表现形态，如文言文及其某些特殊的文体表现形式，提出"废文言"乃至"废汉字"的口号，原因则在于文言文等作为文化载体，它只有利于统治阶级的文化垄断，而不利于向广大民众进行文化普及与思想启蒙，因此也受到激烈的批判。

二是"输入学理"。这就是对西方思想文化的广泛引进和吸收。"输入学理"的意义，一方面是反封建与批判传统文化的需要。因为反封建与批判传统文化，需要有一定的理论资源或者思想武器，而作为批判对象的传统文化本身，是不可能提供也很难产生这样的思想武器的，只有从西方文化中去寻找；另一方面则是建设新文化的需要，只有从西方文化中才能获得对新文化建设有益的滋养。正因此，当时的不少思想家在激烈批判传统文化的同时，极力呼吁引进吸收西方思想文化。如胡适明确提出"输入学理"，蔡元培主张"思想自由，兼容并包"，陈独秀倡导"以欧化为是"，鲁迅在主张"少读中国书，多读外国书"的同时提出"拿来主义"等，都是为了有效地批判旧文化，建设新文化。正是在这种时代风潮下，西方各种理论学说与文化思潮，如进化论、人道主义、无政府主义、社会主义等，都纷纷被引进。当然其中最重要也是最基本的两种文化精神，也是中国传统文化中所最缺乏的东西，便是"民主"与"科学"，当时形象化地称为从西方请进"德先生"与"赛先生"，期望以此来救治中国政治上、道德上、学术上、思想上一切的黑暗。郭沫若曾经说过："我们大家应该都还记得《新青年》所尊崇的两位导师：一位是德先生的'德谟克拉西'（民主），其他一位是赛先生的'赛因士'（科学）。这德、赛二先生正是近代资本社会的二大明神。德先生的德业是在个权的尊重、万民的平等；赛先生的精神是在传统的打破，思索的自由，更简切了当的说，《新青年》的精神仍不外是在鼓吹自由平等。"[①] 民主与科学便成为五四新文化运动两面光辉的旗帜。

三是建设新文化。批判传统文化和引进吸收西方文化，虽然都是五四新文化运动的重要方面，但并不能说是它的最终目标。它的主要目标是要建设新文化，以新文化进行思想启蒙，改造"国民性"，从而推动中国社会的现代化进程。只不过在如何建设新文化，以什么样的思想文化为资源来建设新文化，以及建设什么样的新文化等问题上，当时文化界存在很大的分歧和争议。如果说在批判传统文化和引进吸收西方文化

---

① 郭沫若：《文学革命之回顾》，《文艺论集续集》，人民文学出版社1979年版，第85—86页。

方面本来就存在争议的话，那么在建设新文化的问题上显然分歧更大。

五四新文化运动以《新青年》杂志为思想阵地，在它的周围集结了当时一批新文化运动的先驱人物，如陈独秀、李大钊、胡适、鲁迅、钱玄同、刘半农、周作人、沈尹默等，他们宣传新思想，领导新潮流，形成反封建的思想文化战线，代表了新文化运动的方向。与此同时，蔡元培在北京大学实行"思想自由、兼容并包"的办学方针，大大促进了新思想、新学术的发展。《新青年》的新文化思潮与北大的新学术风气相互呼应，使五四新文化运动日益高涨，形成了巨大的社会影响，有力地推进了中国社会的现代化变革发展进程。

第二节　五四时期的文学革命浪潮

在五四新文化运动的潮流中，新文学运动无疑是其中最重要的组成部分。这一新文学运动，从近代"文学改良"酝酿发展而来，到五四时期酿成声势浩大的"文学革命"运动。"文学革命"不仅是五四时期最响亮的口号，而且也成为当时思想启蒙最显著的标志。

五四时期的"文学革命"的发动，以胡适1917年1月在《新青年》发表《文学改良刍议》为标志。紧接着在同年2月号《新青年》上，陈独秀又发表了文辞更为激烈的《文学革命论》，鲜明地打出"文学革命"的旗号，由此引发了一场激烈的文学与文化的论争，使"文学革命"由一个口号演化成为一个现实的文学与文化革新运动。这场"文学革命"运动，从总体上说，就是以进化论的思想理论为依托，张扬"一时代有一时代之文学"的进化论观念，主张文学革新，以适应现代社会的变革发展要求。

作为"文学革命"运动的发端，胡适与陈独秀的文章提出了"文学革命"的两个最基本的命题。一是文学形式上主张废除文言文，提倡白话文；革除旧文体，创造新文体。他们认为白话的文学取代文言的文学，新文体取代旧文体，是新文学发展的必然趋势。尽管文言与白话之争、新旧文体之争从近代以来就一直存在，但到五四时期已成为新旧文学之争的焦点问题之一，同时也是新旧文学的标志之一。二是文学内容性质上，反对陈腐的旧文学，提倡表现新思想新内容的新文学。如胡适就明确提出了"建设的文学革命论",认为文学的本质便是表情达意,不过他主张应当将文学表现的领域扩大到底层社会与平民大众。陈独秀则在《文学革命论》中鲜明地提出"文学革命"的三大目标:"曰推倒雕琢的阿谀的贵族文学,建设平易的抒情的国民文学;曰推倒陈腐的铺张的古典文学,建设新鲜的立诚的写实文学;曰推倒迂晦的艰涩的山林文学,建设明了的通俗的社会文学。"① 胡适、陈独秀的"文学革命"主张,得到新文化倡导者们的积极支持和响应,钱玄同、刘半农、李大钊、鲁迅、周作人等都纷纷著文反对旧文学,提倡白话文与新文学,大造文学革命声势。而另一方面,一些思想偏于守旧的文化人,如林纾、学衡派中的主要人物梅光迪、胡先骕、吴宓,还有甲寅派的代表人物章士钊等,他们站在文化保守主义文化立场,反对新文化运动的激进主义与平民主义,反对文学革命。新旧两派围绕"文学革命"问题形成尖锐激烈的论争。正是由于这种论争,更加扩大了"文学革命"的声势,同时也更加扩大了新文化和新文学运动的规模和社会影响。

正是在"文学革命"浪潮的推动下,五四时期的文学界出现了前所未有的新景观。最显著的表现在以下几个方面。

首先是外国文学与文艺思潮的引进。在社会变革的进程中,如同整个文化的变革一样,文学要实现转换和革新,不可能依靠传统文学自身的力量,而只能如鲁迅所说"别求新声于异邦"②。打开国门看世界,新文学的倡导者们发现,西方文学与文艺思潮早已是丰富多彩、流派迭出、异彩纷呈,因此他们在批判旧文学和倡导"文学革命"的同时,大力引进外国文艺思潮,这既是冲击旧文学的重要力量,也是对新文学的有力支持。如胡适介绍引进了欧美的文学历史进化论和意象主义,周作人引进了人本主义文学观,李大钊介绍了俄国现实主义,等等,在五四前后的几年内,西方文艺复兴以来各种各样的文艺思潮及哲学思潮都先后涌入中国,对文学革命起到了巨大的推动作用。

与文艺思潮引进的同时,是大规模的外国文学翻译介绍。"文学革

---

① 陈独秀:《文学革命论》,《中国新文学大系·建设理论集》,上海文艺出版社1981年影印本,第44页。
② 鲁迅:《摩罗诗力说》,《鲁迅全集》(第1卷),人民文学出版社1981年版,第65页。

命"的倡导者如鲁迅、胡适、周作人、刘半农等，差不多都参与了译介外国文学作品的工作。《新青年》从第一卷开始就先后译载了屠格涅夫、龚古尔、王尔德、契诃夫、易卜生等人的作品，此外各种文学刊物也大量刊载翻译的外国文学作品，给文学界带来一股清新之风，令人耳目一新。

其次，受外国引进的各种不同文艺思潮与艺术方法的影响，文学观念与趣味相投、创作倾向与风格相近的作家往往走到一起，形成各种作家群体，然后再凝聚为不同的文学社团。据统计，在五四前后的几年间，便形成文学流派或社团数十个，其中著名的有文学研究会、创造社、新月社、语丝社、浅草社、湖畔诗社等，各自都创办了具有自身风格特色的文艺刊物，宣传其文学主张，发表创作与翻译的文学作品，展示新文学的实绩。

再次，"文学革命"直接带来了文学创作的推陈出新，显示出"文学革命"的实绩。其中首先对文学传统形成尖锐挑战的显然是新诗的革命。胡适最早提出"诗体解放"的口号，提倡"作诗如作文"，其中所包含的基本要求，就是要以白话和散文化的方式写诗，打破古体诗的格律，采用自然的音节；同时在内容上自然平实地描摹生活现实与自然景物，或表达自然朴素的情感。胡适不仅是新诗革命与诗体解放的倡导者，同时作为第一个白话诗人进行新诗创作，他的《尝试集》无疑是早期新诗的代表作，体现了他所主张的新诗的浅易化、平民化的基本特点。新诗的试验性创新，一开始即遭到旧诗派的激烈反对，但随着诗体革命倡导者们在理论与实践上的不懈努力（除胡适外，还有郭沫若等人的创造性贡献），加以"文学革命"的时代大潮的推动，新诗的地位终于得以确立。

也正是在"文学革命"的催动下，五四时期的散文也革故鼎新，得到极大发展，实现从古典形态向现代形态的自觉而彻底的转变，即从古代杂文体散文转变为一种纯文学体的独立艺术形式，一种白话形式的"美文"。至于具体形态则是多种多样、风格各异的，如时政议论式散文，叙事抒情式散文，小品、随笔与杂文等。"五四"时期散文创作派别林立，有种种样式、流派和风格，产生了不少散文大家。鲁迅曾说过，五四时期散文小品的成功，几乎是在小说戏曲和诗歌之上。

至于小说,从近代以来日益发达,至五四时期逐渐取得文学的正宗地位。其中,"文学革命"的影响与西洋小说的引入,对中国小说由古典形态向现代形态转型的推动作用是显而易见的。鲁迅曾说过:"小说家的侵入文坛,仅是开始'文学革命'运动,即1917年以来的事。自然,一方面是由于社会的要求的,一方面则是受了西洋文学的影响。"[①]五四时期的小说创作从总体上来说与整个文学革命的方向一致,即坚持现代白话小说的路子和大众化的方向,具体而言则可谓风格形态各异,流派纷呈,文体和表现手法多样。

若以小说的价值取向来考察,大致可区分为三类。第一类是以批判现实社会和进行思想启蒙为价值取向的创作,如鲁迅的现代白话小说,一些所谓"社会问题小说"及"人生写实小说"等。这类小说都有比较明显的客观化倾向,注重反映现实生活,尤其是下层民众的苦难生活,旨在揭出社会的病痛与国民性的缺陷,立足于探究人生社会问题,从而起到思想启蒙与唤起民众的作用。第二类是主观表现性或曰现代抒情性小说,包括"自叙传"式的小说和各种主观型叙述的小说,郭沫若称其为"主情主义"小说,周作人则称之为"抒情诗的小说"。这类小说较多受西方浪漫主义文学影响,"本着内心的要求"而创作,着重表达作者对现实人生的感受体验,抒写个人在不合理现实生活中的苦闷与感伤情绪,这在客观上也有一定的针砭时弊、打动人心的作用。第三类则是通俗性小说。与前两类小说不同,通俗小说的价值取向主要在于适应和满足市民阶层的娱乐性消费需求,正如有学者所指出的那样:"中国近现代通俗文学是指以清末民初大都市工商经济发展为基础得以滋长繁荣的,在内容上以传统心理机制为核心的,在形式上继承中国古代小说传统为模式的文人创作或经文人加工再创造的作品;在功能上侧重于趣味性、娱乐性和可读性,但也顾及'寓教于乐'的惩恶劝善效应;基于符合民族欣赏习惯的优势形成了以广大市民层为主的读者群,是一种被他们视为精神消费品的,也必然会反映他们的社会价值观的商

---

① 鲁迅:《〈草鞋脚〉小引》,《鲁迅全集》(第6卷),人民文学出版社1981年版,第20页。

品性文学。"① 随着五四时期人性解放、个性解放思潮的高涨，以及新文化运动对平民化、世俗化价值取向的认可，这类通俗性小说获得了广阔的发展空间，不断繁荣兴盛。上述几类小说的争相发展，形成现代小说雅俗分流和彼此互渗、共同繁荣的格局。

最后，戏剧改革到五四时期进入一个新的阶段。《新青年》曾在1917—1918年展开"旧剧评议"，一方面批判传统旧戏大团圆主义的封建性内容与戏剧模式，另一方面通过对传统戏曲进行"价值重估"，提高戏剧的社会地位与文学地位，为现代戏剧的创造与发展开辟道路。与此同时则是积极倡导建设新剧，即所谓"文明新戏"，通过借鉴西洋戏剧艺术形式，这样就有了中国现代话剧的诞生与发展。现代话剧的兴起，与通俗小说的兴起有类似的意义，它淡化了传统戏剧的教化功能，突出了戏剧的表现性和娱乐性，偏重于表现世俗生活，自觉适应市民阶层的欣赏趣味，因而得到很大发展。到五四时期，在"文学革命"的浪潮中，为适应新文化运动及思想启蒙的时代要求，以话剧为主要形式的现代新剧也自觉加强了批判社会的功能。如五四后第一个成立的新戏剧团体——上海民众剧社，在其宣言中就明确说道："萧伯纳曾说：'戏剧是宣传主义的地方'，这句话虽然不能一定是，但我们至少可以说一句：当看戏是消闲的时代，现在已经过去了。戏院在现代社会中确是占着重要的地位，是推动社会使前进的一个轮子，又是搜寻社会病根的X光镜。"② 他们主张"艺术上的功利主义"，提倡"写实的社会剧"，这显然已体现了一种现实要求与时代精神。

综上所述，五四新文化运动以及这一运动中的"文学革命"浪潮，构成了这一时期文学理论批评现代转型与发展的时代背景与现实语境，中国文学理论批评现代转型正是在这一现实背景下发生的。

第三节 文学理论批评：在批判中重建

如上所述，五四时期的时代主题是进行现代启蒙，借此启动中国的

---

① 范伯群：《〈中国近现代通俗作家评传丛书〉总序》，南京出版社1994年版，第1—2页。
② 蒲伯英：《戏剧要如何适应国情》，《戏剧》第1卷第4期，1921年8月31日。

现代化历史进程。整个新文化运动，包括置于其中的"文学革命"浪潮，无疑都贯穿着这一时代主题。在"文学革命"浪潮中，文学理论批评显然起着先导的作用，同时也与"文学革命"乃至新文化运动形成一种互动的关系。

从总体上看，与新文化运动的目标和任务相一致，五四时期的文学理论批评也主要表现为三个方面：一是批判传统，即批判颠覆封建主义的文学观，为新文学的发展开辟道路；二是输入学理，即引进吸纳西方文学观念与文艺思潮，既以此瓦解传统文学观念，同时也作为建设新文学观的借鉴；三是建立新的文学观，为新文学的发展寻求方向。上述三个方面归结到一点上来，就是致力于实现文学观念的根本变革。

比较而言，这一时期的文学理论批评并不追求理论的系统性与严整的批评范式，它最为突出的特点是文学观念上的反叛性、革命性与建设性，所追求的是文学观念上的大"破"与大"立"，与旧文学观决裂，为新文学的发展张目，显示出鲜明的时代精神与时代特色。总而言之，这种文学理论批评中的观念变革主要表现在以下方面。

一 "进化论"的文学发展观：文学革命的合法理论依据

达尔文在生物学领域创立的进化论学说，后来被实用主义哲学用来观察社会与历史，便形成社会与历史进化论。胡适早年赴美留学，接受杜威实用主义（胡适译为"实验主义"）哲学，对他的政治观、社会历史观和文学观都产生了重要影响。实用主义的态度和方法是重事实、重实验，从实用主义观点看历史，便形成实用主义的历史进化观。胡适在《实验主义》一文中说，实验主义"把达尔文一派的进化观念拿到哲学上来应用……便发生了一种'历史的态度'"。这种历史的态度，就是"研究事实如何发生，怎样来的，怎样变到现在的样子"①。胡适将这种实用主义的历史态度即历史进化论思想引入文学理论，便合乎逻辑地提出了"历史的文学观念论"，其核心就是"一时代有一时代之文学"的命题。他一再对此命题加以强调和阐述。在《历史的文学观念论》一文中，他开宗明义地指出："居今日而言文学改良，当注重'历

---

① 胡适：《实验主义》，《胡适全集》（第1卷），安徽教育出版社2003年版，第282页。

史的文学观念'。一言以蔽之,曰:一时代有一时代之文学。此时代与彼时代之间,虽皆有承前启后之关系,而决不容完全抄袭;其完全抄袭者,决不成为真文学。愚惟深信此理,故以为古人已造古人之文学,今人当造今人之文学。"[①] 在《文学改良刍议》中他又说:"文学者,随时代而变迁者也。一时代有一时代之文学:周秦有周秦之文学,汉魏有汉魏之文学,唐宋元明有唐宋元明之文学。此非吾一人之私言,乃文明进化之公理也。"[②] 在《文学进化观念与戏剧改良》一文中,胡适对文学进化观念更进一步作了系统的诠释与阐述,其中着重强调了文学进化观念的四层意义。第一层从总体上来看文学的进化,可以认为"文学乃人类生活状态的一种记载,人类生活随时代变迁,故文学也随时代变迁,故一代有一代的文学"[③]。再次重申了上述的核心观念。第二层则指出,每一类文学的进化,并不是三年两载就可以发达完备的,它需要慢慢地、渐渐地才能进化到完全发达的程度,在这个过程中往往会遇到种种阻力或障碍,经历各种曲折,但文学进化总是一种必然的趋势。第三层则是说,在文学进化的过程中,往往会留下前一时代的许多无用的纪念品或"遗形物",这是很难避免的。倘若不将过时的"遗形物"加以扫除,就很可阻碍文学的进化;如果有人把这些"遗形物"当作精华,这真是文学进化观念的大害。第四层则是说,"一种文学有时进化到一个地位,便停住不进步了;直到他与别种文学相接触,有了比较,无形之中受了影响,或是有意地吸收人的长处,方才再继续有进步"。胡适上述对文学进化论的阐释,有两点显得特别重要:一是强调文学随时代生活的发展而不断进化,一代有一代之文学,今人当造今人之文学,因此文学的革新是必然的和合理的;二是认为文学的进化需要与别种文学相接触,吸收他人的长处,才能有进步,因此引进借鉴西洋文学就是必要的和有益的。这一文学进化论思想得到了文学革新派的普遍认同。

陈独秀在《文学革命论》中,虽未详论文学进化论思想,但他解

[①] 胡适:《历史的文学观念论》,《中国新文学大系·建设理论集》,上海文艺出版社1981年影印本,第57页。

[②] 胡适:《文学改良刍议》,《中国新文学大系·建设理论集》,上海文艺出版社1981年影印本,第35页。

[③] 胡适:《文学进化观念与戏剧改良》,《中国新文学大系·建设理论集》,上海文艺出版社1981年影印本,第376—381页。以下引自此文,不另详注。

释所谓"革命"便是"革故更新之义",并认为与政治、宗教、伦理道德之有革命一样,"文学艺术,亦莫不有革命,莫不因革命而新兴而进化"①。在他看来,"革命"便是促使事物革故更新,便是事物的进化。

由此可以看出,"进化"与"革命"之间,分明具有一种必然的联系。胡适在谈到诗的演进过程与诗体解放的时候,就曾说到"自然进化"与"革命"之间的关系:"自然趋势逐渐实现,不用有意的鼓吹去促进它,那便是自然进化。自然趋势有时被人类的习惯性守旧性所阻碍,到了该实现的时候均不实现,必须用有意的鼓吹去促进它的实现,那便是革命了。一切文物制度的变化,都是如此的。"② 这就是说,事物发展的必然趋势是要不断进化的,但当该进化而又不能实现时,就必须用有意的行动去促其实现,这就是"革命",通过"革命"以促使事物"进化"。因此可以说,在新文学运动先驱者那里,"进化论"思想本身就包含着一种"革命"的意义,就昭示着一种"革命"的要求,因而"文学进化论"也就成为"文学革命"合法的理论依据,成为五四新文学运动的基本精神之一。

二 倡导"文学革命":批判否定旧文学,主张建设新文学

其实胡适等人极力鼓吹文学进化论,目的是为"文学革命"张目。而"文学革命"又无非两个方面,一个是"破",即批判否定旧文学;另一个是"立",即提倡建设新文学。至于具体"破"什么"立"什么,这些"文学革命"的先驱者们看问题的角度不同,所阐述的理论观点也各有不同。不过从总体上来说又不外乎两个方面,胡适曾总括性地说过:"简单说来,我们的中心理论只有两个:一个是我们要建立一种'活的文学',一个是我们要建立一种'人的文学'。前一个理论是文字工具的革新,后一种是文学内容的革新。中国新文学运动的一切理论都可以包括在这两个中心思想的里面。"③

---

① 陈独秀:《文学革命论》,《中国新文学大系·建设理论集》,上海文艺出版社1981年影印本,第44页。
② 胡适:《谈新诗》,《中国新文学大系·建设理论集》,上海文艺出版社1981年影印本,第299—300页。
③ 胡适:《中国新文学大系·建设理论集·导言》,上海文艺出版社1981年影印本,第18页。

从胡适的文学理论批评来看,他所主张的"文学革命",首先是"文学工具革命",即语言文字形式的革命,具体说就是用白话文替代文言文。在他看来,文言作为文学的工具已是一种"死文字",用"死文字"只能写出"死文学";只有用"活文字"(白话)才能写出"活文学"。为什么"文学革命"先要从语言文字工具的革命开始呢?胡适是这样阐释的:"……'文字形式'往往是可以妨碍束缚文学的本质的……文字形式是文学的工具;工具不适用,如何能达意表情?"他甚至认为:"一部中国文学史只是一部文字形式(工具)新陈代谢的历史,只是'活文学'随时起来替代了'死文学'的历史。文学的生命全靠用一个时代的活的工具来表现一个时代的情感与思想。工具僵化了,必须另换新的、活的,这就是'文学革命'。"[1]他又说:"我到此时才把中国文学史看明白了,才认清了中国俗话文学(从宋儒的白话语到元朝明朝的白话戏曲和白话小说)是中国的正统文学,是代表中国文学革命自然发展的趋势的。我到此时才敢正式承认中国今日需要的文学革命是用白话替代古文的革命,是用活的工具替代死的工具的革命。"针对有人对"白话文学"的责难,胡适辩护说:"我也知道光有白话算不得新文学,我也知道新文学必须有新思想和新精神。但是我认定了:无论如何,死文字决不能产生活文学。若要造一种活的文学,必须有活的工具。那已产生的白话小说词曲,都可证明是最配做中国活文学的工具的。我们必须先把这个工具抬高起来,使它成为公认的中国文学工具,使它完全替代那半死的或全死的老工具。有了新工具,我们方才谈得到新思想和新精神等其他方面。"胡适不仅在理论上不遗余力地为白话文学革命造势,同时在实践上也率先进行白话文学的尝试示范。如果说白话戏曲和白话小说前人已有所实践,算不得多大的创新,那么用白话作诗显然有更大的难度,也是更大的挑战。胡适则率先尝试用白话写新诗,将其新诗集命名为《尝试集》,显示出他对"文学工具革命"的不懈努力。

其次是在文学工具革命的基础上再推进一步,指向对整个旧文学形式与写作方法的革命,提倡新的文学作法。在著名的《文学改良刍议》

---

[1] 胡适:《逼上梁山——文学革命的开始》,《中国新文学大系·建设理论集》,上海文艺出版社1981年影印本。以下引此文,不另详注。

一文中，胡适提出："吾以为今日而言文学改良，须从八事入手"，这就是："一曰，须言之有物。二曰，不摹仿古人。三曰，须讲求文法。四曰，不作无病之呻吟。五曰，务去烂调套语。六曰，不用典。七曰，不讲对仗。八曰，不避俗字俗语。"① 这八个方面都是针对旧文学的弊端而言的。在他看来，只有革除一切旧文学的陈腐做法和习气，才谈得上建设新的文学。

此外在文学内容方面，胡适也明确反对"文以载道"之类的旧观念，认为文学的本质不过是表情达意。这方面的思想观点下面再讨论。

陈独秀的《文学革命论》更被认为是批判否定旧文学、倡导鼓吹新文学的一篇檄文。他明确表示对胡适文学主张的声援，更鲜明地高扬"文学革命"的大旗，向旧文学宣战。他并不分什么内容、形式，而是从整体上批判否定旧文学、倡导鼓吹新文学。他开诚布公宣布其"文学革命"的"三大主义"："曰推倒雕琢的阿谀的贵族文学，建设平易的抒情的国民文学；曰推倒陈腐的铺张的古典文学，建设新鲜的立诚的写实文学；曰推倒迂晦的艰涩的山林文学，建设明了的通俗的社会文学。"② 与胡适一样，他这里同样是一"破"一"立"。不过从这整篇文章来看，"立"的方面所论甚少，主要是对旧文学传统的批判。文章历数从先秦到清末桐城派散文的种种弊端，并将这些弊端归入他所谓"三种文学"中加以清算："际兹文学革新之时代，凡贵族文学、古典文学、山林文学，均在排斥之列。以何理由而排斥此三种文学耶？曰贵族文学，藻饰依他，失独立自尊之气象也；古典文学，铺张堆砌，失抒情写实之旨也；山林文学，深晦艰涩，自以为名山著述，于其群之大多数无所裨益也。其形体则陈陈相因，有肉无骨，有形无神，乃装饰品而非实用品；其内容则目光不越帝王权贵，神仙鬼怪，及其个人之穷通利达。所谓宇宙，所谓人生，所谓社会，举非其构思所及。此三种文学公同之缺点也。此种文学，盖与吾阿谀夸张虚伪迂阔之国民性，互为因果。今欲革新政治，势不得不革新盘踞于运用此政治者精神界之文学，

---

① 胡适：《文学改良刍议》，《中国新文学大系·建设理论集》，上海文艺出版社1981年影印本，第34页。
② 陈独秀：《文学革命论》，《中国新文学大系·建设理论集》，上海文艺出版社1981年影印本，第44页。

使吾人不张目以观世界社会文学之趋势及时代之精神，日夜埋头故纸堆中，所目注心营者，不越帝王，权贵，鬼怪，神仙与夫个人之穷通利达，以此而求革新文学，革新政治，是缚手足而敌孟贲也。"① 可见陈独秀对旧文学的批判来得更为激烈。

钱玄同作为五四新文学运动的先驱人物之一，对胡适、陈独秀等倡导的文学革命极表赞同，对他们的一些观点和主张积极呼应，尤其是对旧文学传统的批判，比胡适和陈独秀还有过之而无不及。首先他极为赞成胡适"废文言"的观点，进而甚至主张废除汉字（当然这并不只是钱玄同一人的观点，当时还有吴稚晖等也提出"中国文字，迟早必废"），其理由大致有二。一是从文字本身而言，"中国文字，论其字形，则非拼音而为象形文字之末流，不便于识，不便于写；论其字义，则意义含糊，文法极不精密；论其在今日学问上之应用，则新理新事新物之名词，一无所有；论其过去之历史，则千分之九百九十九为记载孔门学说及道教妖言之记号。此种文字，断断不能适用于二十世纪之新时代"②。二是他的这一主张，还与他对整个旧文化和旧文学的否定性价值判断相关——他极为赞成陈独秀"废孔学"和革除旧文化传统的主张，但认为真正要废除孔学和旧文化传统，应当从废除汉文开始。他说："欲废孔学，不可不先废汉文；欲驱除一般人之幼稚的思想，尤不可不先废汉文。""所以二千年来用汉字写的书籍，无论哪一部，打开一看，不到半页，必有发昏做梦的话。此等书籍，若使知识正确，头脑清晰的人看了，自然不至堕其玄中；若令初学之童子读之，必致终身蒙其大害而不可救药。"因此他的结论就是："欲使中国不亡，欲使中国民族为二十世纪文明之民族，必以废孔学，灭道教为根本之解决，而废记载孔门学说及道教妖言之汉文，尤为根本解决之根本解决。"当然，要完全废除中国文字，并非一时所能做到，因此退而求其次，他认为可以先废文言而用白话，并用某种外国文字作为辅助，"如此，则旧文字之势力，既用种种方法力求灭杀，而其毒焰或可大灭；——既废文言而

---

① 陈独秀：《文学革命论》，《中国新文学大系·建设理论集》，上海文艺出版社1981年影印本，第46页。
② 钱玄同：《中国今后之文字问题》，《中国新文学大系·建设理论集》，上海文艺出版社1981年影印本。以下引自此文，不另详注。

用白话，则在普通教育范围之内，断不必读什么'古文'：发昏做梦的话，或可不至输入于青年之脑中；——新学问之输入，又因直用西文原书之故，而其观念当可正确矣。"很显然，钱玄同之所论，虽不免偏激，但其主旨是在批判否定旧文化传统，力避传统文化观念对人们（尤其是青年）的毒害，以利于现代思想启蒙。这与鲁迅劝导青少年读甚至不读中国书，多读外国书的精神是一致的，与胡适、陈独秀的"文学革命论"的思想也是完全一致的。

从上述基本立场来看待中国古典文学，钱玄同也自有其一番价值评判。首先他对那些"以不通之典故与肉麻之句调戕贼吾青年"的旧文体予以激烈讨伐，斥骂为"选学妖孽""桐城谬种"，欲以尽扫而后快；而对于相当一部分（并非全部）古典小说与戏剧，开始时则还有所肯定性的评价。而他所给予肯定性评价的价值尺度，主要在于它们对社会现实的真实写照与揭示。如他认为《聊斋志异》"其对于当时龌龊社会，颇具愤慨之念，于肉食者流，鄙夷讪笑者甚至。故玄同以为就作意而言，此书尚有可取之处"①。又对《金瓶梅》评价曰："……则知《金瓶梅》一书，断不可与一切专谈淫猥之书同日而语。此书为一种骄奢淫逸不知礼义廉耻之腐败社会写照……语其作意，实与《红楼梦》相同……故若抛弃一切世俗见解，专用文学的眼光去观察，则《金瓶梅》之位置，固亦在第一流也。"

但当他转换一个价值角度，以另一种价值眼光，即从文学所表现的思想，给青年人所可能产生的思想影响来看待评价古代小说时，则又似乎改变了他先前的看法，几乎完全抹去了它们的意义价值。比如他对《三国演义》小说，概不同意他人看法，始终持否定性评价，一方面是因为它作为通俗之历史读物看，"全篇捏造"，并无真实；另一方面是它"思想太迂谬"，没有文学上之价值。这后一个方面显然是他更为注重的，后来他在答复胡适时再次重申其看法，认为《三国演义》之害，恰恰在于它以"忠孝节义""正统"等迂谬之思想，迎合了社会迂谬之心理，所以更应排斥，他说："我个人的意见：以为《三国演义》所以具这样的大魔力者，并不在乎文笔之优，实缘社会心理迂谬所致。因为

---

① 钱玄同：《寄胡适之》，《中国新文学大系·建设理论集》，上海文艺出版社1981年影印本。以下引此文，不另详注。

社会上有这种'忠孝节义''正统''闰统'的谬见,所以这种书才能迎合社会,乘机而入。我因为要祛除国人的迂谬心理,所以排斥《三国演义》。"由此而推延开来,使得他对整个古代小说的评价都大打了折扣:"从青年良好读物上面着想,实在可以说,中国小说没有一部好的,没有一部应该读的。""我以为不但《金瓶梅》流弊甚大,就是《红楼》《水浒》,亦非青年所宜读;吾见青年读了《红楼》《水浒》,不知其一为实写腐败之家庭,一为实写凶暴之政府,而乃自命为宝玉武松,因此专务狎邪以为情,专务'拆梢'以为勇者甚多。"因此他的结论就是:"中国今日以前的小说,都该退居到历史的地位;从今日以后,要讲有价值的小说,第一步是译,第二步是新做。"①

对于"新做"的文学,如胡适《尝试集》所作的白话文学,钱玄同是大为叫好,欣然为之写序,并借此宣扬说:"现在我们认定白话是文学的正宗:正是要用质朴的文章,去铲除阶级制度里的野蛮款式;正是要用老实的文章,去表明文章是人人会做的,做文章是直写自己脑筋里的思想,或直叙外面的事物,并没有什么一定的格式。对于那些腐臭的文学,应该极端驱除,淘汰净尽,才能使新基础稳固。"② 由此可见钱玄同无论对于旧文学的激烈批判,还是对于"新做"的白话文学的推崇,其主旨都只在摒弃有害的思想观念,有利于思想启蒙,这正是他的文学理论批评的基本出发点。

同是新文学运动先驱之一的刘半农,也积极加入反对旧文学、提倡新文学的阵营,在胡适、陈独秀提出"文学改良"与"文学革命"的主张后,他也紧接着在《新青年》上发表了《我之文学改良观》,从如何对文学进行界说入手,首先批判了两种旧文学观:一是"文以载道"的观念;二是把文学作为美的装饰的观念,认为要进行新的文学界说,须先从破除上述旧的文学观念开始。③

总之,无论是倡导"文学改良"也好,号召"文学革命"也好,

---

① 钱玄同:《答胡适之》,《中国新文学大系·建设理论集》,上海文艺出版社1981年影印本,第88页。
② 钱玄同:《〈尝试集〉序》,《中国新文学大系·建设理论集》,上海文艺出版社1981年影印本,第109页。
③ 刘半农:《我之文学改良观》,《中国新文学大系·建设理论集》,上海文艺出版社1981年影印本,第63页。

其实首当其冲的任务还是在"破",即批判推倒旧的文化传统和旧的文学观念,对过去的文学进行价值重估,为新的文学观念的建立和新文学的发展清扫地基。

在五四时期"文学革命"的背景下,虽然对传统文学观念的批判已然形成了一种时代浪潮,但由于文化立场与文学观念不同,仍有人持文化保守主义态度,极力维护传统文学形态与观念,抵制新文学运动。1919年正当新文学浪潮兴起之时,林纾等人便站在复古主义立场,一方面攻击新文学运动,断言其"万无能成之理",另一方面极力护卫孔孟之道与万古不变之古文。然后胡先骕等学衡派人物也介入与新文学的论辩,他们的基本观点是认为白话不宜做诗,白话诗不如文言诗,因此古典诗的传统是不能轻易否定的。胡先骕在《中国文学改良论(上)》中,通过对胡适等人所作的新诗与中外古诗的对比分析,得出的结论是:白话不能作韵文,即使作亦不能胜文言,不但中文如此,即在西文亦如此,因此文言诗实有存在的理由。他还认为"欲创造新文学,必浸淫于古籍,尽得其精华,而遗其糟粕,乃能应时势之所趋,而创造一时之新文学,如斯始可望其成功"[1]。此后,章士钊等甲寅派人物也步其后尘,掀起复古浪潮。尽管就新文学运动中的某些偏激主张和新文学创作中存在的实际问题而言,复古派的某些看法也并非全无道理,但在当时的时代条件下,打破旧文学传统的桎梏显然是更紧迫和更普遍的要求,因此,这股小小的复古浪潮终被反传统的时代主潮所湮没而归于消沉。

三 重建新的文学观

"文学革命"虽然先要从"破旧"即批判推倒旧的文化传统和文学观念入手,但这本身并不是目的,更重要的还是新的文学和文学观念的建设。胡适在发表《文学改良刍议》向旧文学宣战一年多之后,于1918年发表《建设的文学革命论》,郑重提出"建设新文学"的任务。他说:"我想我们提倡文学革命的人,固然不能不从破坏一方面下手。但是我们仔细看来,现在的旧派文学实在不值得一驳。"然而这些旧派

---

[1] 胡先骕:《中国文学改良论(上)》,《中国新文学大系·文学论争集》,上海文艺出版社1981年影印本,第106页。

文学之所以还能存在于中国，"正因为现在还没有一种真有价值、真有生气、真可算作文学的新文学起来代他们的位置。有了这种'真文学'和'活文学'，那些'假文学'和'死文学'，自然会消灭了。所以我望我们提倡文学革命的人，对于那些腐败文学，个个都该存一个'彼可取而代也'的心理，个个都该从建设一方面用力，要在三五十年内替中国创造出一派新中国的活文学"①。

胡适既是"建设新文学"的倡导者，当然也率先提出了他关于建设新文学的设想。正如他当初打出"文学革命"的旗号向旧文学传统宣战是首先从文学形式上突破一样，他的"建设论"也是先从文学形式方面入手的。对此他自有依据，并说得明白："我常说，文学革命的运动，不论古今中外，大概都是从'文的形式'一方面下手，大概都是先要求语言文字文体方面的大解放……近几十年来西洋诗界的革命，是语言文字和文体的解放。这一次中国文学的革命运动，也是先要求语言文字和文体的解放。新文学的语言是白话的，新文学的文体是自由的，是不拘格律的。初看起来，这都是'文的形式'一方面的问题，算不得重要。却不知道形式和内容有密切的关系。形式上的束缚，使精神不能自由发展，使良好的内容不能充分表现。若想有一种新内容和新精神，不能不先打破那些束缚精神的枷锁镣铐。"② 五四时期的"文学革命"，从文学形式入手"破"，也从文学形式入手"立"，这在当时确实具有特殊意义。

胡适"建设的文学革命论"的基本思想，如其所言，"惟一的宗旨只有十个大字：'国语的文学，文学的国语'。"③ 如果按照创造新文学的进行次序，则又大致要解决三个步骤（环节）上的问题：一是工具，二是方法，三是创造。具体而言，则无非包括文学形式与文学内容两个方面的建设性构想。

首先，关于文学形式方面的建设性构想，胡适所论大致涉及三个主

---

① 胡适：《建设的文学革命论》，《中国新文学大系·建设理论集》，上海文艺出版社1981年影印本，第127页。
② 胡适：《谈新诗》，《中国新文学大系·建设理论集》，上海文艺出版社1981年影印本，第295页。
③ 胡适：《建设的文学革命论》，《中国新文学大系·建设理论集》，上海文艺出版社1981年影印本。以下引述见此文，不另详注。

一是文学工具即语言文字的革新。胡适所谓"国语的文学"，也就是"白话的文学"。在这方面，胡适所论可谓再充分不过：从"论"的方面而言，他一再强调"文言"是死了的文字，"白话"才是活的文字；用死的文字只能做出死的文学，用活的文字才能做出活的有生命的文学。从"史"的方面，他详细论证了无论中外，凡是文学史上有价值的文学，都是那个时代白话的文学；无论哪个时代文学的进化，都无不是白话文学的进步。因此新文学的建设，无疑应当以建设国语的即白话的文学为根本目标。问题只在于，"国语的文学"与"文学的国语"何者为先，何者为后？胡适认为，不可能先有现成的"国语"，然后才来创造"国语的文学"，而只能是先努力创造出"国语的文学"，才能形成和普及成熟的"国语"。

二是文体的解放。胡适认为，新文学的语言应当是白话的，而新文学的文体则应当是自由的、不拘格律的。他首先有一个总体的看法，认为由于当今世界的生活竞争日益激烈繁忙，人们的时间宝贵，要求文学作品短小，这就促使了文学的进步，使它不能不讲求"经济"的方法，因而"最近世界文学的趋势，都是由长趋短，由繁多趋简要"。比如诗的方面所重在于"写情短诗"（抒情诗）；戏剧方面，如今最注重的是"独幕剧"；小说方面，最通行的是"短篇小说"。"所以我们简直可以说，'写情短诗''独幕剧''短篇小说'三项，代表世界文学最近的趋向。"① 这与他关于文学进化的观点也是相呼应的。在提倡抒情短诗、短篇小说和独幕戏剧等新文学文体的同时，胡适还专门著有《谈新诗》《论短篇小说》《文学进化观念与戏剧改良》等长文，对这几种文体的改良革新或文体解放，以及各自的文体特点进行了探讨，可谓现代最为系统的文体批评。

在《谈新诗》中，胡适指出，中国诗歌的每一次大的发展演进，都是以"诗体的解放"为标志的，迄今为止诗歌至少经历了三次解放，直到新诗的发生，可看作是第四次诗体解放："中国近年的新诗运动可算得是一种'诗体的大解放'。因为有了这一层诗体的解放，所以丰富

---

① 胡适：《论短篇小说》，《中国新文学大系·建设理论集》，上海文艺出版社 1981 年影印本，第 281 页。

的材料,精密的观察,高深的理想,复杂的感情,方才能跑到诗里去。"① 文中引了包括他本人的诗作在内,在他看来算得上是新诗的优秀代表作的一些例子进行评析,证明随着新诗的诗体大解放,一方面带来了诗的内容的进步,如无论是意思神情的表达,还是景色的描写,新诗都远远超出旧体诗,新诗轻而易举就能表达的东西,旧体诗却是表达不出的;另一方面也带来了诗的艺术形式的自由,如诗的音节与韵律,只要满足诗的基本要求即可,而不必过分拘于旧体诗那样的格律,正因此才更有利于思想情感内容的表达。此外,诗体的解放也带来了对"诗的方法"的自觉认识与重新探讨。所有这些,既是对"诗体大解放"以及新诗创作成绩的一种展示和证明,也是对新诗文体特点的一种认识和总结。

《论短篇小说》一文则更是对这一文体的基本特点做了最精到的阐说论析,后来人们对短篇小说文体的讨论,差不多都是从胡适的经典性看法生发而来的。他说:"我如今且下一个'短篇小说'的界说:短篇小说是用最经济的文学手段,描写事实中最精彩的一段或一方面,而能使人充分满意的文章。"其中有两个要点。一是"事实中最精彩的一段或一方面",犹如从树的"横断面"能看到全部树身,从人的侧面剪影能看出是某人,"这种可以代表全角的一面,便是我所谓'最精彩'的方面。若不是'最精彩'的所在,决不能用一段代表全体,决不能用一面代表全角"。二是"最经济的文学手段","形容'经济'两个字,最好是借用宋玉的话:'增之一分则太长,减之一分则太短;着粉则太白,施朱则太赤。'须要不可增减,不可涂饰,处处恰到好处,方可当'经济'二字。因此凡可拉长演作章回小说的短篇,不是真正'短篇小说';凡叙事不能畅尽,写情不能饱满的短篇,也不是真正'短篇小说'。"② 接着他以法国短篇小说名篇《最后一课》和《柏林之围》为例,来论析和诠释短篇小说的这两个根本特点,所论甚为精辟。然后再以他对短篇小说所下定义或所诠释的特点为标准,来概略描述中国短篇

---

① 胡适:《谈新诗》,《中国新文学大系·建设理论集》,上海文艺出版社1981年影印本,第295页。

② 以上所引见胡适《论短篇小说》,《中国新文学大系·建设理论集》,上海文艺出版社1981年影印本,第272—273页。

小说的历史，从神话寓言故事到各种杂记文体，从《诗经》汉乐府民歌到杜甫白居易的叙事诗，从唐代传奇、宋代杂记小说到明清的白话与文言小说，把在叙事写人上凡符合他所说两个特点的作品，都作为短篇小说成功的例子。如此泛论会使人一时不易接受，但他的本意是为了进一步阐明和突出短篇小说的这两个主要特点，仍有其合理的因素在其中，能启发人们加深对这一文体特点的认识。像这样专门和比较系统的文体理论批评，在那个时期并不多见。

三是建立关于"文学方法"的观念与自觉意识。在《建设的文学革命论》一文中，从建设新文学着想，胡适在强调文学工具革新的同时，还特别提出"文学方法"问题作专门的探讨。他深感到，"单有'工具'，没有方法，也还不能造新文学"。在他看来，新文学的成就不高，在很大程度上是由于没有或不懂得文学方法。以小说为例，"现在的'新小说'，全是不懂得文学方法的：既不知布局，又不知结构，又不知描写人物，只做成了许多双长又臭的文字……小说在中国近年，比较地说来，要算文学中最发达的一门了。小说尚且如此，别种文学，如诗歌戏曲，更不用说了。"[①] 因此之故，他从三个基本的方面对"文学方法"作了比较系统的探讨：一是收集材料的方法；二是结构的方法，包括对材料的剪裁、作品的布局等；三是文学描写的方法，如写人、写境、写事、写情的相互关系等。在胡适看来，文学方法是可以学而得来的，只不过中国文学的方法实在不完备，不够做新文学的模范，那么就只有一个办法，赶紧多翻译西洋文学名著来做模范，因为"西洋的文学方法，比我们的文学，实在完备得多，高明得多，不可不取例"[②]。在《论短篇小说》一文中，胡适在讨论短篇小说的文体特点时，不少地方都谈到短篇小说的写作方法，并引用西方短篇小说名篇来进行示范分析。另外在《谈新诗》中，也引了古今许多著名诗作为范例来谈好诗的特点与写法，特别是其中"新诗的方法"一节所论，实际上都可看

[①] 胡适：《建设的文学革命论》，《中国新文学大系·建设理论集》，上海文艺出版社1981年影印本，第135页。

[②] 同上书，第138—139页。

作是他对文学方法问题探讨的一个延伸。① 应当说,对于"文学方法"的观念自觉与理论建构,无论对于新文学的创作、鉴赏以及文学批评,都具有十分重要的意义。

　　胡适关于新文学的建设性构想,似乎主要偏于形式的方面,而对文学内容方面则所论不多,比较集中地表明其整体性文学观念,当推《什么是文学》一文。在该文中,胡适重申了他一再表述过的关于"什么是文学"的一个基本观点,就是"语言文字都是人类达意表情的工具;达意达的好,表情表的妙,便是文学"②。这可以说是一个最为宽泛也最为朴素的关于文学的释义。其中对于文学内容方面的要求,就是文学要表达真情实意,这也就是他在《文学改良刍议》中所论"八事"中第一条所阐明的"须言之有物"。并特别强调,这个"物",不是古人所谓"文以载道"之说,而是作为文学的两个基本的内容要素,即"情感"与"思想","文学无此二物,便如无灵魂脑筋之美人,虽有浓丽富厚之外观,抑亦末矣"③。可见胡适是要把文学的意义,从"文以载道"的传统扳回到表情达意的本原上来,以确立文学的本体观与价值观。在这样一个基础上,胡适的着眼点还是更多放在文学"如何"表情达意上。这就是说,文学是表情达意的东西已是不言而喻,无须多说,问题是要"达意达的好,表情表的妙"才是文学。那么这"好"与"妙"又何以见得呢?因而又将此具体化为三个基本要求:一要明白清楚,就是这情或意要明白清楚地表出达出,使人容易懂得;二是这情意的表达要有力能感人,具有"逼人性";三是要"美",给人留下美感。在他看来,这"美就是'懂得性'(明白)与'逼人性'(有力)二者加起来自然发生的结果"④。胡适说他不承认什么"纯文学"与"杂文学",什么韵文与非韵文,统统都可以上述标准区分为"文学

---

① 胡适:《谈新诗》,《中国新文学大系·建设理论集》,上海文艺出版社1981年影印本,第308—311页。
② 胡适:《什么是文学——答钱玄同》,《中国新文学大系·建设理论集》,上海文艺出版社1981年影印本,第214页。
③ 胡适:《文学改良刍议》,《中国新文学大系·建设理论集》,上海文艺出版社1981年影印本,第35页。
④ 胡适:《什么是文学——答钱玄同》,《中国新文学大系·建设理论集》,上海文艺出版社1981年影印本,第215页。

的"与"非文学的"两类。事实上他在《谈新诗》《论短篇小说》等文章中对一些作品的评价论析，也正是以此为标准的。

综观胡适建设的文学理论批评，既有宏观整体的建设构想，如对什么是文学的阐说，对文学形式与内容的整体观念的构设等，也有比较具体的建构探讨，如对新诗、短篇小说等文体特点与写作方法的探讨；既有理论批评的建构，也有实际批评的评价论析，构成理论与批评的统一，并且往往是论中有评，即在提出某种理论观点的同时，列举各种正面或反面的例子来加以分析论证，是一种观点加例子的论说模式，即以观点来透析实例，反过来以例子支持印证观点，彼此呼应，相得益彰。

陈独秀的"文学革命论"应当说也包含着"破"与"立"两个方面。从"破"的方面而言，他鲜明地提出要推倒"雕琢的阿谀的贵族文学""陈腐的铺张的古典文学""迂晦的艰涩的山林文学"。而从"立"即建设的方面而言，他明确主张应当建设"平易的抒情的平民文学""新鲜的立诚的写实文学""明了的通俗的社会文学"。他的这些主张，其基本含义是清楚的，方向也是明确的，即有益于社会、民众与人生。很显然，陈独秀更多的是作为政治家身份的文化人来倡导新文学的建设，其中无疑包含着政治与社会的目的。但对于如何进行他所倡导的这种新文学的建设，却并无更具体的论述，而更多是作为一种"文学革命"的口号，起着一种启蒙与昭示的作用。这正如外国学者玛利安·高利克所言："在文学革命第一阶段，陈独秀起了战略家的作用。他把战术问题，诸如关于文学性质的各种观点，与体现社会觉醒的其他因素的关系问题，留给他人去解决。在陈独秀的文章里，对旧的'贵族'文学作了比较彻底的分析批判，而对新的'国民'或'社会'文学却只字未提。"不过应当看到，"……他'社会的'与'通俗的'文学主张却持续了好几十年。只是后来逐渐以'革命文学''无产阶级文学'或'大众文学'的不同名目出现"[1]。

李大钊同样如此，他是从一个早期马克思主义者的社会革命理想出发来提出新文学建设的构想。他明确表达了所追求的社会理想："我们现在所要求的，是个解放自由的我，和一个人人相爱的世界。""我们

---

[1] ［斯洛伐克］玛利安·高利克：《中国现代文学批评发生史》，陈圣生等译，社会科学文献出版社1997年版，第21、22页。

的至高理想,在使人间的一切关系都脱去力的关系,而纯为爱的关系。"① 他所理解的这种"爱",是以个体独立解放为前提的。正是以此为基础,李大钊在《什么是新文学》一文中,建设性地提出了新文学的三个命题:"我们所要求的新文学,是为社会写实的文学,不是为个人造名的文学;是以博爱心为基础的文学,不是以好名心为基础的文学;是为文学而创作的文学,不是为文学本身以外的什么东西而创作的文学。"② 仔细考量李大钊的文学观,他既反对文学为个人名利,也反对为文学自身以外的目的——这显然指的是"文以载道"之类的目的。那么在他看来,文学的目的只在于为了人的解放,包括个体的独立解放和民众的社会解放(博爱)。这显然从属于他的实现自由解放和平等博爱的社会理想,是一种以社会价值论为核心的文学观。

五四时期新文学观念的建构中,具有重要影响的还有周作人的"人的文学"的理论,具体阐发开来,则又还有"平民文学""人生艺术派文学""人道主义文学"等既有所区别又基本精神相通的理论范畴,对于新文学观念的建立产生了重要作用。

也许是有感于胡适等人的"文学革命"比较偏重于强调文字形式方面的革新,而对思想内容方面重视不够,因此周作人有针对性地提出了"思想革命"的命题。他说:"我想文学这事务,本合文字与思想两者而成。表现思想的文字不良,固然足以阻碍文学的发达。若思想本质不良,徒有文字,也有什么用处呢?我们反对古文,大半原为它晦涩难解,养成国民笼统的心思,使得表现力与理解力都不发达。但另一方面,实又因为它内中的思想荒谬,于人有害的缘故。这守儒道合成的不自然的思想,寄寓在古文中间,几千年来,根深蒂固,没有经过廓清,所以这荒谬的思想和晦涩的古文,几乎已融合为一,不能分离。"而此刻用了白话,"话虽容易懂了,思想却仍然荒谬,仍然有害"。"所以如白话通行,而荒谬思想不去,仍然未可乐观。"因此他提出:"文学革命上,文字改革是第一步,思想改革是第二步,却比第一步更为重要。

---

① 《李大钊选集》,人民出版社1959年版,第221、304页。
② 李大钊:《什么是新文学》,《星期日》社会问题号,1919年12月8日。

我们不可对于文字一方面过于乐观了，闲却了这一面的重大问题。"①

或许正是基于这样一种认识，周作人便更为注重文学思想理论观念的革新与建构。首先是提出了"人的文学"的命题。1918年年底，周作人在《新青年》发表《人的文学》一文，提出"人的文学"的口号，在新文学运动中产生了巨大的影响。

周作人"人的文学"的理论基础，是从西方引入的人道主义思想。他在1920年1月6日题为《新文学的要求》的讲演中曾说过："这新时代的文学家，是'偶像的破坏者'，但他还有他的新宗教——人道主义的理想是他的信仰，人类的意志便是他的神。"②对于周作人来说，就是要有意识地引入人道主义理想，来打破中国传统道德和文化、文学的种种"偶像"。

其实西方的"人道主义"，在不同的思想理论学说中也是各有不同的内涵的。那么周作人所倡导的"人道主义"又是什么含义呢？在《人的文学》中，他简要追溯了欧洲关于"人"的发现的历程，认定这"人"就是"从动物进化而来的人"。一方面，由于人是从"动物"进化而来的，具有肉体的本能欲望，这是"兽性的遗传"；另一方面，又由于人是从动物"进化"而来的，具有精神灵魂的活动，这是"神性的发端"。人类发展有时偏于"灭了体质以救灵魂"，例如宗教中的禁欲主义；有时则又偏于"不顾灵魂只求快乐"，例如世俗中的纵欲主义，这样两个极端，都不能说是人的正常生活。到了近世，人们才看清人本来是灵肉二元统一的存在物，真正的"人性"，是灵与肉的一致，兽性与神性的统一。合于这种人性的、利己而又利他的理想生活的，便是人道主义。他进一步解释说："我所说的人道主义，并非世间所谓'悲天悯人'或'博施济众'的慈善主义，乃是一种个人主义的人间本位主义。这理由是，第一，人在人类中，正如森林中的一株树木。森林茂盛了，各树也都茂盛。但要森林盛，却仍非靠各树各自茂盛不可。第二，个人爱人类，就只为人类中有了我，与我相关的缘故。墨子说兼爱

---

① 以上所引见周作人《思想革命》，《中国新文学大系·建设理论集》，上海文艺出版社1981年影印本，第200—201页。

② 周作人：《新文学的要求》，《中国新文学大系·文学论争集》，上海文艺出版社1981年影印本，第144页。

的理由，因为'己亦在人中'，便是最透彻的话。上文所谓利己而又利他，利他即是利己，正是这个意思。所以我说的人道主义，是从个人做起。要讲人道，爱人类，便须先自己有人的资格，占得人的位置。"①可见他所提倡的"人道主义"，不只是道德意义上的同情与怜悯，而是人本主义意义上的自立与兼爱（互爱），这其实也包括"新道德"的含义在其中。

正是在这"人道主义"的思想基础上，周作人建立起了他的"人的文学"的理论框架。

第一，从总体上来下定义，可以说"用这人道主义为本，对于人生诸问题，加以记录研究的文字，便谓之人的文学"。对此他特别强调，"人的文学，当以人的道德为本"，这道德，便是指自主与互爱为内涵的新道德。

第二，这所谓"人的文学"，"其中又可以分作两项，一是正面的，写这理想生活，或人间上达的可能性。二是侧面的，写人的平常生活，或非人的生活，都很可以供研究之用。这类著作分量最多，也最重要。因为我们可以因此明白人生实在的情状，与理想生活比较出差异与改善的方法……"这就是说，"人的文学"可以有两种具体的表现形态：一种是正面描写符合这种人道主义的人性和生活的，这当然好，但实际上并不多见，因为真正合于人道主义理想的生活在现实中本来就少有；另一种则是写平常的未合于人道主义理想的生活，乃至非人的生活，如果作者能以人道主义的立场与"人的文学"的观念意识去写，便同样具有认识和思想启蒙的意义。

第三，"人的文学"与"非人的文学"之区别。周作人是这样区分的："这区别就只在著作的态度不同，一个严肃，一个游戏，一个希望人的生活，所以对于非人的生活，怀着悲哀或愤怒，一个安于非人的生活，所以对于非人的生活，感觉满足，又多带着玩弄与挑拨的形迹，简明说一句，人的文学与非人的文学的区别，便在著作的态度，是以人的生活为是呢？非人的生活为是呢？这一点上。材料方法，别无关系。"这就是说，"写什么"并不是最重要的，即使"非人的生活"也可以作

---

① 周作人：《人的文学》，《中国新文学大系·建设理论集》，上海文艺出版社1981年影印本。以下所引见此文，不另详注。

为描写的对象，而所写是不是"人的文学"，关键要看是不是以"人的"即人道主义的态度与观念意识去写。为此他特别提示，有一类"写非人的生活的文学，世间每每误会，与非人的文学相混，其实大有分别"。比如法国莫泊桑的小说《人生》是写人间兽欲的人的文学，而中国的《肉蒲团》却是非人的文学；俄国库普林的小说《坑》是写娼妓生活的人的文学，而中国的《九尾龟》却是非人的文学。对照他所提出的区分"人的文学"与"非人的文学"的标准，从理论到实际批评都不难理解。

第四，对于"人的文学"的立论，应有"时代"的观念，从而把批评与主张两者区分开来。周作人指出："我们立论，应抱定'时代'这一个观念，又将批评与主张，分作两事。批评古人的著作，便认定他们的时代，给他一个正直的评价，相应的位置。至于宣传我们的主张，也认定我们的时代，不能与相反的意见通融让步，惟有排斥的一条方法。"他这里的意思是说，对于古代的文学作品，进行历史的评价是一回事，应当联系它们的时代条件而做出相应的评判；而站在当今时代的价值立场上来取舍又是另一回事，就只能是以"人的文学"价值尺度来作衡量取舍。就周作人在《人的文学》一文中对中国古代文学所作的价值判断来看，显然主要是从当下"人的文学"的价值立场出发的，因此他才会做出这样的判断："中国文学中，人的文学，本来极少，从儒教道教出来的文章，几乎都不合格。"接着他罗列了十类古代文学，认为"这几类全是妨碍人性的生长，破坏人类的平和的东西，统应该排斥。这宗著作，在民族心理研究上，原都极有价值。在文艺批评上，也有几种可以容许，但在主义上，一切都该排斥"。在周作人所列举的十类文学中，把《封神传》《西游记》《聊斋志异》《水浒传》也包括在内，似乎有些责之过严，由此也曾引起过争议。不过从他的立论以及价值立场而言，可说仍有其理论批评本身的自洽性。对于周作人这方面的理论批评思想，以往人们似乎注意不够，然而对于中国文学理论批评的建设来说其实是具有非常重要的意义的。

循着"人的文学"的思路发展，周作人于1919年年初发表《平民文学》一文，又提出"平民文学"的命题，被认为是"人的文学"的推衍与具体化。

周作人首先强调，不能仅仅从字面上肤浅地理解"平民文学"，它并非指专做给平民看的、或专写平民生活的、或是平民自己做的文学，它指的是一种"文学的精神"。对于这种文学精神，他大致做了以下几个方面的阐说。

第一，"平民文学"的含义或基本特点。平民文学在形式上应当是白话的。虽然不能说凡白话的都是平民文学，但平民文学一般是白话的。而在内容上，则有两个基本内涵："第一，平民文学应以普通的文体，记普遍的思想与事实。"对此，他具体阐释说："我们不必记英雄豪杰的事业，才子佳人的幸福，只应记载世间普通男女的悲欢成败。因为英雄豪杰才子佳人，是世上不常见的人。普通男女是大多数，我们也是其中的一人，所以其事更为普遍，也更为切己。""第二，平民文学应以真挚的文体，记真挚的思想与事实。既不坐在上面，自命为才子佳人，又不立在下风，颂扬英雄豪杰。只自认是人类中的一个单体……只想表出我的真意实感，自然不暇顾及那些雕章琢句了。"①

第二，"平民文学"不单是"通俗文学"，也绝不是"慈善主义的文学"。他说这是最怕人误会的两件事，所以非加说明不可。首先，平民文学不同于通俗文学，是因为它"并非单以通俗为惟一目的。因为平民文学不是专做给平民看的，乃是研究平民生活——人的生活——的文学。它的目的，并非要想将人类的思想趣味，竭力按下，同平民一样，乃是想将平民的生活提高，得到适当地一个地位……所以平民的文学，现在也不必个个'田夫野老'都可领会……正因为他们不懂，所以要费心力，去启发他"。其次，"平民文学"绝不是慈善主义的，"平民文学所说，近在研究全体人的生活，如何能够改进到正当的方向，决不是说施粥施棉衣的事……伪善的慈善主义根本里全藏着傲慢与私利，与平民文学的精神绝对不能兼容，所以也非排除不可"。

第三，与"平民文学"相对立的是"贵族文学"。贵族文学的性质特点，是它在形式内容和思想趣味上，都是偏于部分上层人的，是修饰的、享乐的或游戏的，无关乎普通人的生活的。与"平民文学""贵族文学"一对范畴相对应，周作人还论及另一对范畴，即"纯艺术派"

---

① 周作人：《平民文学》，《中国新文学大系·建设理论集》，上海文艺出版社1981年影印本。以下所引见此文，不另详注。

文学与"人生艺术派"文学。他认为"纯艺术派以造成纯粹艺术品为艺术惟一之目的",虽用白话也仍专事雕琢,仍是造成一种部分的修饰的享乐的游戏的文学,因此它在本质上仍是一种贵族的文学;而"人生艺术派"文学则显然是与"平民文学"相通的。

至此也就不难明白,在周作人那里,"人的文学""平民文学"以及"人生艺术派"文学,虽所指各有侧重,但其基本的文学精神与价值取向是一致的。

如果说对于"人生艺术派"文学与"纯艺术派"文学,在上文中还只是作为阐述和分辨"平民文学"与"贵族文学"的一个参照而论及的话,那么,也许是随着文学界的"人生派"与"艺术派"日益形成分野和论争,使得周作人在1920年1月所作《新文学的要求》的讲演中,再次就这个论题做了进一步的阐述。

周作人认为,从来的文艺观念,"大概可以分作两派:一是艺术派,一是人生派",而这两派的主张都各有其弊端。比如"艺术派的主张,是说艺术有独立的价值,不必与实用有关,可以超越一切功利而存在。艺术家的全心只在制作纯粹的艺术品上,不必顾及人世的种种问题",这样就难免会使艺术与人生的关系颠倒过来,以人生为艺术而存在,这显然是不甚妥当的。与此相反,"人生派说艺术要与人生相关,不承认有与人生脱离关系的艺术。这派的流弊,是容易讲到功利里边去,以文艺为伦理的工具,变成一种坛上的说教"[1],这当然也是不可取的。

在指出这两种观念的弊端之后,周作人提出了他的正面主张:"正当的解说,是仍以文艺为究极的目的,但这文艺应当通过了著者的情思,与人生的接触。换一句话说,便是著者应当用艺术的方法,表现他对于人生的情思,使读者能得艺术的享乐与人生的解释。这样说来,我们所要求的当然是人的艺术派的文学。在研究文艺思想变迁的人,对于各时代各派别的文学,原应该平等看待,各各还他一个本来的位置;但在我们心想创作文艺,或从文艺上得到精神的粮食的人,却不能不决定趋向,免得无所适从:所以我们从这两派中,就取了人生的艺术派。"周作人本来就承认,"艺术派"也好,"人生派"也好,各有其道理,

---

[1] 周作人:《新文学的要求》,《中国新文学大系·文学论争集》,上海文艺出版社1981年影印本。以下所引见此文,不另详注。

各有其价值,各有产生其主张或偏于选择某种主张的时代环境与气质的原因(比如欧洲文学在 19 世纪经历传奇主义与写实主义两次大变动,而俄国文学则取一种理想的写实主义,便是如此),因此以历史的观点和态度来看,都应当平等对待和评价。不过,如今同样是由于时代的环境与气质的原因,在中国现今的境地,"自然与唯美及快乐主义不能多有同情","所以我们相信人生的文学实在是现今中国唯一的需要"。这一从时代出发的阐述,应当说非常透彻。

关于"人生的艺术派"的文学观,显然是为了克服单一的"人生派"与"艺术派"文学观的弊端,取两者之精神要素而融合之,是"人生的文学"与"艺术的文学"的合一。其中"艺术的文学"方面的含义固不必多言,更为重要的是对于"人生的文学"的理解。对此周作人作了专门的诠释,指出其中包含两个要点:"一是这文学是人性的;不是兽性的,也不是神性的。二是这文学是人类的,也是个人的;却不是种族的,国家的,乡土及家族的。"他说这第一项的要求,是偏于从"人的本性"上着眼,讲的是要给文学确定"一个恰如其分的人间性,也不要多,也不要少就是了",也就是不要过分偏于"神性",也不要过分偏于"兽性",而是真正适于人的生活的美的、善的人性。对此,他在《人的文学》中曾详细阐说过。至于第二项要求,则是从"文学的本质"上着眼,讲的是在人性的自觉的基础上,在今天要求从"各种阶级的文艺"回到"平民的全体的"文艺上来,同时"又加了一重个人的色彩",这样便与其他的各式各样的文学不同了。这也就是如上所述的"平民文学"的要求。

在《新文学的要求》讲演的最后,周作人总结说:"这人道主义的文学,我们前面称他为人生的文学,又有人称为理想主义的文学;名称虽有异同,实质终是一样,就是个人以人类之一的资格,用艺术的方法表现个人的感情,代表人类的意志,有影响于人间生活幸福的文学。"这可以看作周作人所倡导的整个关于"人的文学"的总的宗旨。不论他称"人的文学",还是"人道主义文学",还是"人生艺术派文学",还是"平民文学",其基本精神都是一致的。他所倡导的这一文学观念,不仅在"五四"时期的新文学观念的建构中影响深远,而且这一文学理论批评自身不断发展推进,形成后来多元化文学理论批评中重要的一脉。

综上所述，五四时期的文学理论批评，在新文化及新文学运动的时代潮流中，担负起了"文学革命"的大"破"大"立"的重要历史责任。一方面，是激烈批判文言的、封建贵族化的传统文学，轰毁"文以载道"之类旧的文学观念，争取文学自身的解放；另一方面，则是从时代的要求、从人的解放出发，呼唤建设新的文学，寻求建设新的文学观念，为新文学开辟发展道路。对此，郭沫若在1930年的《文学革命之回顾》中曾说："《新青年》上关于文学革命的两种口号，一个是'反对封建的贵族的文学'，又一个是'建设自由的平民的文学'。这两句话表示得异常正确，所以正确的原因便是它们把这次文学革命表示得异常精当。旧文学在精神上是封建思想，在形式上是贵族趣味；新文学在精神上是自由思想，在形式上应得反贵族趣味。所谓自由思想就是打破传统、尊重个性、鼓励创造，创造适合于新社会的新的观念体系和各种新的观念的具象化。这根本是和旧有的封建思想的贵族文艺对立的。两种口号在精神和形式两方面都把这个对立道破了。"[①]

在这个"破"与"立"的过程中，五四新文学运动的先驱者们纷纷从国外寻求并引进思想理论资源，既用作批判旧文学观念的思想武器，也用作建设新文学观念的理论参照。由于不同的理论家各自的人生历程不同，思想信仰不同，从国外所吸收借鉴的思想理论资源不同，因此无论对旧文学观的批判，还是新文学观的建设构想，也都各不相同（上文我们仅借全豹之一斑，粗略论及一些影响较大的理论学说，别的尚未及细论），这是不言而喻的。

上述这个过程，既是文学自身的启蒙革新过程，也是通过新文化与新文学的启蒙革新进行社会思想启蒙的过程。在五四新文化与新文学运动中，这两者是同一的，也是彼此互动的。正是由于有了五四时期的思想启蒙、文学启蒙以及对外国文艺思潮和文学观念的引进，有了中国新文化与新文学开始走上现代性道路的良好开端及其所奠定的基础，才有了后来文学理论批评走向"多元化"的探索与发展。

[①] 郭沫若：《文学革命之回顾》，《文艺论集续集》，人民文学出版社1979年版，第86—87页。

第三章

文艺论争时期文学理论批评的多元探索与建构

我们这里把五四启蒙运动和"文学革命"兴起之后至20世纪20年代末"革命文学"浪潮形成这一时段，称为"文艺论争"时期。这一时期的总体特点，是在五四"文学革命"全面轰毁传统的文学观念之后，文艺家们大大解放了思想，强化了主体意识，因而纷纷寻求建立新的文学观念，形成多元化探索与建构的基本格局。当然这一切都是在当时特定的社会历史条件下发生的。

第一节 文艺论争的时代背景与文艺思潮

首先，从社会政治格局与意识形态状况来看。正如有学者所指出的那样，"辛亥革命后大约十多年时间里，封建王朝大一统的思想统治局面已经瓦解，走马灯似的军阀政权一时又无力实施严密的思想控制，这就出现了中国历史上少有的思想统治比较松动、相对比较自由的一段时期。既混乱而又比较自由的氛围，有利于突破常规的独立思想，有利于容纳多元的外来思潮，有利于对传统大胆的反省。知识分子的文化视野空前拓宽了，新文化运动与文学革命的条件也就成熟了。"[①] 这种大一统的政治统治与思想统治已经瓦解、既混乱而又比较自由的局面，不仅为思想启蒙带来了难得的机遇，为五四新文化运动与文学革命创造了条件，并且在五四运动之后的一段历史时期内，仍然在一定程度上延续了这种状况。

---

① 钱理群等：《中国现代文学三十年》，北京大学出版社1998年版，第4—5页。

正是在这样一种时代条件下,知识分子普遍觉醒,启蒙意识与忧患意识不断强化。"和以往历次变革不同,新一代知识精英开始把思想启蒙作为自己的主要使命,他们相信只有国民精神的解放才会有社会的革新进化。"① 在五四运动及其此后的相当一个时期里,现代思想启蒙始终都是这一时代最突出的主题,是这一代知识分子的首要责任与使命。他们一方面多方寻求思想启蒙的思想理论资源,探求救国救民的道路;另一方面则要找到恰当有效的方式,把这种探求的结果运用到启发民众、变革社会的实践中去。

此外,从文学发展本身而言,1920年可以说是中国文学与文学理论批评真正实现现代转型发展的最重要的时期,也是现代文艺思潮最高涨、各种探索与创新最兴盛的一个阶段。在这一特殊历史时期,为了启蒙与建设的需要,进一步加强了对外国文艺思潮的全方位引进与多方面接收。正如政治伦理文化等方面的思想启蒙不可能从传统文化中获得思想理论资源,而只能向西方借鉴一样,文学要实现转换革新与创造发展,也不可能依靠传统文学自身的力量,而只能如鲁迅所说"别求新声于异邦"。② 外国文艺思潮的涌入带来了中国新文学空前的繁荣发展。

1920年,文艺思潮与文艺创作普遍呈现出一种无拘无束、多元探索的局面。这是因为:一方面,五四新文化运动激烈反传统,"文学革命"已经完全打破了旧文学一切既有的规范,反传统与个性解放、精神自由成为时代主潮,创作自由已变为现实;另一方面,人们"求新"的意识强烈,尤其是对外国的新东西抱有极大的兴趣和热情。"当时有一种流行的观念,即以为凡是外国的都是'新派',因此……在'五四'后短短的几年内,可以说西方文艺复兴以来各种各样文学思潮及相关的哲学思潮都先后涌入中国。如现实主义、自然主义、浪漫主义、唯美主义、象征主义、印象主义、心理分析派、意象派、立体派、未来派等,以及人道主义、进化论、实证主义、尼采超人哲学、叔本华悲观论、弗洛伊德主义、托尔斯泰主义、基尔特社会主义、无政府主义、国家主义、马克思主义等,都有人介绍并有人宣传、试验、信仰。""有

---

① 钱理群等:《中国现代文学三十年》,北京大学出版社1998年版,第5页。
② 鲁迅:《摩罗诗力说》,《鲁迅全集》(第1卷),人民文学出版社1981年版,第65页。

那么多的西方思潮涌入中国，如冰河开封，其规模浩大而又混乱，促成了中西文化交汇撞击，促进了思想大解放，大大拓展了新文学倡导者、参与者的视野，以一种全新的眼光来观照本民族的生活，同时在艺术创造上获得了广阔的天地。"[1] 正是在这种时代背景下和文艺潮流中，新文学的第一代作家纷纷选择运用各种外来的文学样式和创作方法，借以反映社会现实，思考探索社会与人生问题，抒写内心的感伤或苦闷情绪，表达自己的心灵情感与理想愿望，表现出各种不同的文学倾向与审美价值取向，如现实主义倾向、浪漫主义倾向、唯美主义倾向、感伤主义倾向等。在此过程中，那些文学观念、审美趣味、创作方法与风格特色比较一致或相近的作家，便很容易走到一起，结成文学社团或形成文学流派，相互呼应与促进，使某一倾向的创作壮大声势，扩大影响。不同倾向和风格的创作竞相开拓，形成1920年文学多元探索发展的格局。

这一时期的文学理论批评，正是在这样一种社会历史背景下和文艺潮流中进一步转型发展的。它本身是这个文艺思潮的一部分，在形成这一时代文艺思潮的基本格局的过程中起着重要作用，同时也铸就了它自身多元化的形态格局与时代品格。

第二节　浪漫派：表现主义与审美主义文学理论批评形态

浪漫派的文学理论批评以创造社理论家为代表，其中具有比较系统的理论建构的主要是郭沫若、郁达夫、成仿吾等人。郭沫若曾说过："创造社这个团体一般是称为异军突起的，因为这个团体的初期的主要分子如郭、郁、成，对于《新青年》时代的文学革命运动都不曾直接参加，和那时代的一批启蒙家如陈、胡、刘、钱、周，都没有师生或朋友的关系。他们在当时都还在日本留学，团体的从事于文学运动的开始应该以一九二〇年的五月一号创造季刊的出版为纪元……前一期的陈、胡、刘、钱、周着重在向旧文学的进攻；这一期的郭、郁、成，却着重

---

[1] 钱理群等：《中国现代文学三十年》，北京大学出版社1998年版，第14—15页。

在向新文学的建设。他们以'创造'为标语，便可以知道他们的运动的精神。"①

从总体上来看，浪漫派与西方文艺思潮中的浪漫主义、唯美主义、表现主义、新浪漫主义（现代派）等有比较密切的关系。虽说这些西方文学潮流和文学理论批评观念与我国新文学运动各有一定的时代落差，但由于它们切合我国新文学解放个性和高扬主体意识的时代需要，其影响作用仍是很大的。浪漫派文学理论批评在基本的文学观念上，既反对古代的"载道论"，也反对近代的"群治论"，甚至也反对同一时期写实派的"为社会人生"的文学观念，而坚持表现主义的文学本体观，追求"为自我""为艺术"的审美主义的文学价值观。因此从总体上可以说是一种表现主义与审美主义的文学理论批评形态。其中最有代表性的是郭沫若、成仿吾等人的理论主张。

一 郭沫若的表现主义文学理论批评

郭沫若这一时期的文学理论批评文章，散见于1920年的各种报刊，后辑成《文艺论集》（包括30余篇文学理论批评文章，初版于1925年）和《文艺论集续集》（包括11篇理论批评文章，初版于1931年）。郭沫若在1958年为《文艺论集》所写的"前记"中说："这儿所表现的不仅是我一个人的思想，同时是前期创造社和它的同情者们的一种倾向。"② 可见其在浪漫派文学理论批评中具有较大的代表性。

在五四及其此后一个时期的文坛上，郭沫若是引人注目的浪漫主义诗人，他的文学理论批评与他的创作实践是密切相关的。无论是他的浪漫主义创作实践，还是他的文学理论批评观念，都显然主要来自对外国文艺思潮的吸收。从创作方面而言，他曾自述其作诗的经过，本有三四段的变化，先后受到印度诗人泰戈尔、美国诗人惠特曼和德国诗人歌德等人的影响。而从文学理论批评的思想理论资源方面来看，除西方浪漫主义文学精神的整体影响外，至少还有这样一些方面。一是上面说到的20世纪初兴起的新浪漫派（现代派）以及德国表现主义的文学观念。

---

① 郭沫若：《文学革命之回顾》，《文艺论集续集》，人民文学出版社1979年版，第91—92页。
② 郭沫若：《文艺论集·前记》，人民文学出版社1979年版，第4页。

他曾说过:"18世纪的罗曼派和最近出现的表现派(Enpressionism),他们是尊重自我,把自我的精神运用于客观的物料,而自由创造。"① 二是唯美主义艺术观。郭沫若特别推崇英国唯美主义理论批评家瓦特·佩特(郭译为"裴德"),专门著文介绍他的文艺批评理论,题目即为《瓦特·裴德的批评论》,着重介绍其《文艺复兴论》,文中还节译了该著的序论。在文章中郭沫若评论说:"他不是狭义的文艺批评家,他是广义的文化批评家。但他关于文艺批评的持论,最着重感觉的要素而轻视智识的要素。他做人着重智识的蓄积,做批评着重感觉的享乐。增进感受性的容量,这是批评家自修的职务。满足感受性的程度,这是批评时的尺度。依所赋予的快乐分量之多寡以定作品之价值,这是他批评的标准。申池白里(Saintsbury)称他的批评为'快乐主义'(Hedonism),便基于此。"并且他还表示希望:"我希望我们从事文艺的人,能读他《文艺复兴论》的全部。"② 此外,他还多次谈到另一位英国唯美主义者王尔德,可知其所受的影响。三是他对未来派、象征派的诗学观念也有所关注,曾著《未来派的诗约及其批评》等予以介绍,多少受到一定影响。

综观郭沫若的文学理论批评,着重建构了以"表现论"为内核的理论观念、批评范式与话语形态。

首先,他的文学本体观或本质观可称为"自我生命表现论"。从郭沫若的个性特点来看,他曾说过自己是一个"偏于主观的人""一个冲动性的人",是一个主观的诗人,抒情的诗人(这也许与他从小患有耳疾听力不好有关)。"我是一个偏于主观的人,我的朋友每向我如是说,我自己也承认。我自己觉得我的想象力实在比我的观察力强。我自幼便嗜好文学,所以我便借文学来以鸣我的存在,在文学之中更借了诗歌的这只芦笛。""我又是一个冲动性的人,我的朋友每向我如是说,我自己也承认。我回顾我所走过了的半生行路,都是一任我自己的冲动在那里奔驰;我便作起诗来,也任我一己的冲动在那里跳跃。我在一有冲动

---

① 郭沫若:《印象与表现》,《郭沫若论创作》,上海文艺出版社1983年版,第608页。
② 郭沫若:《瓦特·裴德的批评论》,《文艺论集》,人民文学出版社1979年版,第133—134页。

的时候,就好像一匹奔马,我在冲动窒息了的时候,又好像一只死了的河豚。"① 由于这种偏于主观、冲动性的个性,他之偏于浪漫主义的创作倾向就不足为奇了。如果再加上他对西方浪漫派和表现派文艺的借重和推崇,那么他的文艺主张与理论批评观念定位于"自我生命表现论",也就同样在情理之中了。

早在作于1920—1921年的《论诗三札》中,郭沫若便提出了诗是人格、个性、心灵的表现的观点。他说:"……因为诗——不仅是诗——是人格和表现,人格比较圆满的人才能成为真正的诗人。真正的诗,真正的诗人的诗,不怕便是吐诉他自己的哀情,抑郁,我们读了,都足以增进我们的人格。诗是人格创造的表现,是人格创造冲动的表现。这种冲动接触到我们,对于我们的人格不能不发生影响。人是追求个性的完全发展的。个性发展得比较完全的诗人,表示他的个性愈彻底,便愈能满足读者的要求。因而可以说:个性最彻底的文艺便是最有普遍性的文艺。诗歌的功利似乎应该从这样来衡量。"② 又说:"我想我们的诗只要是我们心中的诗意诗境之纯真的表现,生命源泉中流出来的,心琴上弹出来的,生之颤动,灵的喊叫,那便是真诗,好诗,便是我们人类欢乐的源泉,陶醉的美酿,慰安的天国。"他认为"直觉""灵感""情调""想象"等,"这些东西,我想来便是诗的本体,只要把它写了出来,它就体用兼备"。进而他把诗归结为一个公式:"诗=(直觉+情调+想象)+(适当的文字)。"③

然后在1925年所作的《文学的本质》一文中,他进一步探讨和论析了包括诗、小说、戏剧在内的"纯文学"的本质。"我现在所想论述的,是文学的本质上的问题:就是文学究竟是甚么的问题。这个问题便是极纷纭、极难解决的一个;古今东西的学者对于这个问题的解答不知道有多少种类。有的说是自然的摹仿,有的说是游戏的冲动,有的说是性欲的升华,有的说是苦闷的象征,有的说是天才的至高精神的表现,有的说是时代和环境的产物。诸如此类还有许多主义上的派别,技巧上

---

① 郭沫若:《论国内的评坛及我对于创作上的态度》,《文艺论集》,人民文学出版社1979年版,第109—110页。
② 郭沫若:《论诗三札》,《文艺论集》,人民文学出版社1979年版,第205—206页。
③ 同上书,第210页。

的纷争,我在此不想一一罗列出来以事铺张,我只想把我自己的体验和探讨所得叙述出来,提供一个解释。"① 他的解释最后归结起来,便是回到《毛诗序》上那段著名的话:"诗者志之所之也。在心为志,发言为诗。情动于中而形于言,言之不足故嗟叹之,嗟叹之不足故永歌之,永歌之不足,故不知手之舞之、足之蹈之也。情发乎声,声成文谓之音。"然后阐释说:"音乐、诗歌、舞蹈都是情绪的翻译,只是翻译的工具不同,一是翻译于声音,一是翻译于文字,一是翻译于表情运动……我相信艺术的本质是这样,文学的本质也就是这样。这样一推论起来,我们还可以断言:文艺的本质是主观的,表现的,而不是没我的,摹仿的。"最后再进一步综合道:"诗是文学的本质,小说和戏剧是诗的分化;文学的本质是有节奏的情绪的世界;诗是情绪的直写,小说和戏剧是构成情绪的素材的再现。"② 这样他就把诗的情感表现的本质,推衍为包括小说、戏剧在内的整个"纯文学"的普遍本质,建立起以诗本体为基础和内核的文学本体论或文学本质论观念。

正是从这样一种文学本体观或本质观出发,他特别强调艺术表现自我。本来主观表现论是浪漫主义的基本观念,但对于当时的郭沫若来说,则是将浪漫主义与新浪漫派(现代派)沟通起来,特别强调和突出的是自我生命本体的体验和本真情感的表现。就是说不像传统浪漫主义那样,由个体的抒情性表现导向对社会的关切归附,而是重视个体生命自身的自由解放与情绪表现。因此他一再呼唤:"艺术是我的表现,是艺术家的一种内在冲动不得不尔的表现。""要打破一切自然的樊篱,在五百万重的枷锁中解放出我们纯粹的自我!"③

其次,郭沫若的文学价值观大致可归结为一种"审美功利主义"的观念。1924年前后,郭沫若在一些讲演和文章中,多次阐述关于艺术价值的看法。受唯美主义艺术观影响,并且基于郭沫若的自我表现论的文艺本质观,他在一些方面(如文艺创作方面)是持"无目的""无功利"的审美主义观念的。在上海大学的讲演中,他明确说:"文艺也

---

① 郭沫若:《文学的本质》,《文艺论集》,人民文学出版社1979年版,第218—219页。
② 同上书,第225、227—228页。
③ 郭沫若:《印象与表现》,《郭沫若论创作》,上海文艺出版社1983年版,第612、614页。

如春日的花草，乃艺术家内心之智慧的表现。诗人写出一篇诗，音乐家谱出一支曲子，画家绘成一幅画，都是他们感情的自然流露；如一阵春风吹过池面所生的微波，应该说没有所谓目的。""所以艺术的本身上是无所谓目的。"① 这所谓"无目的"，是说"我们的艺术家，如果能够做到这一步，就是能够置功名、富贵、成败、利害于不顾，以忘我的精神从事创作，他的作品自然会成为伟大的艺术，他的自身自然会成为一位天才"。② 他的意思是说，从艺术的本性和艺术创作的动因来说，艺术家并不是为外在功利目的而创作，而完全是出于自我生命表现的内在要求与艺术追求，因此是无所谓目的的，艺术表现和审美创造本身即是目的。这完全合于唯美主义的艺术观。

不过，郭沫若毕竟是处于中国社会和文艺现代转型发展的特定语境中，因此不可能完全持守唯美主义的艺术观，而是在坚持艺术本性的前提下，承认并具体论述了艺术的社会功用。他首先肯定："文艺是社会现象之一，势必发生影响于全社会。"③ "有人说：'一切艺术是完全无用的。'这话我也不承认。我承认一切艺术，虽然貌似无用，然而有大用存焉。"④

这里的关键问题只在于：一是如何恰当估价艺术的功利性？二是艺术的功利性具体表现在何处？关于前者，他表示不反对艺术的功利性，但反对过于追求功利性的"功利主义"。他说："至于艺术上的功利主义的问题，我也曾经思索过。艺术本身是具有功利性的，是真正的艺术必然发挥艺术的功能。但假使创作家纯全以功利主义为前提以从事创作，所发挥的功利性恐怕反而有限。作家惯会迎合时势，他在社会上或者容易收获一时的成功，但他的艺术的成就恐怕就很难保险。"又说："总之，我不反对艺术的功利性，但我对于艺术上的功利主义的动机说，

---

① 郭沫若：《文艺之社会的使命——在上海大学讲》，《文艺论集》，人民文学出版社1979年版，第87—88页。

② 郭沫若：《生活的艺术化——在上海美术专门学校讲》，《文艺论集》，人民文学出版社1979年版，第96页。

③ 郭沫若：《文艺之社会的使命——在上海大学讲》，《文艺论集》，人民文学出版社1979年版，第88页。

④ 郭沫若：《论国内的评坛及我对于创作上的态度》，《文艺论集》，人民文学出版社1979年版，第112页。

是有所抵触的。或许有人会说我是甚么艺术派,但我更是不承认艺术中可以划分出甚么人生派与艺术派的人。艺术与人生,只是一个晶球的两面。和人生无关系的艺术不是艺术,和艺术无关的人生是徒然的人生。问题要看你的作品到底是不是艺术,到底是不是有益于人生。"[①] 关于后者,他认为艺术的功用只在于:艺术能美化人的内心生活和提高人的精神,并进而统一人们的情感,美化社会生活。其中包含两个层面的意义:一是"从个人方面来说,艺术能提高我们的精神,使我们的内在生活美化";二是"我们可以知道,艺术可以统一人们的感情,并引导着趋向同一的目标去行动。此类的事实很多,一时也说不完。如意大利未统一前,全靠但丁一部《神曲》的势力来收统一之效……俄罗斯最近的大革命,我们都晓得是一些赤诚的文学家在前面做了先驱"。将上述两个方面统一起来,"艺术有此两种伟大的使命,——统一人类的感情和提高个人的精神,使生活美化——已经够有不朽的价值了,那怕一般头脑简单的人盲目地向它攻击,说它是装饰品,是无用的长物,但它却只有一天一天的发达"[②]。

由此可以看出,郭沫若的文艺价值观既脱胎于唯美主义的"无目的"论、"非功利"论,又并不完全反对艺术的功利性,特别是不反对艺术接受传播方面的功利性,提倡艺术提高人的精神和美化人的内心生活,统一人的情感。他所反对的只是文艺创作上的非艺术化的功利目的。或者更明白地表述,"就创作方面主张时,当持唯美主义;就鉴赏方面言时,当持功利主义。"[③]

如前所说,郭沫若自称接受过德国表现主义文艺思想,而据斯洛伐克学者玛利安·高利克等的看法,德国表现主义中又有单纯的表现主义和兼有行动的表现主义之分,二者的不同在于,"表现主义者是诗人,是自我世界的创造者,是梦想家和预言家";而"行动主义者

---

① 郭沫若:《论国内的评坛及我对于创作上的态度》,《文艺论集》,人民文学出版社1979年版,第110、111页。
② 郭沫若:《文艺之社会的使命——在上海大学讲》,《文艺论集》,人民文学出版社1979年版,第90、91页。
③ 转引自黄曼君主编《中国近百年文学理论批评史》,湖北教育出版社1997年版,第325页。

不是诗人，而是理论家"。高利克认为，"郭沫若无疑是两者兼备"①。据此看来，也许可以说，在郭沫若早期的文学理论批评中，在文艺本体观和创作论方面，是比较偏向于单纯表现主义和唯美主义的；而面对中国社会现实，在文艺价值论或文艺效用方面，则又是兼有"行动主义"与功利主义观念的。比较确切地说，这是一种审美功利主义的价值观。

接下来，再看郭沫若的审美批评观念与范式。从现代文艺理论批评的观念来看，中国长时期缺乏自觉系统的文艺理论批评范式与方法的建设。近代从王国维开始具有了这样一种自觉意识与努力，但毕竟十分薄弱。而在现代文艺家中，郭沫若也算得是一位具有现代文艺理论批评意识的自觉探索者，并且初步建构了具有其个性特色审美批评范式，这方面的建树也值得充分重视。

1923年秋，郭沫若读到周作人在《自己的园地》自序中关于文艺批评的一段话，引发了他的一番议论。周作人说："我相信批评是主观的欣赏，不是客观的检察；是抒情的论文，不是盛气的指摘"，并且把批评简单区分为"真的——主观的欣赏"与"假的——客观的检察"。郭沫若对此观点表示怀疑，认为不必把"主观"和"客观"区分得这样分明，更不能武断地判断其真假，客观的检察和主观的欣赏，原只是互相连贯的作用。在郭沫若看来，西方近代文艺批评从法国的申徒白吾开始，本来是主客观统一的，"申徒白吾的批评方法，着重'媒层'（Milieu）的研究。他以为要研究一种作品当先研究作者的人格，作者的状态，作者的遗传，作者的境遇，作者的生涯等，然后再在作品中洞察其潜在的意义。他尊重他如此所得出的印象，如此所生出的感情，而破除旧有的形式批评论。他这种划时期的精神和态度，使英国的批评家阿诺德称之为'人类所能达到的最完全的批评家'"。② 不过到了泰奴（泰纳）等的"科学批评"和佛朗司（法朗士）的"印象批评"，便各走一端，形同南极与北极。前者的问题是"指把作家的个性抛弃了，把

---

① ［斯洛伐克］玛利安·高利克：《中国现代文学批评发生史》，陈圣生等译，社会科学文献出版社1997年版，第42页。

② 郭沫若：《批评—欣赏—检察》，《文艺论集》，人民文学出版社1979年版。以下所引见此文，不另详注。

审美的情趣也抛弃了，只图在物质上冥收，而从事于科学的构成。他以为文艺研究和生物学的研究是一样。这是为之太过，逐流而忘返"。"但是佛朗司等的印象批评，也只有批评之名而无批评之实"，并不在乎理解别人的作品，只在乎以作品为媒介所生出的感想的艺术表现，即所谓在作品中的"灵魂的冒险"。这两种极端显然都是违反文艺批评的本义的。

在作了上述历史的考察分析后，郭沫若阐述了他的见解："文艺批评的可能性本依据于我们对于艺术作品的理解力。艺术作品由它的形式、内容和资料等给予我们以种种的印象，而我们以这种种的印象依作品所暗示的一个方向复合而构成为一个完整的世界。这便是我们对于一种作品的理解。"然后郭沫若郑重推出唯美主义批评家瓦特·裴德的"审美批评"理论，认为"要这才是真正的批评的职务，要这才是对于批评家的真正的要求。真正的批评家要谋理性与感性的统一，要泯却科学态度与印象主义的畛域。他不是漫无目标的探险家，他也不是知其然而不知其所以然的盲目陶醉者。批评的三段过程：（1）感受；（2）解析；（3）表明，这是批评家所必由之路。印象批评只在第一阶段上盘桓，科学批评是在第二阶段上走错了路……"

同一期间，郭沫若还特意写了《瓦特·裴德的批评论》一文，节译了裴德关于审美批评的大段论述，并对此加以阐释和推崇。从中可以看出郭沫若对其审美批评理论的关注点主要在于：一是审美批评家主张精神之独立自主，如实地面对和专心精研优美的事物；二是审美批评家未必关注"美"的本质与定义，他的职分只是从所应接的艺术作品或优美事物中获得特殊独到的快感，并用分析和还原的方法去说明其"美点"以及它的价值；三是审美批评家所重视的不是在有一个正确的抽象的"美"的定义以满足智性，而在于有一种气质，能于美的物象当前时深为感动的力量，而这显然更多依赖感受性。所以郭沫若阐释说："但他关于文艺批评的持论，最着重感觉的要素而轻视智识的要素。他做人着重智识的蓄积，做批评着重感觉的享乐。增进感受性的容量，这是批评家自修的职务。满足感受性的程度，这是批评的尺度。依所赋予的快乐分量之多寡以定作品之价值，这是他批评的标准。申池白里称他的批评为'快乐主义',便基因于此。"① 很显然,瓦特·裴德的审美批评非常投合此时郭沫若的个性与趣味,成为其文学批评的基础与底色。在此基础上,他无疑还吸纳了别的文学批评资源,融合到这种审美批评中来,其中比较明显的一个资源,便是弗洛伊德精神分析的批评理论。

郭沫若做过一篇《批评与梦》的文章,提出了一个"我们从事于批评,我们的批评对于所批评的对象的妥当性究竟到了若何程度?"的问题,他认为对于文学批评来说,"在这漫无标准的文学界中要求真的文学,在这漫无限制的文学作家中要求真的天才,这正是批评家的任务。要完成这任务,这也是甚么人都可以做,但也却不是甚么人都可以做得到的"。② 在郭沫若看来,"批评是发现的事业。文艺是在无之中创出有。批评是在砂中寻出金。批评家的批评在文艺的世界中赞美发明的天才,也正自赞美其发见的天才。文艺的创作譬如在做梦……文艺的批评譬如在做梦的分析,这是要有极深厚的同情或注意,极锐敏的观察或感受,在作家以上或与作家同等的学殖才能做到"。比如在文学作品中插入梦境,便是文学家所惯用的手法。作品中所写之梦虽是出于虚构,但其中必是有梦的生成的原因或由来的,也往往包含某些潜在的内容与用意,因而精神分析研究中从"梦的分析"入手的观念与方法,便可以运用到文学批评中来,去发现和揭示其中梦的原因及其所隐含的意识与无意识的内容。他以自己的小说《残春》为例说:"我在《残春》中做了一个梦,那梦便是《残春》中的顶点,便是全篇的中心点,便是全篇的结穴处。如有以上面所述的见地来批评我的文章,能够指出我何处用意不周到,何处准备不精密的人,我可以向他五体投拜,拜他为师。"在无人能如此读解时,倒是他自己将《残春》中所写之梦的含义说破,以此作为一种启示和参照。

倘若说这种"夫子自道"式的自评解说,还不足以作为此类文学批评的范例,那么他的《〈西厢记〉艺术上的批判与其作者的性格》一文,倒真是试图运用精神分析学的理论与方法,来对《西厢记》等作

---

① 郭沫若:《瓦特·裴德的批评论》,《文艺论集》,人民文学出版社1979年版,第133—134页。
② 郭沫若:《批评与梦》,《文艺论集》,人民文学出版社1979年版。以下所引见此文,不另详注。

品进行解读阐释。"我揣想王实甫这人必定是受尽种种箝束与诱惑,逼成了个变态性欲者,把自己纯粹的感情早早破坏了,性的生活不能完完全全地向正当方面发展,困顿在肉欲的苦闷之下而渴慕着纯正的爱情。照近代精神分析派的学理讲来,这部《西厢记》也可以说是'离比多'(Libido)的生产——所谓'离比多'是精神的创伤(Psychische trauma),是个体的性欲由其人之道德或其他外界的关系所压制而生出的无形伤害。"[①] 那么这所谓"外界关系的压制",便是礼教对人性的压制,由此而激起意识与无意识的反抗,因而成就了《西厢记》。它所描写的是人类正当的性生活,所叙的是由爱情所生的结合,并非奸淫之作,而恰恰是"有生命的人性战胜了无生命的礼教的凯旋歌、纪念塔"。然后他又由此而联想到屈原等人的创作,在郭沫若看来,屈原也是由于外界关系的压制而造成精神上的变态,从而转移到文艺创作,"唯其有此精神上的种种苦闷才生出向上的冲动,以此冲动以表现于文艺,而文艺之尊严性才得确立,才能不为豪贵家儿的玩弄品。假使屈子不系独身,则美人芳草的幽思不会焕发……假使王实甫不如我所想象的一种性格,则这部《西厢记》也难产出"。基于这样一种认识,最后他引一位理论家的话,把问题归结到这样一个命题上来:"瓦格奈(Wagner)有句话说得好:'生活能如意时,艺术可以不要,艺术是到生路将穷处出来的。到了无论如何都不能生活的时候,人才借艺术以鸣,以鸣其所欲'",这就回应了他在文章开头所提出的基本观点:"文学是反抗精神的象征,是生命穷促时叫出来的一种革命。"将以上所论联系起来可以看出,郭沫若的文学观念还是个体表现主义的观念,不过其中已吸纳了西方与此相关的思想理论。与此相对应,他的文学批评也是建立在表现论基础上的审美批评,意在揭示出这种文学表现与人的精神生活的关系及其审美意义。当然,郭沫若的这种文学观念与审美批评的范式,不久便发生了较大转向,对此下一节再作探讨。

二 郁达夫的唯美主义文学理论批评

郁达夫在政治上是个无政府主义者,在文学创作上则是感伤主义倾

[①] 郭沫若:《〈西厢记〉艺术上的批判与其作者的性格》,《文艺论集》,人民文学出版社1979年版,以下所引见此文,不另详注。

向的代表人物。1921年他出版小说集《沉沦》，被认为是"自叙传"抒情小说创作潮流的开始。小说通过写当时青年知识分子生理与心理的病态，从而揭示出社会的病态即"时代病"，极力抒发主人公同时也是作者的苦闷感伤情绪，表现出一种感伤美、病态美，从中可以看出西方唯美主义艺术的影响。

在文学理论批评上，郁达夫同样受到西方浪漫主义、表现主义以及唯美主义的影响。他的文学观念与郭沫若相通，即在文学本体观上坚持表现论，在文学价值观上追求唯美主义，并且更为强调文学非社会功利性的方面。

1927年郁达夫在上海出版《文学概说》，其中吸取了柏格森的生命哲学思想，尤其是关于"生命力"（生命创造能力）的思想。他认为，"生的动向，是使人类一步步从不完善的路上走向完善的路上去。虽则有几个例外，然而从大体看来，我们简直可以这样的说的"[①]。生命力具有某种内在要求，它体现在人的活动中。生命力的表现就是创造，创造除了表现以外，就别无其他东西了。所以可以得出结论说，生活就是"生命力的表现"。他进而认为，生活的同义词便是艺术。生活就是表现，艺术也是如此。区别只在于，虽然每个人都能够自我表现，每个人的生活都是某种意义上的创造，但不是每个人都能成为艺术家或作家，只有那些能够通过纯粹的象征来表现自己的人才能成为作家或艺术家。他们的使命不仅是自我表现，而且要激发起他人的艺术冲动乃至生命冲动。所以在他看来，"艺术就是人生，人生就是艺术……试问古往今来哪一种艺术品是和人生没有关系的？"[②]

上述文学本体观落到创作思想上，就是强调抒情化的自我表现，"自我就是一切，一切都是自我"，甚至于将自我表现绝对化到"自叙传"的程度，当然这里指的不是写自身生活经历，而是指心路历程的"自叙"，是指向作家内心情感表达的真实性。他的小说创作是最好的注释和证明。

郁达夫的唯美主义文学价值观。郁达夫被认为是"中国现代文学艺

[①]《郁达夫文集》（第5卷），花城出版社、香港三联书店1982年版，第66页。
[②] 同上书，第135页。

术中唯美主义的代表"①。不过他与西方唯美主义不同：西方唯美主义导向纯艺术美和形式美；而郁达夫基于表现主义文学观，所肯定和追求的是人的生命力和情感之美。他说："我虽不同唯美主义者那么持论的偏激，但我却承认美的追求是艺术的核心。自然的美、人体的美、人格的美、情感的美，或是抽象的悲壮，雄大的美，及其他一切美的情愫，便是艺术的主要成分。"② 他把美与情感等生命要素联系在一起，与抒情表现联系在一起。比如他说："美与情感，对于艺术，犹如灵魂肉体，互相表里，缺一不可的。"③ 即"情"的要素是内在的，"美"的要素是外延的。

应当说，郁达夫的以自我表现为核心的文学观，是与五四时期人的觉醒紧密相关的。他曾说过："五四运动的最大成功，第一要算'个人'的发现。从前的人，是为君而存在，为道而存在，为父母而存在的，现在的人才晓得为自我而存在了。"④ 因此，"它在文学上促生的新意义是自我的发现"。从这个意义上说，郁达夫的自我表现论是五四时期人的觉醒的必然产物。

三 成仿吾的社会审美批评

在创造社成员中，真正以文学批评见长的是成仿吾，甚至可以说他是中国现代文学批评史上一位很有代表性的批评家，他的文学批评观念及其发展道路，在那个时代具有某种典型意义。

学界一般把成仿吾的文学批评以1927年为界划分为两个阶段，前一时期可归为"社会—审美批评"，后一时期以1927年他大力倡导"革命文学"为标志，转向"政治批评"⑤。

---

① 参见［斯洛伐克］玛利安·高利克《中国现代文学批评发生史》，陈圣生等译，社会科学文献出版社1997年版，第115页。
② 《郁达夫文集》（第5卷），花城出版社、香港三联书店1982年版，第142页。
③ 同上书，第152页。
④ 《中国新文学大系·散文二集》，上海良友图书公司1935年版，第5页。
⑤ 参见温儒敏《中国现代文学批评史》，北京大学出版社1993年版，第52页。另外，玛利安·高利克称成仿吾前期文学批评为"社会审美主义"，其看法与温儒敏的见解相通。参见［斯洛伐克］玛利安·高利克《中国现代文学批评发生史》，陈圣生等译，社会科学文献出版社1997年版，第57页。

成仿吾的文学批评所借鉴依托的思想理论资源主要有以下方面。一是西方浪漫主义思潮与批评观念的影响，这可以说是一种整体性文学精神的影响。二是法国现代哲学家和社会学家基友的社会学文艺观。这种文艺观将文艺作为特殊的社会心理现象来研究，强调文艺的社会功利性。成仿吾在很大程度上接受和赞同基友的观点，并在他的文章中多有引用。三是德国艺术史家格罗塞的艺术观。格氏主要从社会学、社会心理学的视角来探讨艺术起源与发展问题，也为成仿吾所看重。四是他也受儒家传统文学观念的影响甚深。玛利安·高利克认为，成仿吾的文学观"显得十分传统；如果出生早一点，他或许会成为一名儒学大家"①。似乎可以说，儒家的文学观念与基友、格罗塞的艺术观在注重文艺的社会性、功利性方面，具有一种"异质同构性"关系，因此而为成仿吾所兼收并蓄。

　　成仿吾前期的"社会—审美"批评，一方面包含着"审美批评"的因素，另一方面包含着"社会批评"的因素，两者看似矛盾，但在成仿吾的思想中则是辩证统一的。

　　首先从成仿吾文学批评所体现的文学本体观来看，显然是坚持"表现论"观念的，这一点与创造社其他成员的基本看法并无二致。他认为文学活动（包括文学创作与批评活动）本质上是"把自己表现出来"。在作于1923年的《写实主义与庸俗主义》一文中他说："再现没有创造的地步，惟表现乃如海阔天空，一任天才驰骋"；②作于1924年的《〈呐喊〉的评论》确定了一个标准："文艺的标准，到底是'表现'而不是'描写'，描写只不过是文学家的末技"，据此他偏执地批评鲁迅的《孔乙己》和《阿Q正传》是"浅薄的纪实的传记"，而充分肯定《端午节》说："我们的作者由他那想表现自我的努力，与我们接近了，他是复活了，而且充满了更新的生命。"③从这一基本观念出发，他极力号召"我们应努力于自我表现"④。

---

①　参见［斯洛伐克］玛利安·高利克《中国现代文学批评发生史》，陈圣生等译，社会科学文献出版社1997年版，第97页。
②　成仿吾：《写实主义与庸俗主义》，1923年6月《创造周报》第5号。
③　成仿吾：《〈呐喊〉的评论》，1924年2月《创造季刊》第2卷第2期。
④　成仿吾：《诗之防御战》，1923年5月《创造周报》第1号。

不过值得注意的是，成仿吾所倡导的"表现论"，与郁达夫所主张的个体主义与非功利主义的"自我表现"有所不同，是一种指向社会人生的、具有深广社会意义的"自我表现"。他一方面大力提倡文学是自我表现的，另一方面则又强调"文学是批评人生的"，这看上去矛盾，然而在他的观念中却是统一的。在有的浪漫派作家看来，"个人"与"社会"是对立的，追求个人解放和自我表现，必然走向反叛和背离社会。而成仿吾则不同，他努力把"自我表现"的意义导向社会，就是说，文学的表现不仅仅是表现个体自我（小我），而是要表现社会化的、扩张了的自我（大我），通过表现自我而表现社会，这两者是统一的。可见他的"表现说"比一般浪漫派作家的"表现说"范围更大，内涵更为丰富。

基于这种社会化的"表现论"，他对于主观与客观、写实主义与浪漫主义不是看作绝然对立的，而是看作可以超越与调和的。比如他说："主观与客观是相对的，有此亦有彼"，"在意识中凡直观等单系经验的统一皆为主观的统一，若再经过悟性（vestand）的统一，可以称为客观的。换句话说，在直观发展的途中，统一、区别而固定自己的普遍即是对象（客观），这是与直观之内面的统一——自我 ego（主观）对立的"①。这种建立在直觉领悟基础上的主客观统一，正是他的"表现论"的哲学基础。再者，他还把"写实主义"也纳入了他的"表现论"的范畴。他明确提倡"真的写实主义"，而反对照抄生活的"庸俗主义"。他所谓"真的写实主义"，其本质是"表现"而不是"再现"，即这种写实蕴含了对生活的深切认识和体悟，本质上是"表现"的。关于这一点，玛利安·高利克认为，成仿吾没有明确提倡过浪漫主义（甚至认为他是反对浪漫主义文学的），但"成仿吾是着眼于从主体出发的现实主义"，"既然成仿吾基本的批评方向是现实主义的，那么他将自我表现的观念与现实主义方法的观念结合在一起，是不足为奇的"②。就是说，高利克认为成仿吾是从"表现论"出发来倡导写实主义的，或者说他的写实主义的实质是表现论的，这与其他学者认为成仿吾的文学观

---

① 成仿吾：《文艺批评杂论》，《创造月刊》1926 年第 1 卷第 1 期。
② 参见［斯洛伐克］玛利安·高利克《中国现代文学批评发生史》，陈圣生等译，社会科学文献出版社 1997 年版，第 78—79 页。

是浪漫主义的表现论的，在实质上仍可相通。

其次，从成仿吾的文学价值观或文学批评的价值尺度来看，同样是一种"社会审美"论。其中一方面是主张"审美"，甚至可以说是唯美的，为艺术而艺术的；另一方面则又是强调"社会功用"，二者之间似乎矛盾，但也可理解为是一种辩证统一的思维，是"审美的"与"社会的"有机统一。

在作于1923年的《新文学之使命》一文中，他开门见山写道："文学上的创作，本来只要是出自内心的要求，原不必有什么预定的目的。"虽然这里强调的是文学创作的"表现"的特性，但所内含的价值观却容易联想到康德的超功利的审美无功利无目的论。对于文学的使命，他认为可以从两个大的方面来看，他说："不论什么东西，除了对于外界的使命之外，总有一种使命对于自己。"具体而言，文学有三种使命：第一，对于时代的使命；第二，对于国语的使命；第三，对于文学自身的使命。这三者便可区分为两个大的方面：前两者属于外界的使命，后者则是对于自身的使命。对于文学自身的使命即审美价值，成仿吾是非常重视和强调的，甚至表现出一种为艺术而艺术的审美主义倾向。他在评述"艺术派"的主张时，表示了充分的肯定："他们以为文学自有它内在的意义，不能长把它打在功利主义的算盘里，它的对象不论是美的追求，或是极端的享乐，我们专诚去追从它，总不是叫后悔无益之事……艺术派的主张不必皆对，然而至少总有一部分的真理。不是对于艺术有兴趣的人，决不能理解为什么一个画家肯在酷热严寒里工作，为什么一个诗人肯废寝忘食去冥想。我们对于艺术派不能理解，也许与一般对于艺术没有兴趣的人不能理解艺术家同是一辙。"又说："至少我觉得除去一切功利的打算，专求文学的全与美有值得我们终身从事的价值之可能性。""真的艺术家只是低头于美，他们的信条是美即真即善。他所希求的是永远，他所努力的是伟大，名利不能动他的心，更不足引他去追逐。"[①] 至于文学对于外界的使命，其中"对于国语的使命"，显然是继承五四文学革命的使命而来，故不必多说。而"对于时代的使命"，他认为，作家是时代中的一员，他们所创造出来

---

① 以上所引见成仿吾《新文学之使命》，1923年5月《创造周报》第2号。

的东西必然会有时代的色彩；作家把自己及时代的生活和思想表现出来，使得人们对于自己的生活有批评的可能，这就是文学对于社会人生的功用和使命。

上述两个方面看似不无矛盾，但在成仿吾那里却辩证统一在一起。他之所以强调"文学自身的使命"，或文学自身的艺术价值，是作为一个忠于艺术的批评家，不能容忍对艺术的忽视。他对当时一些文学现象（如某些"人生派"文学）表示不满，认为他们把时代看得太重，而把艺术看得太轻。而另一方面，他又坚决反对"礼拜六"派的消闲文学观，甚至也反对周作人的"趣味主义"文学观，强调文学还是需要关乎人生社会，从而形成他独具特色的"社会审美"论的文学理论批评观。

此外还值得特别重视的，是成仿吾对文学批评本身的理论反思与建设性思考。在 20 世纪 20 年代中国文学批评还不太自觉与成熟的情况下，成仿吾作为一个主要从事文学理论批评的批评家，写了一系列文章，如《批评的建设》《建设的批评论》《批评与批评家》《批评与同情》《作者与批评家》《文学批评杂论》等，对文学批评本身的建设进行了比较集中的探讨，所主要论及的问题包括以下方面。

其一，对文学批评特性的认识。他认为："批评是创造的指南针，它是判别善与恶、美与丑和真与伪的努力。"他注意到佩特的唯美主义批评的特点，加以评述，说："在唯美批评中达到如实地观察物象的第一步，是如实地审悉自己所得的印象，辨别它，明白地实现它。"但他觉得仅此还不够，"批评工作决不止于辨别自己所得的印象，也决不止于由事实中求出个个的法则，我们要进而求出事实上统率的普遍的原理。最后的一种工作，我称为批评之建设的努力"。"……建设的批评的课题是在求出差别善恶美丑真伪的普遍的原理。"他还进一步说："批评的工作是在对象中的不断的反省。自我批评是在反省中的反省。我们可以称它为再反省。没有这种再反省的批评决不能是正确，对于真理的阐明相去尤远。我们对于一种物象做一次批评，一是为的判别物象之善恶美丑和真伪，一是为的阐明真理；我们的工作不止于物象之判别,我们要进而求出或阐明真理。"① 既然如此,文学批评就如同文学创作一样,其批评活动与批评家的主体人格相联系。他在《批评与批评家》一文中说:"像真的文艺作品必有作者的人格在背后支持一般,真的文艺批评也必有批评家的人格在背后。他对于他的对象,也像创作者对于一切的现象一般是公允而沉着的。他是由自己的文艺活动在建设自己,在完成自己,除此之外,他没有别的目的。"②

其二,关于文学批评的标准与原则。对于文学批评,成仿吾感到最困难的是确立文学批评的标准。在《批评的建设》一文中他说:"我们为文艺批评时,最困难的是批评的标准。我们不可为一时的交感与浅薄的印象所感,我们必有一种尺度做标准。然而什么是批评的标准?绝对的客观的标准,我们当然无从得到,我们所能求到的只有相对的客观的标准;对于本来是相对的文艺,我们却也无须更求它的绝对性。"③ 那么即使是"相对的"批评标准,恐怕也不太容易作具体的规定。既然如此,那就不妨换个角度来看,即从文学批评的一般原则来看,他提出了"同情"与"超越"这样两个方面的原则。关于"同情",成仿吾专门作了《批评与同情》一文,提出"理想的批评家"对于作家和作品"非抱有热烈的同情不可,因为文学是感情的产物,若是批评家对于作品或作者先有反感或没有同情,那便不论作品如何优秀,在这样的批评家的眼底,好的也不免要变为丑的,作者的观念情绪更无从感触得到了"④。这是针对文坛和批评界的文人相轻、党同伐异的不良风气而言的,与周作人所提出的"宽容"要求有相通之处。"同情"的批评态度表现在批评方法和批评实践中,则是要求对作家作品的美学追求充分理解和尊重,并且要求深入作品的内部,切实地理解体悟作品,才能做出深入准确的阐释和审美判断。与"同情"相对应,"超越"是问题的另一方面。如果说"同情"是要求充分理解、尊重和爱护批评对象,那么"超越"便要求不能一味沉迷局限于对象世界,需要超越具体对象及审美特性的范围,去进行审美评判。他说,"超越"就是"对于一切

---

① 以上所引见成仿吾《建设的批评论》,1924年3月《创造周报》第43号。
② 成仿吾:《批评与批评家》,1924年5月《创造周报》第52号。
③ 成仿吾:《批评的建设》,1924年2月《创造季刊》第2卷第2期。
④ 成仿吾:《批评与同情》,1923年8月《创造周报》第13号。

既成的思想与见解要能超然脱出,至少我们当用批评的眼光在它们适用的范围内利用它们,而不为它们所迷惘。"① 要真正实现"超越",便需要依赖于批评家的深厚修养和创造力。

其三,关于文学批评的类型。成仿吾基于对文学批评特性的认识,试图区分文学批评的不同类型,比如从文学批评的方法特点之不同,区分出"判断的批评"与"归纳的批评"、"主观的批评"与"客观的批评"、"阐释性的批评"与"超越的批评"(再创造性的批评)等类型;从文学批评的价值取向着眼,又认为至少有"价值批评"与"审美批评"两种。这里将"价值批评"与"审美批评"对应起来,前者应当是指偏向于"外界的使命",即更多考虑时代社会功利价值的批评形态,而后者则偏向于文学"自身的使命",即更多着眼于文学自身的艺术审美价值的批评形态。在中国现代文学批评转型发展的初期阶段,成仿吾对于文学批评的特性与形态能形成如此认识,实属难能可贵。

第三节　写实派:中国化的现实主义文学理论批评形态

写实派的文学理论批评以鲁迅和文学研究会批评家(尤其是茅盾的文学批评)为代表。他们的基本文学观念恰与浪漫派的表现主义和审美主义相对应,更为重视文学反映社会现实,倡导文学为社会人生,特别注重文学对于现实人生的社会功用,因此可以说是一种中国化了的现实主义文学理论批评形态。

一　鲁迅的现实主义文学观念

鲁迅自称是从"旧营垒"里过来的,对中国传统文化以及文学认识甚深。在中国近现代从思想启蒙到文学革命的时代潮流中,鲁迅深刻认识到,中国传统文化及文学中缺乏新时代与新文化发展所需要的思想文化资源,因而将目光转向异邦,倡导"别求新声于异邦",主张"多读外国书,少读中国书"。为此他孜孜不倦地从异邦搜寻新的文艺思潮

---

① 成仿吾:《作者与批评家》,1923年8月《创造周报》第14号。

与理论新说,将其译介到中国来,同时也成为他本身所获得的思想理论资源。其中包括西方近代以来浪漫主义、现实主义到现代主义的各种文艺观念,康德的审美主义、尼采的意志主义等思想学说,从翻译日本厨川白村《苦闷的象征》所接触到的柏格森的生命哲学、弗洛伊德精神分析学说,还有从俄苏文学中所接受的现实主义文艺思想,从卢那察尔斯基那里所接触到的马克思主义文艺批评观念等。当然这一切交织于鲁迅一身,是在一个基本前提下为其所接受并发生相应作用的,这就是鲁迅对中国社会现实的深刻认识及其对现实社会变革进程的积极参与。因此,在不同的历史阶段和时代条件下,鲁迅的文学理论批评观念是有所侧重的。

五四前,青年鲁迅颇为倾心于西方浪漫主义文学,在文学观念上也更多受到康德审美主义以及个性主义、人道主义等思想影响。在作于1907年的《摩罗诗力说》中,青年鲁迅曾表述过这样的看法:"由纯文学上言之,则一切美术之本质,皆在使观听之人,为之兴感怡悦。文章为美术之一,质当亦然,与个人暨邦国之存,无所系属,实利离尽,穷理弗存。故其为效,益智不如史乘,诚人不如格言,致富不如工商,弋功名不如卒业之卷。"[1] 按玛利安·高利克的看法,此时鲁迅的文学观中,不难发现康德"无目的的合目的性""无功利审美快感"之类的影子,不过即便如此,鲁迅的审美主义批评立场也仍与康德不同,其中掺和着强烈的社会政治色彩。[2]

从1918年起,鲁迅基于对中国历史与现实以及传统文化的深刻认识,加上对外国文学观念和创作方法的精研与融汇,开始了他的现代小说创作,以此加入到五四新文学和思想启蒙运动中来。与此同时,他以一批文艺论文和杂文介入到文学理论批评之中,促进此一时期文学观念的变革与理论批评的建设。显而易见,此时鲁迅的文学创作观念与文学批评观念已趋于一致,表现为一种将主观表现与客观再现融合起来的现实主义文艺思想。

---

[1] 鲁迅:《摩罗诗力说》,《鲁迅全集》(第1卷),人民文学出版社1981年版,第71页。

[2] 参见[斯洛伐克]玛利安·高利克《中国现代文学批评发生史》,陈圣生等译,社会科学文献出版社1997年版,第226—227页。

鲁迅的现实主义文学观念，一方面是奠基于他从五四运动起便坚持的启蒙主义文化立场。鲁迅在1930年谈到自己的小说创作时曾说："说到'为什么'做小说罢，我仍抱着十多年前的'启蒙主义'，以为必须是'为人生'，而且要改良这人生。我深恶先前的称小说为'闲书'，而且将'为艺术而艺术'，看作不过是'消闲'的新式的别号。所以我的取材，多采自病态社会的不幸的人们中，意思是在揭出病苦，引起疗救的注意。"① 可见正是这种启蒙主义的立场，使他明确地与"消闲"文学观念、"为艺术而艺术"的文学观念划清界限，从而将其文学观念定位在揭示社会现实与改良现实人生。

另一方面，鲁迅的现实主义文学观念还根源于他对中国社会的国民性，以及文化与文学传统的深刻反思批判，在他看来，中国人向来不敢正视现实人生，形成回避现实的国民劣根性；而中国文化与文学传统，从根本上来说也是缺乏现实精神和为人生的态度的。在《论睁了眼看》一文中，他对中国的国民劣根性尖锐批判道："中国人的不敢正视各方面，用瞒和骗，造出奇妙的逃路来，而自以为正路。在这路上，就证明着国民性的怯弱，懒惰，而又巧滑。一天一天的满足着，即一天一天的堕落着，但却又觉得日见其光荣……"而中国的传统文化与文学，也同样证明着这种国民劣根性："中国的文人，对于人生——至少是对于社会现象，向来就多没有正视的勇气。""文艺是国民精神所发的火光，同时也是引导国民精神的前途的灯火。这是互为因果的……中国人向来因为不敢正视人生，只好瞒和骗，由此生出瞒和骗的文艺来，由这文艺，更令中国人更深地陷入瞒和骗的大泽中，甚而至于已经自己不觉得。世界日日改变，我们的作家取下假面，真诚地、深入地、大胆地看取人生并且写出他的血和肉来的时候早到了；早就应该有一片崭新的文场，早就应该有几个凶猛的闯将！""没有冲破一切传统思想和手法的闯将，中国是不会有真的新文艺的。"② 从文学创作到文学批评，鲁迅便率先做了这样一员闯将，敢于直面惨淡的现实，敢于正视淋漓的鲜

---

① 鲁迅：《我怎么做起小说来》，《鲁迅全集》（第1卷），人民文学出版社1981年版，第512页。
② 以上所引见鲁迅《论睁了眼看》，《鲁迅全集》（第4卷），人民文学出版社1981年版，第238—241页。

血，在创作上，努力写出现实人生的真面目，揭出社会的病痛；在文学批评中，对关注现实人生的文学大力倡导，对文学青年的创作给予热情的扶持，并通过对俄苏现实主义文学的译介和评论努力张扬现实主义文学观念；在文学论争中，始终不懈地与各种将文学引向脱离现实人生的文学主张与文学倾向作坚决的斗争。

纵观鲁迅五四以后的文学创作与文学理论批评，其文学本体观与文学价值观是二位一体的，即始终认为文学的本性和价值都只在反映现实人生，也一切为了现实人生。

20世纪20年代末，当中国现代文艺思潮从"文学革命"向"革命文学"发生整体性转向的时候，鲁迅仍一以贯之坚持其现实主义文学观念，只不过增强了顺应时代变革潮流的自觉性。在1927年所作的《文艺与政治的歧途》的讲演中，鲁迅讲到，文艺与革命原不是相反的，文艺与政治也不是必然相冲突的，恰恰相反，"两者之间，倒有不安于现状的同一"。这道理就在于，当政治不是维持现状而是旨在变革现实，当革命成为时代的普遍要求之时，那么与关注现实人生、要求变革社会的文学方向便是一致的，在这种时候，文艺便不应远离政治与革命，而应当将自己燃烧到这里面去。他在反思国人对待西方18世纪到19世纪文学的态度时说："……十九世纪的后半世纪，完全变成和人生问题发生密切关系。我们看了，总觉得十二分的不舒服，可是我们还得气也不透地看下去。这因为以前的文艺，好像写别一个社会，我们只要鉴赏；现在的文艺，就在写我们自己的社会，连我们自己也写进去；在小说里可以发现社会，也可以发现我们自己；以前的文艺，如隔岸观火，没有什么切身关系；现在的文艺，连自己也烧在这里面，自己一定深深感觉到；一到自己感觉到，一定要参加到社会去！"[①] 1932年，鲁迅在《〈自选集〉自序》中明确表示了自己的"遵命文学"观念，其所遵之命，显然不是哪一个人之命，而是代表社会变革方向的一种时代使命。这应当说是鲁迅现实主义文学观的最可贵精神之所在，毛泽东曾说，鲁迅的文学方向，代表了中国新文化的发展方向，其根源恐怕也正在于此。

[①] 鲁迅：《文艺与政治的歧途》，《鲁迅全集》（第7卷），人民文学出版社1981年版，第118页。

二 茅盾前期"为人生"的文学理论批评

茅盾(原名沈德鸿,字雁冰)不仅是中国现代文学史上著名的作家,而且也是现代文学批评史上重要的批评家。他最有成就也最有影响的文学理论批评活动主要有两个阶段:一是1920年文学研究会时期,是写实与人生派最有代表性的批评家;二是1920年末至1930年左翼文学时期,力图以马克思主义为指导评论作家作品,形成独具特色的作家论批评,大致可归属于马克思主义社会历史批评形态。这里先看他前期文学理论批评的特点。

茅盾前期的文学理论批评(早期发表文章署名沈雁冰),是在五四时期"文学革命"的背景下,在当时多元化文学观念的论争中形成的,主要表现为三个方面。

其一,积极介绍引进西洋文学与文学理论批评,以此作为新文学和文学理论批评的重要参照。茅盾及文学研究会的作家们意识到,要建设新的文学观念,没有现成的理论资源可依,只能从国外搬来。茅盾在1920年时就意识到:"中国现在正是新思潮勃发的时候,中国文学家应当有传布新思潮的志愿。有表现正确的人生观在著作中的手段。"[①] 1921年在《新文学研究者的责任与努力》一文中,他明确指出,作为新文学研究者的责任,"自然介绍西洋文学也是其中之一。介绍西洋文学的目的,一半果是欲介绍他们的文学艺术来,一半也为的是欲介绍世界的现代思想——而且这应是更注意些的目的"[②]。他之所以看重这项工作,是因为他从西洋文艺思潮的发展演进中,看出了文学演进与改良人生的越来越紧密的关系:"翻开西洋的文学史来看,见他由古典—浪漫—写实—新浪漫……这样一连串的变迁,每进一步,便把文学的定义修改了一下,便把文学和人生的关系束紧了一些,并且把文学的使命也重新估定了一个价值……就是这一步进一步的变化,无非欲使文学更能表现当代全体人类的生活,更能宣泄当代全体人类的情感,更能声诉当代全体人类的苦痛与期望,更能代替全体人类向不可知的运命作奋抗与

[①] 沈雁冰:《现在文学家的责任是什么》,1920年1月《东方杂志》第17卷第1期。
[②] 沈雁冰:《新文学研究者的责任与努力》,《中国新文学大系·文学论争集》,上海文艺出版社1981年影印本。以下所引见此文,不另详注。

呼吁……我们中国的新文学运动也不能不是这性质了。"

然而,从新文学的建设发展要求出发,将中国文学与西洋文学进行比较,可以明显看出二者之间的巨大落差:西洋文学"已经从浪漫主义进而为现实主义、表现主义、新浪漫主义,我国却还是停留在写实以前,这个又显然是步人后尘。所以新派小说的介绍,于今实在是很急切的了。"[1] 这与陈独秀1915年就说过的"吾国文艺,犹在古典主义、理想主义时代。今后当趋向写实主义"[2],其认识是颇为一致的。基于这种认识,茅盾不遗余力地介绍引进西方文艺思潮,其中他的重心是对西方文学理论批评的介绍引进,先后写了《文学上的古典主义、浪漫主义和写实主义》《自然主义与中国现代小说》《我们现在可以提倡表象主义文学么?》等一系列文章,介绍阐述西方的各种文学理论学说。

从总体上来看,茅盾接触和介绍过的西方理论是颇为驳杂的,包括尼采思想和社会达尔文主义、托尔斯泰的人道主义,文学上的古典主义、浪漫主义、写实主义、自然主义、表象主义等。其中他所最为用力介绍也是他特别倡导的,无疑是现实主义理论。按照他的理解,他把丹纳的社会学批评也作为现实主义理论,引入"文学与人生"的命题中加以介绍和阐释。在《文学与人生》这篇著名文章中,他检讨了历来中国文学理论批评的一个重大缺陷,就是没有讲到"文学是什么"的问题,确切地说,是没有讲出"文学与人生"是什么关系的问题。他说,中国历来"谈文学的,大都在修辞方面下批评,对于思想并不注意。至于文学和别种学问的关系,更没有说起。所以要讲本题,在中国向来的书里,差不多没有材料可以参考"。既如此,便只有向西洋文学理论中借鉴。而西洋文学批评中最重要的一个观念,正是强调"文学是人生的反映","人们怎样生活,社会怎样情形,文学就把那种种反映出来。譬如人生是个杯子,文学就是杯子在镜子里的影子"。从文学与人生的这样一种关系中,他就拈出了文学"社会的"这一根本特性。[3]

---

[1] 沈雁冰:《"小说新潮"栏宣言》,《小说月报》1920年1月第11期第1号。
[2] 陈独秀:《现代欧洲文艺史谭》,《青年杂志》1915年第1卷第4号。
[3] 以上所引见沈雁冰《文学与人生》,《中国新文学大系·文学论争集》,上海文艺出版社1981年影印本,第150页。

在此基础上，他便引入丹纳社会学批评中的"人种""环境""时代"三要素理论，将此置于中国社会文化语境中加以介绍和阐释。另外，他还别出心裁补充了"作家的人格"作为第四个文学批评的要素，其目的显然是更加突出作家的主体因素（上述三要素都是偏重于客观性的因素），从而更加符合"文学与人生"的命题。这也许可以看作是茅盾为建立现实主义批评理论所做的最初的努力。在此过程中，为克服中国写实主义文学中的过于主观化的弊端，他还大力介绍引进西方自然主义理论，试图将其文学观念吸纳整合进来，建构更为切实的中国化的现实主义文学批评理论。这待下文再作阐述。

其二，茅盾前期文学理论批评的一个重要内容和特点，是对有悖于"为人生"宗旨的各种文学观念的批判论析。

首先，茅盾秉承五四文学革命的精神，明确反对传统的文学观，也不赞成其他文学派别的有悖于"为人生"宗旨的文学观。在《什么是文学》一文中，茅盾把中国旧有的文学观念归结为两种：一种是"文以载道"的观念；另一种是"游戏消遣"的观念，这两者恰恰相反，构成了中国旧有文学中两个相敌对的极端。前一种文学观念太看重圣贤大道，而将文学应有的价值埋没了。这种观念在五四文学革命运动中早已被群起讨伐，并且随着封建社会及其意识形态的瓦解，也早已失去了市场，故无须多费功夫批判。茅盾批判的重心是在后一种观念。因为把文学当作游戏来消遣，既是中国旧文人所追逐的所谓名士风流，在文坛颇有市场，同时也很容易成为新文学中的名士习气或时尚。在茅盾看来，名士派的游戏文学与新文学截然不同："名士派毫不注意文学于社会的价值，他们的作品，重个人而不重社会；所以拿消遣来做目的，假文学骂人，假文学媚人，发自己的牢骚。新文学的作品，大都是社会的；即使有抒写个人情感的作品，那一定是全人类共有的真情感的一部分，一定能和人共鸣的，决不像名士派之一味无病呻吟可比。新文学作品重在读者所受的影响，对于社会的影响，不将个人意见显出自己文才。新文学中也有主张表现个性，但和名士派的绝对不同，名士派只是些假情感或是无病呻吟，新文学是普遍的真感情，和社会同情不悖的……"总之，新文学是积极的，而名士派是消极的。①

据茅盾的看法，这种旧文学中所固有的名士习气与游戏文学观念，在新文学中也是大有遗传和变种的，他指的便是唯美主义与颓废主义的文学观念与倾向。在《大转变时期何时来呢》一文中他指出，唯美主义与颓废主义，原本是西洋文学中的东西，自有在西洋文学发展中的意义。然而"一到了中国，就被中国名士派的余孽认了同宗；中国的名士思想——本来世世相传，潜伏在一般人的意识里的——如是就穿上了外来主义的洋装，在先天的洋迷的现代中国青年思想界活动起来了"。而这种唯美主义与颓废主义的文学，对于处在变革时期的中国社会是极为有害的，因为它会使人们在这类文学中"求得些精神上的快慰，或求得灵魂的归宿"，从而陷入阿Q式的精神上的胜利，闭目空想，自欺欺人，是无益于社会人生的。因此茅盾期待着也呼唤着中国文坛来一个大转变时期，扭转这种不良风气，转向倡导"为人生"的文学。他说："我自然不赞成托尔斯泰所主张的极端的'人生的艺术'，但是我们决然反对那些全然脱离人生的而且滥调的中国式的唯美的文学作品。我们相信文学不仅是供给烦闷的人们去解闷，逃避现实的人们去陶醉；文学是有激励人心的积极性的。尤其在我们这时代，我们希望文学能够担当唤醒民众而给他们力量的重大责任，我们希望国内的文艺的青年，再不要闭了眼睛冥想他们梦中的七宝楼台，而忘记了自身实在是住在猪圈里，我们尤其决然反对青年们闭了眼睛忘记自己身上带着镣锁，而又肆意讥笑别的努力想脱除镣锁的人们，阿Q式的'精神上胜利'的方法是可耻的！"②

此外，对于"为艺术而艺术"的主张，也认为它丢掉了"为人生"的目的，因此他宣布："以文学为纯为艺术的艺术我们应是不承认的。"③

1922年初始，茅盾基于他对中国小说（从旧小说到新小说）的根

---

① 以上所引见沈雁冰《什么是文学》，《中国新文学大系·文学论争集》，上海文艺出版社1981年影印本，第156—157页。

② 以上所引见沈雁冰《大转变时期何时来呢》，《中国新文学大系·文学论争集》，上海文艺出版社1981年影印本，第165—166页。

③ 沈雁冰：《文学和人的关系及中国古来对于文学者身份的误认》，《小说月报》1921年第12卷第1号。

本缺陷的看法,大力提倡自然主义,在《自然主义与中国现代小说》这篇著名的长文中,他仍然用了很大的篇幅检讨批判中国小说积久而来的种种痼疾。其中再次把"文以载道"和"游戏"的文学观念视为"有毒"的东西加以批判清算:"中了前一个毒的中国小说家,抛弃真正的人生不去观察不去描写,只知把圣经贤传上朽腐了的格言作为全篇'注意',凭空去想象些人事,来附会他'因文以见道'的大作。中了后一个毒的小说家,本著他们的'吟风弄月文人风流'的素志,游戏起笔墨来,结果也抛弃了真实的人生不察不写,只写了些佯啼假笑的不自然的恶札……以自快其'文字上的手淫'。"正因此,这样的文学在思想方面毫无价值。①

综上所述,茅盾在其前期的文学理论批评中,对旧文学观念及其遗存或新的表现形态进行了毫不妥协的批判与清算,除"文以载道"的观念外,他更多致力于对"游戏"文学观、唯美主义与颓废主义、"为艺术而艺术"的文学观的批判,这可以说是文学研究会一贯的立场(文学研究会成立时即宣告:"将文学当作高兴时的游戏或失意时的消遣的时代,已经过去了。"),同时,这种批判也显然是从他的"文学为人生"的基本观念出发的。并且这一基本观念,既是他批判旧文学观或消极文学观的立足点,也是他建设新文学观念的出发点。

其三,以"表现人生与指导人生"为内核的现实主义理论批评的探讨与建设。

要对抗上述旧的或消极的文学观,除了不懈地对其进行批判清算外,更重要的是引入新的思想理论资源,建设新的文学理论批评观念,促进新文学的发展。对于茅盾和文学研究会的批评家来说,他们所要致力建设和倡导的便是写实的和为人生的文学观,亦即中国化的现实主义文学观。

这一文学观念的基本内核便是"表现人生与指导人生"。如上所说,茅盾在《什么是文学》《大转变时期何时来呢》等文章中批判旧的或消极的文学观,认为其根本点就在于缺乏为人生的思想价值,而在这些批判中所反复张扬的正是这种为人生的文学观。在他那里,这既是一

---

① 沈雁冰:《自然主义与中国现代小说》,《中国新文学大系·文学论争集》,上海文艺出版社1981年影印本,第378—379页。

种文学本体观,也是一种文学价值观。从本体观来说,文学是"表现人生"的;从价值观来说,文学是"指导人生"的。在20世纪20年代初期,他一再表达这种观点,除上述提到的外,他还多次说道:"文学是为表现人生而作的";①"我承认凡是忠实表现人生的作品,总是有价值的。"②

然而所谓文学"为人生",只是一种抽象化的文学观念,它虽然对"文学是什么"的问题做出了一种切实的回答,但似乎还需要找到某种对应性的文学形态与文学批评形态来承载和实现它。然而,这在中国传统文学和文学批评形态中显然是难以寻觅到的,这使得茅盾不能不从西方文学理论中去寻找和借用。他所寻找和借用的便是现实主义(也包括自然主义)理论。

其实,在茅盾那里,自然主义与现实主义是并无明显区分的。从他在《自然主义与中国现代小说》一文中所论的"自然主义"来看,不仅引述了左拉、龚古尔兄弟的主张,同时也把巴尔扎克、福楼拜、莫泊桑等作为自然派的先驱作家来介绍论述。可见他所理解的"自然主义"是包含了现实主义的,而且其内在本质与精神更多是属于现实主义的。

《自然主义与中国现代小说》是茅盾早期阐述其现实主义文学观念的一篇重要理论文章,比较系统地阐明了他以"表现人生与指导人生"为内核的现实主义理论批评观点。文章第一部分批判地分析了中国小说所存在的根本痼疾。从旧派小说来看,这种痼疾大而言之包括两个方面:首先是思想上即文学观念上的错误,其中既有传统的"文以载道"的旧观念,更有"游戏的消遣的金钱主义的"文学观念。这些陈旧的文学观念(尤其是后者),使小说家们中毒太深,致使中国小说历来远离现实人生,失去了文学表现人生与指导人生的本质意义。这一点上面已经谈到过了。其次,则是中国小说写作技术上存在重大缺陷:一是不懂得小说"重在描写"的道理,更不懂得描写的技巧与方法,只会"记账式"地叙述,缺乏艺术性,读来味同嚼蜡;二是作者既没有确定的人生观,又没有观察人生的深炯眼光和冷静头脑,并且还缺乏对艺术的忠诚,因此根本不知道客观的观察,只知主观的向壁虚造,满纸是虚

---

① 沈雁冰:《现在文学家的责任是什么》,《东方杂志》1920年第17卷第1号。
② 沈雁冰:《评四五六月的创作》,《小说月报》1921年第12卷第8号。

伪做作，不能动人。

旧派小说是如此，那么新派小说又如何呢？在茅盾看来，在文学观念上，新派小说当然与旧派小说根本不同，这里区分新旧小说的根本标准正在于文学观念。"我们晓得现代的新派小说在技术方面和思想方面都和旧派小说立于正相反对的地位，尤其是对于文学所抱的态度。我们要在现代小说中指出何者是新何者是旧，唯一的方法就是去看作者对于文学所抱的态度；旧派把文学看作消遣品，看作游戏之事，看作载道之器，或竟看作牟利的商品，新派以为文学是表现人生的，诉通人与人间的情感，扩大人们的同情的。凡抱了这种严正的观念而作出来的小说，我以为无论好歹，总比那些以游戏消闲为目的的作品要正派得多。"①上述分析所得出的结论就是："不论新派旧派小说，就描写方法而言，他们缺了客观的态度，就采取题材而言，他们缺了目的。"然而从写作技术上看，却仍然存在与旧式小说同样的毛病，即忽视客观的描写，并且内容单薄，用意浅显。这种批判分析就为中国文学引入自然主义理论观念与创作方法阐明了现实前提。他认为要克服这些弊病，有必要提倡文学上的自然主义。

接下来，文章第二部分着重探讨了自然主义文学的基本观念与主要特点。首先从"描写方法"上说，自然主义文学最大的特点是求"真"。"我们都知道自然主义者最大的目标是'真'，在他们看来，不真的就不会美，不算善。他们以为文学的作用，一方面要表现全体人生的真的普遍性，一方面也要表现各个人生的真的特殊性……"那么如何才能达到这种人生表现的"真"的目标呢？重要的是对事物抱客观的态度，注重实地的观察与客观的描写，自然派正是把这种精神发挥到了极点。"自然派作者对于一椿人生，完全用客观冷静头脑去看，丝毫不掺入主观的心理"，这样才能达到人生表现的真实；那种徒凭传说和主观想象、向壁虚造的文学是不可能有什么"真"的意义价值的。其次从"采取题材"方面看，西方自然主义经历过近代科学的洗礼，自然派作家大都懂得进化论、心理学、社会问题、道德问题、男女问题等，这些题材往往都能被采用到小说中去，必能丰富和深化作品的思想。倘

---

① 沈雁冰：《自然主义与中国现代小说》，《中国新文学大系·文学论争集》，上海文艺出版社1981年影印本。以下所引见此文，不另详注。

若像国内小说家那样,"作社会小说的未曾研究过社会问题,只凭一点'直觉',难怪他用意不免浅薄了。想描写社会黑暗方面的人,很执着地只在'社会黑暗'四个字上做文章,一定不会做出好文章来的。我们应该学自然派作家,把科学上发见的原理应用到小说里,并该研究社会问题,男女问题,进化论种种学说。否则,恐怕没法免去内容单薄与用意浅显两个毛病。即使是天才的作者,这些预备似乎也是必要的。"

针对当时文学界一些人对自然主义文学的疑虑,他有一个基本看法,即认为对于中国文学的变革发展来说,借鉴自然主义这个环节是不可缺少的。在1922年2月出版的《小说月报》第13卷第2号上,茅盾发表致读者的信,提出"中国文学若要上前,则自然主义这一期是跨不过的",由此而引发了一场讨论。在《自然主义与中国现代小说》这篇全面阐发自然主义文学观的长文中,针对一些人过于急切地试图跨越到新浪漫主义(现代主义),并引用新浪漫派来攻击自然主义的做法,他再次指出:"我们的实际问题是怎样补救我们的弱点,自然主义能应这要求,就可以提倡自然主义。参茸虽是大补之品,却不是和每个病人都相宜的。新浪漫主义在理论上或许是现在最圆满的,但是给未经自然主义洗礼,也叨不到浪漫主义余光的中国现代文坛,简直是等于向瞽者夸彩色之美。彩色虽然甚美,瞽者却一毫受用不得。"

应当说,茅盾对中国文学(特别是新旧小说)病症的诊断是切中要害的,对自然主义文学的基本精神与主要特点的把握与阐发也是比较切实的,对中国新文学发展现状的认识也是比较清醒的。他试图从自然主义文学中借取新的观念与方法的资源,开出疗救中国文学病症的药方,这对于当时新文学的创作实践无疑具有直接的意义。同时,他对自然主义文学观念的理论借鉴与阐发,对于中国现实主义文学理论批评的建设也无疑具有开拓性的意义。

三 郑振铎的新文学观建设

文学研究会的另一重要作家郑振铎,在20世纪20年代初也曾积极参与文学论争,倡导建设新的文学观。他的一篇重要文章就直接题为《新文学观的建设》,其中所论述的基本文学观念与茅盾的看法几乎完全一致。他也首先认为中国传统文学观主要是两派:一派是主张"文以载道"的;另一派认为文学是供人娱乐的,这两派的文学观都是谬误的。"娱乐派的文学观,是使文学堕落,使文学失其天真,使文学陷溺于金钱之阱的重要原因;传道派的文学观,则使文学干枯失泽,使文学陷于教训的桎梏中,使文学之树不能充分长成的重要原因。"在主张对传统的文学观予以批判推倒的同时,则是倡导新文学观的建设,这新文学观,便是"为人生"的文学观。郑振铎以激情洋溢的文字来表述他的这一新文学观:"文学是为人类感情之倾泄于文字上的。他是人生的反映,是自然而发生的。他的使命,他的伟大的价值,就在于通人类的感情之邮。诗人把他的锐敏的观察,强烈的感觉,热烘烘的同情,用文字表示出来,读者便也会同样地发生出这种情绪来。作者无所为而作,读者也无所为而读。"①

当郑振铎将这种"为人生"的文学观运用于具体文学批评时,所作的价值判断与理论阐发便与人不同。比如当人们都热衷于写作和阅读谴责小说时,他则对其大加批评,认为谴责小说专以揭人隐事和人间黑幕为目的,一味以冷笑嘲骂的态度对待笔下的人物,这恰恰是投合和助长了国人喜谈人隐事、缺少同情心的陋习。而真正的文学是没有以这种消极态度写作的,"他给读者以理想的世界以希望的火星,他把他自己的心腑都捧献出,他有表满腔的同情于他所创造的人物……"② 这正是一种为人生的态度。对于当时仍在演唱的传统旧剧及改作的新剧,以他的眼光看来,一方面是艺术上死板板模式化,另一方面是内容上海淫诲盗提倡迷信,这"里面所包含的思想,与现代的思想,相差实在太远了……未免太与时代的精神相背驰了"③。他的这一评判,就其对传统戏剧的价值判断来说,也许显得比较笼统和简单武断,但就他的"现代思想""时代精神"的批评立场与着眼点而言,却是极有意义的。而这一"现代思想"与"时代精神",从文学上来说,无疑就是他们所倡导的"为人生"的文学观念。

---

① 以上所引见郑振铎《新文学观的建设》,《中国新文学大系·文学论争集》,上海文艺出版社1981年影印本,第160—161页。
② 郑振铎:《谴责小说》,《中国新文学大系·文学论争集》,上海文艺出版社1981年影印本,第394页。
③ 郑振铎:《光明运动的开始》,《中国新文学大系·文学论争集》,上海文艺出版社1981年影印本,第423页。

如果说郑振铎的上述看法无非呼应茅盾等人的主张，并无多少特异之处的话，那么他之介入"整理国故"问题的论争，对此给予积极的理解，将其与新文学观的建设统一起来，却显示出不同凡俗的卓越见识。在他看来，"整理国故"具有两方面的意义。一方面有助于从根本上打翻旧的文学观而建立新的文学观。因为新文学观的建立，需要以打翻旧的文学观作为前提，而要真正打翻旧的文学观，仅仅停留在表面的声讨是不够的，还需要借用新的文学原理，切入旧文学的内部去，指出旧文学的真面目与弊病之所在，把其中的中心论点打破，这样旧观念才能冰消瓦解。这就如同马丁·路德的宗教改革一样，通过对《圣经》真义的重新发掘阐释，反攻旧教的借托《圣经》愚蒙世人，从而得到成功。现在的整理国故，也正是这个意思。"整理国故"的另一方面的意义，是借此"重新估定或发现中国文学的价值，把金石从瓦砾堆中搜找出来，把传统的灰尘，从光润的镜子上拂拭下去"。因为新文学的建设，并不是要完全推翻一切中国固有的文艺作品，"我们须以诚挚求真的态度，去发见没有人开发过的文学的旧园地。我们应采用已公认的文学原理与关于文学批评的有力言论，来研究中国文学的源流与发展"[①]。应当说，郑振铎的这一认识是比较深刻辩证的，不仅对于古代文学批评是一种更为务实的态度，而且对于新文学观念的建立也具有更为切实的意义。

第四节　周作人的个性主义文学理论批评

如前所述，周作人在五四文学革命时期关于新文学观念的建设中，他独树一帜地提出了以人道主义思想为核心的"人的文学"的新观念。其实，这一观念的内涵和外延都可以说是十分宽泛的：既可以通向浪漫派的"自我表现主义"和"为艺术而艺术"的审美主义，因为一切自我表现和审美追求也都是从"人"的需要出发的追求；也可以与现实派的"为人生"的文学观念相通，因为文学为社会人生也是"人"的内在要求。当偏于注重个人自我表现和审美追求的"艺术派"和偏于

[①] 以上所引见郑振铎《新文学之建设与国故之新研究》，《中国新文学大系·文学论争集》，上海文艺出版社1981年影印本，第162—163页。

强调文学介入现实人生的"人生派"发生分歧和争论的时候，使得周作人有可能介入其间，试图用"人生的艺术派"的主张来加以调和。此一时期周作人的观念中，"人"是一个完整的概念，既包括个人，也包括由个人组成的群体。正如他所说："我所说的人道主义……乃是一种个人主义的人间本位主义。"① 这里个人与人间本位是统一的，正如他的比喻，树木和森林是统一的一样。因此可以说，周作人五四时期的"人的文学"的观念中，还包含着比较多的关心民众民生的社会功利性因素。

然而颇有意味的是，五四以后，当许多人纷纷从个人自我的文学立场转向时代社会的文学立场时（如郭沫若等浪漫派或艺术派作家），周作人则发生了另一个向度的偏转，即逐渐疏离社会的方面而偏向于重视个体自我的自由发展，这在文学与文学批评观念上也是如此。如果要深入追寻，其缘由也许有二：一是作为周作人"人的文学"理论核心的"人道主义"思想，其实从根本上来说是以"个体主义"为出发点的，"个体主义"意识在他的整个思想观念中具有深厚的根基；二是像周作人这种很注重自我情感的文人，不可能像茅盾那样成为真正很"入世"的人，当他感受到社会激变的某种外在压力，或面对纷扰世事自感无力介入时，会更多选择退回个体自我，以寻求个性的自由发展空间。这样，"个体主义"既是周作人后来的一种人生价值取向，同时也使他的文学与文学理论批评观念转变为一种个体主义的文学观。

周作人20世纪20年代的个体主义文学理论批评观，从总体上说就是强调文学活动中个体自我的自由发展：对于文学创作，要求尊重作家的创作个性，从而提出"自己的园地"的命题；在文学理论批评活动中，则是主张要尊重理解不同的创作个性与特点，提倡"文艺上的宽容"。

1923年9月，周作人结集出版了文学论集《自己的园地》，书名即昭示了他的基本观点：文学的园地是"自己的园地"，作家和批评家是自己园地的主人，在这块园地上种什么、怎么种，都是自己的事。这也就肯定了文学活动是个体的自由创造，完全可以依个人的意愿、个性、

---

① 周作人：《人的文学》，《中国新文学大系·建设理论集》，上海文艺出版社1981年影印本，第195页。

情思而创造。他认为文学不必为"福利他人而作",可以"不为而为",只要"以个人为主人,表现情思而成为艺术"①。因此,从作家主体方面而言,完全不必为了迎合他人或社会而牺牲个人的艺术追求;而从创作的外部环境条件来说,他更是反对思想上的统制与艺术上的统一:"君师的统一思想,定于一尊,固然应该反对;民众的统一思想,定于一尊,也是应该反对的。在不背于营求全而美的生活之道德的范围内,思想与行动不妨各各自由与分离。文学家虽然希望民众能了解自己的艺术,却不必强将自己的艺术去迁就民众……"②

也在1923年,周作人作《文艺上的宽容》一文,一方面再次阐发其个体自由表现的文艺观:"文艺以自己表现为主体,以感染他人为作用,是个人的而亦为人类的;所以文艺的条件是自己表现,其余思想与技术上的派别,都在其次。"另一方面,则是提出"文艺上的宽容"的原则,这一原则应当说主要是一个文学批评的原则,即要求批评家在对待批评对象的态度上首先要做到理解与宽容。他说:"各人的个性既然是各各不同(虽然在终极仍有相同之一点,即是人性),那么表现出来的文艺,当然是不相同。现在倘若拿了批评上的大道理要去强迫统一,即使这不可能的事情居然实现了,这样文艺作品已经失了他唯一的条件,其实不能成为文艺了。因为文艺的生命是自由不是平等,是分离不是合并,所以宽容是文艺发达的必要的条件。"③

如果说"宽容"还只是一种文学批评的态度,那么与之相适应,在文学批评的具体方法特点上,他强调文学批评的主观性,认为批评应是主观的欣赏,而不是客观的检察,更不是法理的判决。他说:"我相信批评是主观的欣赏,而不是客观的检察,是抒情的论文不是盛气的指摘。"批评家首先应当抱着"宽容"的态度进入对作品的欣赏,"在文艺里理解别人的心情,在文艺里找出自己的心情,得到被理解的愉快"。他认为最不可取的做法是,"凭了社会或人类之名,建立社会文学的正宗,无形中厉行一种统一"。他的这一说法显然不无针对性,即使是在

---

① 参见温儒敏《中国现代文学批评史》,北京大学出版社1993年版,第33页。
② 周作人:《诗的效用》,《自己的园地》,北新书局1923年版,第18页。
③ 周作人:《文艺上的宽容》,《自己的园地》,北新书局1923年版。以下所引见此文,不另详注。

新文学的批评论争中也难免会出现此种弊病,"每逢文艺上一种新派起来的时候,必定有许多人——自己是前一次革命成功的英雄,拿了批评上的许多大道理,来堵塞新潮流的进行"。

应当说,周作人将文艺视为自我表现与创造的园地,主张以"宽容"的态度和主观审美化的方式进行文学批评,对于当时已经出现某些端倪的过于功利化和过于专制性的批评风气,显然具有某种补偏救弊的意义。他企望五四时期文坛那种自由宽松活跃的气氛能够保持下去,这本身也代表了一种文学与文学批评多元化自由发展的时代要求。

第五节　梁实秋的新人文主义文学理论批评

在20世纪二三十年代的中国文学理论批评界,与闻一多、徐志摩等建立在审美感悟基础上的文学理论批评不同,梁实秋是在对西方文学批评史进行过系统研究的基础上建立自己的理论学说的。因此,他的文学理论批评具有较强的系统性、体系性,而在思想倾向方面,则显然是偏向于自由主义倾向的。

梁实秋的文学理论批评被称为新人文主义批评,是因为其思想理论基础是新人文主义学说。这一学说是梁实秋20世纪20年代前期在美国留学时,从他的老师新人文主义者白璧德那里接受来的,它成为梁实秋文学理论批评最重要的理论资源。梁实秋从白璧德那里接受来的新人文主义,其理论核心是"二元人性论",即认为人性从本质上来说是善恶并存的,其中放纵的欲念产生恶,理智对欲念加以控制引导则导向善。人性中永远都包含着欲念与理智的冲突,这种冲突不仅贯穿和充满人的一生,而且也带来社会生活中的善恶之争。人之善恶之分只在于:向善的人能以理智控制欲念,而向恶的行为则由于舍弃了理智放纵了欲念。基于这种认识判断,新人文主义主张在人们的社会生活和文化活动中,用理性控制欲念,即以理制欲,以理节情,这样才能使人性成为理性的常态的人性,使社会保持健全发展。从这一基本立场出发,新人文主义极力反对"自然人性论",认为这种人性论基于人性本善的判断,提倡顺应自然人性,放任人性自由发展,将会导致放纵人性中恶的因素,导致伦理道德的败坏。顺着这一逻辑,当然也要反对物质功利主义,精神生活中的"情感自然主义",以及文艺活动中放纵情感的浪漫主义和现代主义等。新人文主义这一观念,与中国儒家的伦理道德观念颇为相通。也许正由于梁实秋本来就具有较多传统文化的基因,因而与新人文主义一拍即合。这在五四时代,其保守倾向不言而喻。

梁实秋新人文主义的人性论思想,构成了他的文学理论批评的基石。他曾表白:"我治文学批评……都用在一种努力,那就是,想在主张上求其能一贯。"① 纵观他的整个批评理论系统,其一贯性便是由这一人性论思想来贯穿的。

梁实秋文学理论批评的起点,即他的基本文学观念,便是认为文学是普遍人性的表现。他反复强调说:"普遍的人性是一切伟大的作品之基础";②"文学的目的是借宇宙自然人生之种种现象来表示出普遍固定之人性";③"伟大的文学亦不在表现自我,而在表现一个普遍的人性"。④

既然文学以表现普遍人性为目的,那么作为文学批评,也显然要以文学对普遍人性的表现作为着眼点乃至批评的价值标准。他说:"文学批评的出发点是人对人生的态度","文学乃'人性'之产物",同样,"纯正之'人性'乃文学批评唯一之标准",而且"这个标准是客观的,是绝对的"。⑤ 梁实秋也正是以此为宗旨来建立其文学批评的理论系统。

首先,梁实秋从词源学上考索推定,"批评"一词的本义是"判断"之意,也就是要通过分辨选择来做出价值评估。他认为文学批评的任务不是对文学作品作注解,重要的是对作品的价值估定。基于这种观点,他激烈反对当时颇为流行的两种文学批评。一种是印象批评或鉴赏式的批评。这种批评往往是"读后感"式的,全凭个人的兴趣爱好,缺乏严肃认真的批评态度和理性的评判标准,这就难免陷入随意和混乱。另一种是科学的批评。他认为当时流行的社会学批评、心理学批评等都是把文学批评当作科学活动,而不是着眼于对文学作人性意义的分

---

① 梁实秋:《浪漫的与古典的文学的纪律》,人民文学出版社1988年版,第172页。
② 同上书,第103页。
③ 同上书,第116页。
④ 同上书,第21页。
⑤ 同上书,第104页。

析，并不能认识和揭示出文学的真正价值。他说："以科学方法施以文学批评，有绝大之缺陷。文学批评根本的不是事实的归纳，而是伦理的选择，不是统计的研究，而是价值的估定。凡是价值问题以内的事务，科学便不便过问。"① 总的来看，上述两种批评都违背了文学批评的本来意义，即对文学作品通过分辨选择来做出价值评估。

当然，要对文学进行价值判断与评估，前提是要确立批评的价值标准。如上所说，梁实秋已经把纯正之人性确立为文学批评的唯一标准，然而这毕竟还只是一个比较笼统抽象的一般原则。要把这个"客观的、绝对的"批评标准或原则贯彻到具体批评实践中去，也许还需要一个中介性的东西，即一种作为"艺术原则"或"审美理想"之类的标准。就梁实秋的文学理论批评而言，他在这方面是投注了很大工夫的。

梁实秋明确意识到，关于文学创作与批评的具体标准，完全可以而且应当到以往伟大的作品中去寻找。他批评印象主义者评价值文学作品毫无确定标准，就是不懂得在伟大的作品里寻出一个客观的标准。既然如此，那么梁实秋自己当然就要致力于从以往的伟大作品中，从过去的文学传统中去寻出这样一种标准。他的做法就是像他的老师白璧德一样，从研究批评史入手去进行理论建构。于是他埋头投入对西方文学批评史的系统研究，写成《浪漫的与古典的》《文学的纪律》《文学批评论》等著作。这个过程，既是他以新人文主义的思想眼光去读解古典作品、吸纳知识学养和获取更多思想理论资源的过程，同时也是他从古代文学传统中发现与其新人文主义思想观念相吻合的东西的过程。

通过对西方文学批评史的系统研究，他似乎"发现"了西方文学的一个"规律"：所有的文学差不多都可以划分为古典的与浪漫的两种基本的倾向或质地。对这两种倾向他显然是有自己的价值判断的："我以为'浪漫的'与'古典的'不是两种平等对待的名称。'古典的'即是健康的，因为其意义在保持各个部分的平衡；'浪漫的'即是病态的，因为其要点在偏畸的无限地发展。譬如说，情感与想象，都是文学的最主要质料，假如情感与想象能受理性之制裁，充分发展而不逾越常轨，这便是古典的了，假如情感与想象单独地发展，成为一种特殊的奇

---

① 梁实秋：《浪漫的与古典的文学的纪律》，人民文学出版社1988年版，第104页。

异的现象，那便可以说是浪漫的了。我们统观西洋文学批评史，实在就是健康的学说与病态的学说互相争雄的记录。"①

很显然，梁实秋的价值立场是偏向于"古典的"，因为这更符合他的新人文主义思想观念。但他又似乎并不愿意人们把他看作一个保守的古典主义者，于是他便说明自己是打算在"古典的"与"浪漫的"二者之间求一个中庸之道。然而实际上，他的文学理论批评所确立的艺术原则与审美理想是偏向于古典主义的，它的基本内涵与其新人文主义思想观念一致，便是以理性规范和引导文学中的人性表现。梁实秋已经看到，文学表现普遍的人性，最重要的特点是"情感"和"想象"，他认为这两者都需要理性来加以节制，否则便会有害于人性，有害于文学的健康。比如"情感"，如果让它"成为文学最领袖的原料，这便如同是一个生热病的状态"，从而有害于文学的健康，"伟大的文学者所该致力的是怎样把情感放在理性的缰绳之下"。同样，"想象"如果运用不当，也会成为文学的有害因素，"它能鼓动生风，扶摇直上，能把你带到你的目的地去，也能把你带到荒山大泽穷乡僻壤"②。因此，无论情感还是想象，都必须加以节制，才能保证文学达到表现普遍人性的目标。总的来说，古典主义艺术原则最基本的内涵可表述为"以理性驾驭情感，以理性节制想象"。这既是梁实秋对文学创作提出的规范，也是他为文学批评所确立的原则标准，"创作品是以理性控制情感与想象，具体地模仿人性；批评乃是纯粹的理性的活动，严谨的评判一切的价值"③。

1926年初，梁实秋发表《现代中国文学之浪漫的趋势》一文，对"五四"以来的新文学运动进行总结和评论。由于他是站在如上所说的新人文主义的立场上，以古典主义的艺术原则与批评标准来衡估新文学的价值，所得出的结论必然是否定性的。从总体上来判断，他认为新文学运动是一场"浪漫的混乱"，具体来说，文学借鉴与创新追逐新奇怪异，文学表现上放纵情感，文学批评中崇尚印象主义等，都表现出一种

---

① 梁实秋：《梁实秋论文学》，台北时报文化出版公司1981年版，第232页。
② 梁实秋：《浪漫的与古典的 文学的纪律》，人民文学出版社1988年版，第116—122页。
③ 同上书，第151页。

"浪漫"趋向，一种非常态的热狂，以他的古典主义眼光来看，显然是不满和否定的。应当说，梁实秋对新文学运动中一些情绪化的过激的理论主张，以及一些浮泛的文学现象的批评指斥并非没有道理。但从整体上来看，他的基本立场和价值标准是偏于保守的，与当时激进的时代主潮是游离乃至抵制的。及至后来，则更走向反对革命文学，以"人性论"否定"阶级论"，进一步远离时代主潮而流向自由主义思潮。

第六节　其他各种形态的文学理论批评

首先值得一提的是李金发的象征主义诗学批评。1919年至1925年间，李金发留学法国，对法国象征派诗歌和诗论情有独钟，多有研究熏染，深受其影响。他1925年回国，便也将象征主义引入国内。李金发首先是一位象征派诗人，早在回国前便沉迷于诗歌创作，回国当年便出版了象征主义诗集《微雨》《食客与凶手》，在诗坛上一举成名。他的诗风奇异怪诞别具一格，给中国诗坛吹入一股新风。与此同时，他也将象征主义诗论介绍进来并加以阐发。

总的来看，李金发的象征主义诗论并不很系统，而且基本上是法国象征派诗学观念的介绍与阐发。首先，这一诗学批评的核心观念与价值目标就是："艺术上唯一的目的，就是创造美，艺术家唯一的工作，就是忠实表现自己的世界。"[①] 这一观念显然是直接从法国象征派来的，但李金发在阐发中却有自己的理解和主张。与唯美主义一样，法国象征派也以创造美为目的，乃至追求创造神圣美、超验美，如波德莱尔甚至提倡和追求"以恶为美"。李金发一是不赞成以恶或丑为美，而主张更多地去发现和表现美的事物。他说："任何派别，都不能离开真善美。"二是也不赞成表现超验的理念、真理之类，他说："诗人能歌人、咏人，但所言不一定是真理……我平日做诗，并不曾存在寻求或表现真理的观念。"[②] 这意味着他所理解的"艺术创造美"与象征派的观念是有一定差异的。其次，他认为象征主义诗歌的本体特征就是创造"意象"，并在意象中透出"朦胧美"。这要求在创造诗的意象时，不能太清晰透

[①] 李金发：《烈火》，《美育》1928年10月创刊号。
[②] 李金发：《诗问答》，《文艺画报》1935年2月第1卷第3期。

明，含蓄中充满诗意，从而具有朦胧之美的魅力。其三，为了创造意象的朦胧之美，象征主义诗歌在艺术手法上主要运用"象征"与"暗示"，这是象征派诗人马拉美等人一再阐述过的。李金发不仅十分热衷于学习和介绍马拉美的诗，同时也直接借鉴了他的象征诗的观念与方法，并强调说："诗之需要 image（形象，象征）犹人身之需要血液。现实中，没有什么了不得的美，美是蕴藏在想象中，象征中。"[1] 正是这种对象征与暗示的重视与追求，成为象征主义最显著的特点。

也许正是由于象征主义诗歌这种由象征与暗示所带来的朦胧性，使其显得怪异、神秘甚至晦涩，令人难以捉摸，因而难以流传开来，所发生的影响并不大。同样，对其象征主义诗论，实际上也应者寥寥。不过作为一种由外来诗论阐发的诗学批评，在20世纪20年代多元化的中国文学理论批评中，应当说是增添了一种新的形态，并且对人们的诗学观念仍不无影响。

从现代诗歌理论批评形态来看，前期新月派诗人闻一多、徐志摩等人的现代诗学观念，在新诗理论批评的建构中也占有一定的地位。

徐志摩虽曾留学英美，但似乎未曾搬回什么外国理论学说。他在本性上是个诗人，富有诗人的气质与才情，诗写得飘逸灵动，诗论也不拘格套，不成系统。他的诗学观念并非理论的借引，更多是一种自我感悟，所论及的核心观念，一个是灵感，一个是情感。其中尤其是对"灵感"问题更为关注。他说："我们相信文艺的生命是无形的灵感加上有意识的耐心与勤力的成绩。"[2] 对于这种无形的灵感，他试图从诗人主体与自然、生活的神秘契合来加以认识探讨，对于新诗创造与诗论建构都不无意义。

闻一多的新诗理论批评，也没有借用多少外国引进的理论资源，而是建立在自己的诗歌创作经验感悟，以及对诗学传统透彻领悟的基础上。他的诗学观念建构主要体现在以下两个方面。

第一，关于诗的本体观与价值观。闻一多不像一般诗人那样从诗美本身来谈诗的存在与价值，而是将诗的存在根据置于现实人生的基础上，同时也以对现实人生的作用来判断诗的价值。他强调诗的基本要求

---

[1] 李金发：《序林英强的〈凄凉之街〉》，《橄榄月刊》1933年8月第35期。
[2] 徐志摩：《诗刊弁言》，《徐志摩选集》，人民文学出版社1983年版，第252页。

就是要"把握生活""文学底宫殿必须建在现实人生的基础上",以他的眼光看,"泰果尔底最大的缺憾是没有把捉到现实"①。由此他得出的一般判断是"我们可知道真正有价值的文艺,都是'生活的批评'"②。

第二,关于诗的本体特征。闻一多又大致是从两个方面来把握的。一是诗的内在因素或特征,包括情感与幻想两个原素。其中"幻想"是直接构成诗的意境和诗的感染力量的最重要因素,如果缺少幻想,就没有诗的审美意境,就没有诗美和力量。而幻想又是要有所依托的,这就是"情感"。对诗而言,"情感"显然更是属于本源性的因素。因为"诗是个最主观的艺术",所以"没有感兴不能作诗"。而实际上,感情必定是要来自人生现实,并且经过诗人主体的充分酝酿达到相当的强度,才可能进入诗的创造,才成为打动人心的作品。他说:"诗人胸中底感触,虽到酵底时候,也不可轻易放出,必使他热度膨胀,自己爆烈了,流火喷石,兴云致雨,如同火山一样——必须这样,才有惊心动魄的作品。"③而情感则又有各种类型,表现在诗中则各有特点和相应的审美价值。二是诗的外在因素,包括诗的声、色等形式要素及格律等。闻一多认为新诗在打破旧诗格律的"枷锁镣铐"时,却又过于忽视形式格律,淡化了诗味与诗美。为此,他专做了《诗的格律》,以引起新诗界对形式格律的重视,同时提出了诗的"三美"原则,即"音乐的美""绘画的美""建筑的美",试图打破诗的旧形式传统之后,建立起新诗的形式美规范。闻一多认为,上述诗的内外两方面的因素中,显然作为内在因素的幻想与情感是诗的最主要原素,是诗的"灵魂"。"诗的真价值,在内在原素,不在外在原素",只不过,"美的灵魂,若不附丽于美的形体,便失去美了"④。

总的来看,闻一多从新诗创作实践出发提出的诗学观念与美学规

---

① 以上所引见闻一多《泰果尔批评》,《闻一多全集》(第2卷),湖北人民出版社1993年版,第126页。
② 闻一多:《戏剧的歧途》,《闻一多全集》(第2卷),湖北人民出版社1993年版,第149页。
③ 闻一多:《评本学年〈周刊〉里的新诗》,《闻一多全集》(第2卷),湖北人民出版社1993年版,第47页。
④ 闻一多:《评本学年〈周刊〉里的新诗》,《闻一多全集》(第2卷),湖北人民出版社1993年版,第42页。

范，无论对于新诗创作发展，还是新诗的理论批评建构，应当说都具有一定的建设性意义。

此外，在1920年文艺论争的格局中，还有沉钟社、弥洒社等几个文艺团体，也纷纷发出他们的声音，宣示他们的文艺观念。从总的倾向看，他们都把"为艺术而艺术"作为自己的宗旨和目标，只不过具体的主张有所差异。沉钟社从浅草社发展而来，原本就是一个张扬"为艺术而艺术"的作家团体，他们主张忠实于艺术，追求艺术的真和美的价值，但仍然相信艺术并非与生活无关，至少"艺术可以使'生活'更为向上，更为高洁，并且保持一种庄严性"①。而弥洒社（"弥洒"乃希腊文Musai的音译，现通译为"缪斯"，即文艺女神）的宗旨，则是要专门奉侍文艺女神。在1923年《弥洒》创刊号上，他们便明白宣示了自己的主张："我们乃是艺术之神；我们不知自己何自而生，也不知何为而生；我们唱；我们舞；我们吟；我们写；我们吹；我们弹；我们一切作为只知顺着我们的Inspiration（灵感）!"②在第二期《弥洒》扉页上，他们再次宣称自己的刊物是一个"无目的，无艺术观，不议论，不批评，而只发表顺灵感所创造的文艺作品的月刊"。其实这些宣言本身，就明白无误地表明了他们无目的性的纯粹艺术观，这种艺术观显然是比较理想化的。

第七节　革命派的政治社会学文学理论批评

1923年，由当时的早期共产党人瞿秋白、邓中夏、恽代英、萧楚女等创办了一份《中国青年》杂志，以此为阵地，他们发表了一系列文学理论批评文章，阐述他们的文学观念。其中最引人关注的是他们从当时的社会现实出发，提出了"革命文学"的概念，并以此为标志，旗帜鲜明地阐明他们的文学主张，批评各种与"革命文学"理念相抵触的文学观念与文艺现象。从总体上看，他们的文学主张，无非是站在他们政治性的社会立场上，进行一种文学观念上的新的"破"与"立"。

---

① 陈翔鹤：《关于〈沉钟〉的过去现在和将来》，《现代》第3卷第6期。
② 胡山源：《弥洒宣言》，《弥洒》1923年3月创刊号。

所谓新的"破",即不是像五四时期那样主要批判传统的旧文学观,而是更多批判新文学中的各种消极的文学观念与文艺现象。在他们看来,这些消极的文学观念与文艺现象,是不利于文学健康发展的。首先,他们激烈反对和批判"个人情感表现论""文艺无目的论""为艺术而艺术论",以及各种外来的文学"主义"(如未来主义、新浪漫主义之类),因为这样的文学不能积极地作用于社会,不能激发民族精神。其次,他们还尖锐批评一些文学创作现象,比如邓中夏的《新诗人的棒喝》中,就批评一些新诗"混沌的欣赏自然""肉麻的讴歌恋爱""想入非非的赞颂虚无",并说"我常对朋友说,凡是想做新诗人的都是懒惰与浮夸两个病症的表现。闻者以为太过。我现在修正了说,凡是想做新诗人的多半都是懒惰与浮夸两个病症的表现。大约是没有什么语病的了"。接着又说:"新文化运动以后,青年人什么都不学,只学做新诗。最近连长诗也不愿做,只愿做短诗……今日出一本《繁星》,明天出一本《雪朝》……"① 从批评者的出发点和愿望而言,这些批评自有一定的道理和意义,但从态度和语气上来说,却似乎显得有些过激,容易使人反感。

当然,这些革命派批评家的主要目的还在于"立",即阐发"革命文学"的基本观念。其主要内容包括以下方面。第一,"革命文学"不是个人的文学,而是社会的文学,它的价值目标,应当是在促使社会的改造,振奋民族精神。邓中夏在《文学与社会改造》的讲演中呼吁:"莫再作'阐道翼教'的奴隶文学;莫再作'风花雪月'的堕落文学;莫再作发牢骚赞幸运的个人文学;要作社会的文学;要做社会改造的文学!"② 他认为对于激励人们奋起,以求改造社会来说,"文学却是最有效的工具"。因此他呼唤文学家:"关于表现民族伟大精神的作品,要特别多做,警醒已死的人心,提高民族的地位,鼓励人民奋斗,使人民有为国效死的精神。"③ 第二,文艺的本质是生活的反映,革命文学应

---

① 邓中夏:《新诗人的棒喝》,《中国青年》1923年12月第10期。
② 转引自黄曼君主编《中国近百年文学理论批评史》,湖北教育出版社1997年版,第438页。
③ 邓中夏:《贡献于新诗人之前》,《中国青年》1923年12月第10期。以下所引邓中夏所论见此文,不另注。

当注重反映黑暗的社会生活,以激励人们反抗这一黑暗现实。萧楚女在1924年发表的《艺术与生活》中说:"艺术,不过是和那些政治、法律、宗教、道德、风俗……一样,同是一种社会人类的文化,同是建筑在社会经济组织上的表层建筑物,同是随着人类底生活方式之变迁而变迁的东西……艺术是生活的反映。"① 从这里可以看出,马克思主义文艺观点已开始引入并得到阐发。当然,早期共产党人引入马克思主义文艺观点,并不仅仅是为了说明一个艺术原理,而是更要引出一个革命性的结论,即对于革命文学来说,不仅要立足于反映生活,更要努力反映社会生活中的黑暗面。邓中夏说:"如果新诗人能多做描写社会实际生活的作品,彻底露骨地将黑暗地狱尽情披露,引起人们的不安,暗示人们的希望,那就使改造社会的目的,可以迅速地圆满地达到了。"恽代英指出,革命文学对黑暗社会现实的批判,就是"要使大家赤裸裸地承认自己的地位,要明白剖析自己一切奴婢、娼妓、盗贼式的生活,使自己认清革命是'为自己'刻不容缓的事情"。正因此,他们称赞郭沫若的《棠棣之花》等作品正是这种揭露黑暗、激励人们反抗现实的佳作。② 第三,与上述主张和要求相对应,他们号召革命文学家努力投入革命实践,首先做个革命人。恽代英在《文学与革命》一文中说:"倘若你希望做一个革命文学家,你第一件事是要投身于革命事业,培养你的革命感情""自然是要先有革命的感情,才会有革命文学的。现在的青年,有几个真可称为有革命的感情的呢?普通的人,脑筋里只装满了金钱、虚荣与恋爱,他们偶然写了几个'奋斗''革命'的字样,亦不过是鹦鹉学舌,中间并不包含任何意思,他们亦配做得出革命的文学么?倘若他们做出那些完全不是高尚圣洁感情所产生的所谓革命的文学,那亦配称为文学么?我相信最要紧是先要一般青年能够做脚踏实地的革命家。在这些革命家中,有些感情丰富的青年,自然能写出革命的文学。"③ 邓中夏也指出:"新诗人须从事革命的实际活动——如果一个诗人不亲历其境,那他的作品就总是揣测或幻想,不能深刻动人,此其

---

① 萧楚女:《艺术与生活》,《中国青年》1924年7月第38期。
② 转引自黄曼君主编《中国近百年文学理论批评史》,湖北教育出版社1997年版,第439页。
③ 恽代英:《文学与革命》,《中国青年》1924年5月第31期。

一。如果您是坐在深阁安乐椅上做革命的诗歌，无论您的作品，辞藻是如何华美，意思是如何正确，句调是如何铿锵，人家知道你是一个空嚷革命而不去实行的人，那就对于你的作品也不受什么深刻的感动了，此其二。所以新诗人尤应从事于革命的实际活动。"

总的来看，这些革命派批评家从当时改造社会的时代要求出发，在文学观念与文学实践上，将文学价值目标引向革命功利主义，开启了一条迥异于其他新文学批评形态的文学理论批评的新路。就其顺应时代要求而言，显然具有历史的合理性与进步性。但从它的政治性和社会功利性色彩大大强于审美色彩的特性而言，则又显然是存在偏向性的。无论是其历史合理性，还是它的偏向性，在后来的发展中显现得更加清楚。

第四章

革命文学潮流中文学理论批评的分化与汇流

在五四时期"文学革命"运动之后,经过1920年"文艺论争"时期文学理论批评的多元化探索发展,形成各种文学观念和理论批评形态争相建构、极为活跃的局面。然而,1927年大革命失败后,到1930年抗日战争全面爆发,这是中国现代历史上一段比较特殊的时期,国内政治形势更加严峻,社会矛盾更加激烈,人民民主革命的浪潮也更加高涨。在这种时代背景下,"革命文学"的观念适应时代要求而日益凸显,并逐渐形成主导性潮流,这也就带来了新文学和文学理论批评不断分化与汇流的新趋向。

第一节 民主革命的时代背景与文艺思潮

如前所述,辛亥革命与五四运动使古老中国大一统的政治统治与思想统治土崩瓦解,由此带来中国社会长时期的动荡混乱局面。从1920年至1930年,军阀割据混战持续不断,政局纷乱,政治纷争不断,在中国没有哪一种政治力量能够控制这种比较混乱的局面。随着1921年中国共产党成立,1924年第一次国共合作实现,以及国民革命兴起,北伐战争推进,政治局面似乎逐渐明朗,中国社会也似乎有望由"乱"转"治"。然而随着1927年国民党反动派发动反革命政变,国民革命失败,中国共产党人被迫转入农村山区进行艰苦卓绝的革命斗争。国民党反动势力以及新旧军阀都纷纷寻求建立自己的专制政权,一时形成多个新旧军阀政权鼎立和各派争雄的复杂局面。经过一番争斗之后,南京国民政府终于一统天下,在形式上完成了全国的"统一"。在此形势下,国民党政府试图建立其一党专制的大一统政治统治与思想统治。然而，由于其党内和政权内的专制与腐败，导致新的军阀混战持续不断，国民党内政治派系间的明争暗斗更加激烈，中国社会实际上陷入更加混乱无序和黑暗腐败之中。正因此，更激起民怨沸腾，反抗国民党政治专制和思想文化专制统治的浪潮此伏彼起。由国民党政权的专制腐败造成的"内乱"终于引来了"外患"，导致了日寇入侵，使国家民族陷入了更加深重的苦难之中。

面对混乱无序和黑暗腐败的现实，知识分子们不能不充满忧患意识。而正是这种由深重"国难"所带来的"忧患"意识，更加激发了他们进行思想启蒙的责任感与使命感，激发了他们进行思想理论探索与创新的热情与勇气。即使是在国民党政权建立之后实行政治和思想文化专制统治的年代里，一些进步知识分子也没有退缩，仍然以激烈坚决的文化斗争去抵制乃至打破这种专制统治，更自觉地担负起思想启蒙、唤起民众以反抗现实的神圣责任。

如果说1920年的文艺思潮与文艺创作更多呈现出一种无拘无束、多元探索的局面。那么从1920年末到1930年，随着民主革命的推进，时代主潮与人们的价值追求都发生一定的转向。正如有学者所说，"如果说'五四'是个性解放的时代，现在就进入社会解放的时代，不仅人的思考中心发生转移，思维方式也发生相应变化：从对人的个人价值、人生意义的思考转向对社会性质、出路、发展趋向的探求。从前者向后者转变的过程在1920年中后期即已开始，到这一时期后者终成为主导方面"[①]。由于时代潮流发生转向，文艺思潮与文学创作的格局也随之发生一定的变化。

其一，从总体文学精神与时代特色来看。如果说五四运动之后作家们的主要兴奋点还在个性解放与精神自由的追求方面，因而在文学精神和创作倾向上都以表现主观为主，那么到了注重社会解放的20世纪30年代，文学精神和创作倾向便转为以反映社会现实为主，文学视野更加宽阔，文学题材更加广泛，出现了一大批表现个人觉醒走向社会历程的作品，文学的思想内涵和社会意义更加深厚。这就已经显示出，现实主

[①] 钱理群等：《中国现代文学三十年》，北京大学出版社1998年版，第208页。

义已逐渐成为中国现代文学发展的主要趋向。可以说,"中国现代文学到第二个十年(1928—1937,引注)已经形成了自己的历史特点,即:广阔的社会历史内容、对民族灵魂开掘的历史深度,以及从沸腾的历史潮流中所吸取的战斗激情与壮阔、厚实的力的美,这同样也是中国现代文学日趋成熟的重要标志"①。

其二,从文学创作潮流来看,各种文学创作倾向与创作流派在发展中不断分化重组,显示出新的格局。"形成了这一时期'左翼''京派''海派'三大文学派别(潮流)之间的对峙与互渗……三大文学派别(潮流)创造了不同的文学景观,但又统一生存于 30 年代社会、思想、文化的大背景之下,因而在整体文学的张力场上又显示出某些共同的趋向,在整个现代文学历史发展中展现出一种时代文学的特征。"②

其三,从文艺思潮的流变来看,五四以后各种文艺思潮多向涌流的状况,到 20 世纪 30 年代逐渐汇流,形成几种大的流向。其中最主要的是两大潮流之间的对立与碰撞。正如有学者所总结的那样:"30 年代文艺思想领域呈现出极为活跃的状态:第一个十年里纷纷传入中国的各种文艺思潮经过历史的筛选,与本国文艺实践运动相结合,形成了马克思主义与自由主义两大文艺思想相对立的局面。两大思潮之间论争频繁展开,其激烈程度远远超过第一个十年。这是与这一时期政治斗争尖锐化程度相适应并由其所决定、制约的。由此决定了这一时期两大思潮论争的特点……马克思主义文艺思想在与自由主义文艺思想论争的过程中,在不断克服自身的左倾幼稚病的过程中,不仅成为无产阶级文学运动的指导思想,而且对众多追求革命的文学家产生巨大的吸引力,构成 30 年代文学的主潮;而自由主义文艺思潮在理论和创作实践上也有不可忽视的实绩,并在文学史发展的大的背景下对主流派文学起某种补充作用。"③

1920 年末至 1930 年的文学理论批评,就是在这样一种时代条件下和文艺潮流中走向分化,在分化中形成不同的流向,各种文艺观念各自追随和归附到一定的潮流中,即由分化又重新走向汇流,逐渐形成新的形态与格局。从总体格局来看,大致有两种主要的文学理论批评的流

---

① 钱理群等:《中国现代文学三十年》,北京大学出版社 1998 年版,第 214 页。
② 同上书,第 209 页。
③ 同上书,第 201—202 页。

向，一种是革命文学及马克思主义文学理论批评的流向，另一种是自由主义及审美主义文学理论批评的流向。

第二节 革命文学观念与文学理论批评

1927年"四一二"反革命政变后，轰轰烈烈的北伐大革命归于失败，革命形势陡然发生逆转，中国社会的现代变革发展进程变得极为严峻。"这一时期，是一方面反革命的'围剿'，又一方面革命深入的时期。这时有两种反革命的'围剿'：军事'围剿'和文化'围剿'。也有两种革命的深入：农村革命深入和文化革命深入。"① 前一种革命指的是由无产阶级政党单独领导的农村武装革命斗争，重新寻找中国民主解放和现代变革发展道路；而后一种革命，则是指1928年"无产阶级革命文学"运动的兴起。这两种革命显然是相互关联和呼应的，目标都在于寻求中国社会的光明出路。

一 革命文学：现代文学观念的又一次重大变革

其实关于"革命文学"的口号，早在五四新文学运动兴起后不久就已经提出来了。1923年，邓中夏、恽代英等早期共产党人就提出过建设"革命文学"的理论主张。此后，蒋光慈在《无产阶级革命与文化》（1924）、郭沫若在《革命与文学》（1926）中，也都提出过"文学革命"的口号，但在当时并未引起足够的反响。大革命失败后，中国社会的政治形势变得空前严峻，阶级斗争异常复杂激烈，国民党反动当局加紧对进步文化界的围剿。在这种时代条件下，文学界发生了各种分化与重组。从1928年1月起，经过重组的创造社和由蒋光慈、钱杏邨等人组成的太阳社，分别在《创造月刊》《文化批判》《太阳月刊》等刊物上提倡"无产阶级革命文学"，于是"所谓革命文学的声浪，日渐高涨起来了"②。由此可见，"革命文学"在1920年末至1930年的时代背景下，成为新文学发展的主导潮流，既有新文学发展自身的内在逻辑性，也是新形势下必然的时代要求。可以说"革命文学"的倡导，在

---

① 毛泽东：《新民主主义论》，《毛泽东选集》（第2卷），1991年版，第702页。
② 蒋光慈：《关于革命文学》，1928年2月《太阳月刊》第2期。

新文学发展中具有转换方向的意义,是继五四"文学革命"之后,中国现代文学观念的又一次重大变革。[①]

正因为"革命文学"的倡导是中国现代文学观念的又一次重大变革,所以引起了进步文学阵营的普遍关注。文学家们纷纷发表意见,根据各自的理解进行阐发,乃至形成激烈的论争。由于这一论争,使这一新的文学观念得以展开和深化,并逐步确立和扩大影响,对1930年以后的文学发展产生了深远的影响。

邓中夏、恽代英等人1923年提出"革命文学"的理论主张,其主旨在于反对奴隶文学、堕落文学和个人文学,提倡文学反映和批判黑暗的社会生活,表现伟大的民族精神,从而激励人们反抗这一黑暗现实,促使社会的改造。在他们看来,文学是唤起民众改造社会的"最有效的工具"。为此他们号召革命文学家努力投入革命实践,首先做个革命人,然后才配做革命的文学。

1920年中后期,创造社发生分化重组,前期创造社成员郭沫若、成仿吾等人思想观念发生重大转向。一批留日回国的青年成员如李初梨、彭康、朱镜我等加入进来,后期创造社成员与创造社作家相呼应,也十分积极地宣扬革命文学,阐发他们的"革命文学"观念。郭沫若思想观念转变后,在《革命与文学》中大力提倡革命文学。他对"革命文学"的解释就是:"凡是同情于无产阶级而且同时是反抗浪漫主义的便是革命文学",或者说就是"同情于无产阶级的社会主义的写实主义的文学",[②] 其基本倾向便是抛弃个体主义与自我表现的文学观,排斥个人的、浪漫的艺术,提倡群体的、写实的艺术。同一时期成仿吾也写了一系列论述革命文学的文章,认为革命文学应当努力把握唯物辩证法的思想方法以认识生活与文学,克服小资产阶级的局限性,面对并为了农工大众。在此基础上,他提出了"全部的批判"的主张,认为有必要对以往的文学和文学观念来一次全面的清算和批判,让不革命的文学去没落,使革命文学成为"变革社会的手段"。创造社新成员李初梨

---

① 参见黄曼君主编《中国近百年文学理论批评史》,湖北教育出版社1997年版,第448页。
② 以上所引见郭沫若《革命与文学》,《文艺论集续集》,人民文学出版社1979年版,第39、41页。

更是直接表明了他关于"革命文学"的观点：革命文学是无产阶级革命时代的文学，它应该而且必然是无产阶级的文学。首先，它具有阶级的性质，"文学，与其说它是社会生活的表现，毋宁说它是反映阶级的实践"；其次，它必定是一种宣传；最后，它具有社会组织的功能，甚至是一个阶级的斗争武器。从这种阶级立场出发，他把那些反映内心要求和自我表现的文学观念，都归为小资产阶级意识，主张坚决摒弃。①

对"革命文学"大加鼓吹阐发的还有太阳社的作家。蒋光慈1924年上半年从苏联回国，即以满腔热情投入新文学运动，当年便发表《无产阶级革命与文化》一文，大力倡导"文学革命"。此时蒋光慈的思想观念，显然打上了苏联式革命文艺观念的烙印，其理论出发点便是"阶级论"。他指出：社会生产力发展到一定阶段，"社会中分成统治与被统治两个阶级；因为社会中有阶级的差别，文化亦随之含有阶级性"，因此革命文学也必然具有无产阶级的阶级性，理应成为无产阶级进行阶级斗争的工具。1928年太阳社成立，作为其主将的蒋光慈接连发表了《现代中国文学与社会生活》和《关于革命文学》等宣言式文章，阐发他们关于"无产阶级革命文学"主张。此时蒋光慈们已不仅仅是从理论口号上来谈革命文学，而是直接面对社会现实与文学现实进行论说，他们批评"现代的文学对于我们现代的社会生活，是太落后了"，所以应当对中国社会现实重新认识，总体上来说，"我们的时代是黑暗与光明斗争极热烈的时代"，提倡"无产阶级革命文学"，就是为了"把这种斗争的生活表现出来"。② 为此，蒋光慈提出了关于"革命文学"的定义：

革命文学是以被压迫的群众做出发点的文学！
革命文学的第一个条件，是具有反抗一切旧势力的精神！
革命文学是反个人主义的文学！
革命文学是要认识现代的生活，而指示出一条改造社会的新路径！③

---

① 李初梨：《怎样地建设革命文学》，1928年2月《文化批判》第2号。
② 蒋光慈：《现代中国文学与社会生活》，1928年1月《太阳月刊》创刊号。
③ 蒋光慈：《关于革命文学》，1928年2月《太阳月刊》第2期。

这里蒋光慈一个很重要的观点,就是认为当今社会发展已经到了一个告别个人主义而走向阶级的集体主义的时代,因之革命文学也应当是反个人主义的文学,以阶级群众为出发点的文学。在他看来,前一时期的作家大多都是从个人出发的,是注重表现个人而忽视反映大众生活的。因此他特别指出:"革命文学应当是反个人主义的文学,它的主人翁应当是群众,而不是个人,它的倾向应当是集体主义,而不是个人主义。所谓个人只是群众的一分子,若这个个人的行动是为着群众的利益的,那么当然是有意义的,否则,他便是革命的障碍。革命文学的任务,是要在此斗争的生活中,表现出群众的力量,暗示人们以集体主义的倾向。颓废的,市侩的享乐主义的,以及什么唯美主义的作品,也不能算在革命文学之列。就是以英雄主义为中心的作品,也不能算做革命文学。在革命的作品中,当然也有英雄,也有很可贵的个性,但他们只是群众的服务者,而不是社会生活的中心。"①

正是基于这样一种认识,蒋光慈对五四过来的一些作家持激烈的批评态度,由此引发文学界的争论。同时,蒋光慈这种观念也对后来革命文学思潮具有很大的影响。

太阳社另一重要成员钱杏邨以"力的文艺"为核心观念,来阐发他对革命文学的见解。他所提倡的所谓"力的文艺",在内容上要求描写革命时代无产阶级的反抗斗争及其革命者英勇不断的战斗,体现"第四阶级"即无产阶级强烈的反抗心和伟大的意志,显示出"表现时代""超越时代"和"创造时代"的伟大精神;在艺术形式和美学风格方面,倡导"我们的技巧也应该是力的技巧,处处要表现出力来"②。不仅如此,他甚至还把艺术技巧与阶级性挂起钩来,批评"一般的创作家与批评家有一种极大的错误,就是没有看清阶级与技巧的关系"③,以这样一种"力的文艺"观念和尺度,他对一批五四新文学作家做出了极低的甚至是否定性的评价。如评论叶绍钧的创作暴露黑暗多,写无生

---

① 蒋光慈:《关于革命文学》,1928年2月《太阳月刊》第2期。
② 钱杏邨:《"达夫代表作"后序》,《现代中国文学作家》(第1卷),上海泰东图书局1928年版。
③ 钱杏邨:《蒋光慈与革命文学》,《现代中国文学作家》(第1卷),上海泰东图书局1928年版。

命力的人物多,所写大都属于小资产阶级人物,缺乏时代性;评论鲁迅的小说是属于"死去了的阿Q时代"的创作,没有现代意义;至于那些所谓"单纯的抒情""优美的句子""香艳的词藻"等,则更是作为"资产阶级的文学原理"和"创作技巧"加以指斥。①

此外,鲁迅也被卷入了这场关于"革命文学"的论争,但他力图用马克思主义思想观点阐发对革命文学的见解,与一些派别的意气之见有所不同。下节再述。

从上述关于"革命文学"的讨论可以看出,"革命文学"作为新的历史条件下所形成的文学观念,其基本内涵大致包括了这样一些方面:第一,强调文学的阶级性、政治性和时代性,这明显区别于五四时期关于人的、人生的或人性的文学观念;第二,注重文学的社会性和群体性,这也区别于以前个体的、个性的、自我表现的等种种文学观念;第三,强调文学面对和反映现实生活,尤其是要求反映无产阶级和工农群众的反抗黑暗现实的斗争,提倡写实主义文学,这也不同于以往包括浪漫的、表现论的等多元化的文学观念;第四,重视文学的宣传性和工具性,把文学视为无产阶级进行阶级斗争和改造社会的工具或武器,这不仅与以前审美的、为艺术而艺术的观念相对立,就是与文学启蒙的观念也已有了很大不同。很显然,"革命文学"的倡导,确实具有一种转换方向的意义,标志文学观念的又一次重大变革,促进了革命文学的发展。从当时这一文学观念本身的阐发以及对文学实践的影响来看,一方面,它是时代的产物,反映了大革命失败后中国社会的转折发展对文学的必然要求;但另一方面,它过重的政治功利性,过于偏狭的理论观念,以及批评方法上的过于简单机械,都使它带有很大的片面性和局限性,因而对理论批评本身以及文学实践的发展都产生了一定的负面影响。

二 郭沫若文学观念的根本转向

如上所说,从1920年末至1930年,向"革命文学"转向成了一种主导潮流,其中由前期的个人主义、个性主义、审美主义的文学观向革

---

① 钱杏邨:《蒋光慈与革命文学》,《现代中国文学作家》(第1卷),上海泰东图书局1928年版。

命的、社会主义的文学观转向，郭沫若和成仿吾都是比较典型的代表。我们这里试图做个案考察。

关于郭沫若文学观念几个阶段的发展变化，玛利安·高利克曾表述了这样的看法："郭沫若在二十年代从事的文学批评，揭开了中国现代文学批评史上饶有兴味的一页。他的观点，尤其在二十年代的后半期，发生了重大的变化。开始他以唯美印象主义理论家的面目出现，1923年之后变为表现主义者，终于在1926年至1930年成了一位无产阶级的文学批评家。"[①] 对于能否把郭沫若20年代前半期的文学批评截然划分为唯美印象主义与表现主义这样两段似可商榷（我认为事实上两者是彼此交织互渗的），不过他后半期的转向却是显而易见的。

郭沫若后来在回顾自己思想观念的转变及其与创造社的关系时曾说，当初创造社的成员都是在新兴资本主义国家日本陶养出来的人，"他们的意识仍不外是资产阶级的意识。他们主张个性，要有内在的要求。他们蔑视传统，要有自由的组织。这内在的要求、自由的组织，无形之间便是他们的两个标语。这用一句话归总，便是极端的个人主义的表现……""然而天大的巨浪冲荡了来，在'五卅'工潮的前后，他们之中的一个，郭沫若，把方向转变了。同样的社会条件作用于他们，于是创造社的行动自行划了一个时期，便是洪水时期——《洪水半月刊》的出现。在这时候有一批新力军出现，素来被他们疏忽了的社会问题的分野，突然浮现上视界里来了。当时的人称为是创造社的'剧变'。其实创造社大部分的分子，并未转换过来，即是郭沫若的转换，也是自然发生性的，并没有十分清晰的目的意识。"[②]

这一转向的最初迹象，可以从郭沫若1924年8月从日本写给成仿吾的长信中看得比较清楚。信中说他到日本后翻译了马克思主义的著作《社会组织与社会革命》，尽管他说这是为生计着想而译，"但我译完此书所得的教益殊觉不鲜呢！我从前只是茫然地对于个人资本主义怀着憎恨，对于社会革命怀着了信心，如今更得到理性的背光，而不是一味的感情作用了。这书的译出在我一生中形成了一个转换时期，把我从半眠

---

① [斯洛伐克] 玛利安·高利克：《中国现代文学批评发生史》，陈圣生等译，社会科学文献出版社1997年版，第23页。

② 郭沫若：《文学革命之回顾》，《文艺论集续集》，人民文学出版社1979年版，第92—93页。

状态里唤醒了的是它，把我从歧路的彷徨里引出了的是它，把我从死的暗影里救出了的是它……"① 这表明郭沫若重新获得了一种新的思想资源，即马克思主义的思想资源，从而带来了他的思想观念（包括社会观、人生观等）的根本转变。他确信自己已经接受了科学社会主义世界观，并说"我现在成了个彻底的马克思主义的信徒了！马克思主义在我们所处的这个时代是唯一的宝筏"。正因为如此，"我现在觉悟到这些上来，我把我从前带个人主义色彩的想念全盘改变了"。

由上述思想观念的改变，也带来了文艺观念的根本转变。他说："我现在对于文艺的见解也全盘变了。我觉得一切伎俩上的主义都不能成为问题，所可成为问题的只是昨日的文艺，今日的文艺，和明日的文艺。昨日的文艺是不自觉的得占生活的优先权的贵族们的消闲圣品……今日的文艺，是我们现在走在革命途上的文艺，是我们被压迫者的呼号，是生命穷促的喊叫，是斗士的咒文，是革命豫期的欢喜。这今日的文艺便是革命的文艺，我认为是过渡的现象，但是，是不能避免的现象。明日的文艺又是甚么呢？芳坞哟，这是你儿时说过的超脱时代性和局部性的文艺。但这要在社会主义实现后，才能实现呢。在社会主义实现后的那时，文艺上的伟大的天才们得遂其自由完全的发展，那时的社会一切阶级都没有，一切生活的烦苦除去自然的、生理的之外都没有了，那时人才能还其本来，文艺才能以纯真的人性为其对象，这才有真正的纯文艺出现。在现在而谈纯文艺是只有在年轻人的春梦里，有钱人的饱暖里，吗啡中毒者的迷魂阵里，酒精中毒者的酩酊里，饿得快要断气者的幻觉里了！芳坞哟，我们是革命途上的人，我们的文艺只能是革命的文艺。我对于今日的文艺，只在它能够促进社会革命之实现上承认它有存在的可能。而今日的文艺也只能在社会革命之促进上才配受得文艺的称号，不然都是酒肉余腥，麻醉剂的香味，算得甚么！算得甚么呢？真实的生活只有这一条路，文艺是生活的反映，应该是只有这一种是真实的。芳坞哟，这是我最坚确的见解，我得到这个见解之后把文艺看得很透明，也恢复了对于它的信仰了。现在是宣传的时期，文艺是宣传的利器，我彷徨不定的趋向，于今固定了。"并且他还宣布："或许我的诗是从此死了，但这是没有法子的，我希望它早些死灭吧。"上面这一大

---

① 郭沫若：《孤鸿——致成仿吾的一封信》，《文艺论集续集》，人民文学出版社 1979 年版。以下所引见此文，不另详注。

段话，真实地表明了郭沫若文艺观念转变的情形。

　　这种文艺观念的根本转向，促使他对自己过去的文艺思想做一个总结，以此方式与过去的时代和自我告别。这就是他于1925年年底将过去几年所写的文章编辑而成《文艺论集》，为此而写了一篇告别式的、宣布自己思想观念转向的"序"：

> 　　这部小小的论文集，严格地说时，可以说是我的坟墓吧。
> 　　我的思想，我的生活，我的作风，在最近一两年间，可以说是完全变了。
> 　　我从前是尊重个性、景仰自由的人，但在最近一两年间与水平线下的悲惨社会略略有所接触，觉得在大多数人完全不自主地失掉了自由，失掉了个性的时代，有少数的人要来主张个性，主张自由，未免出于僭妄。
> 　　是的，僭妄！我从前实在不免僭妄。但我这么说时，我也并不是主张一切的人类都可以不要个性，不要自由，不过这个性的发展和自由的享受，是不应该由少数人独占的！
> 　　要发展个性，大家应得同样地发展个性。要享受自由，大家应得同样地享受自由。
> 　　但在大众未得发展个性、未得享受自由之时，少数先觉者倒应该牺牲自己的个性，牺牲自己的自由，以为大众人请命，以争回大众人的个性与自由！
> 　　所谓"我不入地狱，谁入地狱？"便是这个意思。
> 　　这儿是新思想的出发点，这儿是新文艺的生命。
> 　　……①

　　由此可以看出，郭沫若已经宣告向过去的思想观念、包括文艺观念告别，重新寻找到新思想、新文艺的出发点。

　　他从1926年起接连写了《文艺家的觉悟》《革命与文学》等几篇重要文章，阐述其新的思想观念与文艺观念。在《文艺家的觉悟》一

---

①　郭沫若：《〈文艺论集〉序》，《文艺论集》，人民文学出版社1979年版，第7—8页。

文中,他着重阐述的一个基本观念就是,从事文艺的人是不可能不感染社会思想的,所以"一个时代便有一个时代的文艺,一个环境便有一个环境的文艺"。在他看来,"本来从事于文艺的人,在气质上说来,多是属于神经质的。他的感受性比较一般的人要较为锐敏。所以当着一个社会快要临着变革的时候,在一般人虽尚未感受得十分迫切,而在神经质的文艺家却已预先感受着,先把民众的痛苦叫喊了出来,先把革命的必要叫喊了出来。所以文艺每每成为革命的前驱,而每个革命时代的革命思潮多半是由于文艺家或者于文艺有素养的人滥觞出来的"[①]。因此,当今天已经进入到民众革命的时代与环境,文艺家不可能不感染这种社会思想,文艺当然会含着革命精神。然后他宣告:"我在这儿可以斩钉截铁地说一句话:我们现在所需要的文艺是站在第四阶级说话的文艺,这种文艺在形式上是现实主义的,在内容上是社会主义的。除此以外的文艺都已经是过去的了。包含帝王思想宗教思想的古典主义,主张个人主义自由主义的浪漫主义,都已过去了。过去了的自然有它历史上的价值,但是和我们现代不生关系。我们现代不是玩赏骨董的时代。"[②] 郭沫若表明了自己思想观念转变后的这样一种觉悟,他也希望他的文艺家朋友们具有这样一种觉悟。

写于同一时期的《革命与文学》一文,同样是从文学与时代社会的关系立论,认为现在是革命的时代,当然应当产生并且也应当提倡革命的文学。进而从文学的价值观念与评判标准来说,也当然要以"革命文学"为基准。他的道理和逻辑就在于:"文学是社会上的一种产物,它的生存不能违背社会的基本而生存,它的发展也不能违反社会的进化而发展。所以我们可以说一句,凡是合乎社会的基调的文学方能有存在的价值,而合乎社会进化的文学方能为活的文学,进步的文学。"确立了这样一个基调或基准,那么他就很断然地把文学区分为应该受赞美的革命文学和应该受反对的反革命文学。并且他对"革命文学"定位是:"为我们所要求的革命文学,其内容与形式是很明了的。凡是同情于无

[①] 郭沫若:《文艺家的觉悟》,《文艺论集续集》,人民文学出版社1979年版,第22、23页。
[②] 郭沫若:《文学革命之回顾》,《文艺论集续集》,人民文学出版社1979年版,第27页。

产阶级而且同时是反抗浪漫主义的便是革命文学",换言之,"时代所要求的文学是同情于无产阶级的社会主义的写实主义的文学"①。

至此可以很清晰地看出,郭沫若在1920年后半期已从前期创造社中分化出来,其思想观念和文学观念发生了根本性的转变。从思想观念的转变来说,是从前期的个人主义、自由主义思想转向马克思主义、社会主义思想,从个体本位转向社会本位。从文学观念的转变来看,则是从"文学革命"转向"革命文学";从表现主义、浪漫主义转向写实主义;从一味强调表现个人主观情感转向注重理智和社会思想;从注重自我表现、个性解放转向关心社会革命和大众解放;从唯美主义的文学价值观转向革命功利主义的文学价值观。总的来说,是在思想观念上归附于马克思主义思潮,在文学观念上归附于社会主义的现实主义思潮。

三 成仿吾的革命文学观

成仿吾前期的文学理论批评,一方面充分重视和肯定文学本身的审美特性和价值,另一方面又并不忽视文学的时代社会特性与功用,形成其独特的"社会审美"批评形态。随着他的人生道路越来越介入社会变革和民主革命的进程,他的文学理论批评也越来越自觉地朝着"革命文学"与"政治批评"的方向转移。这个转向大致从1925年开始的。

1925年下半年,成仿吾离开上海到当时的革命策源地广东去,辗转长沙时写了《今后的觉悟》一文,文中写道:"你尊贵的文学家哟,我且问你们,你们的宝贵的作品,就假定它在艺术上已到完全的境地,对于人生它究竟能有什么贡献?……我们反对功利主义的主张,我们承认文艺不一定要与社会有关系,然而对于人生自己,它究竟有什么贡献?"很显然,他这时已更为注重文学对人生社会的作用了。与此相联系,他的"自我表现论"的观念也开始有所修正:"又从批评的作用上说起来,它的目的决不止于表现自己,它并含有要求一般人承认的性质。我们对于仅仅表现自己的文字,只能称为感想。所以普遍妥当性是批评的生命,所谓客观的不外是普遍妥当性的别称。"②

---

① 郭沫若:《革命与文学》,《文艺论集续集》,人民文学出版社1979年版,第33、39、41页。

② 以上所引见成仿吾《今后的觉悟》,1925年10月《洪水》第1卷第3期。

1927年成仿吾发表《完成我们的文学革命》，对五四"文学革命"以来的文学观念进行批判性反思，其中又特别对"趣味说""闲暇说"的文学观进行了一番检讨。① 同时又在《革命文学与它的永远性》一文中，在坚持文学的审美特性的基础上，提出"文学表现人性"的命题。他指出："文学的内容必然地是人性（human nature）。两足的这个怪兽，他的头脑虽然已经发达到了相当的程度，已经可以做种种复杂的思维，但是他的思维，他的一切，总不免要带上这'人间性'一个规定。'人间的'东西最易于使他首肯，而且也最能使他感到兴趣。所以文学的内容必然地是人性。"② 据此，他列出一个公式：

真挚的人性＋审美的形式＝永远的文学

　　然后，为呼应郭沫若在《革命与文学》中对"革命文学"的呼唤，他又把这个公式修改为：

真挚的人性的文学＋审美的形式＋热情＝永远的革命文学

　　对此他具体阐释说："归咎起来，如果文学作品要是革命的，它的作者必须是具有革命热情的人；如果要是永远的革命文学，它的作者还须彻底透入而追踪到永远的真挚的人性。但是永远的人性，如真理爱，正义爱、邻人爱等，又可以统一于人生之热爱。我们须热爱人生。"③ 联系成仿吾一贯的思想，这也许可以理解为他向注重文学对人生社会作用的一个合乎逻辑的延伸。
　　接着成仿吾又写了《从文学革命到革命文学》，向文艺家发出呼吁："努力获得辩证法的唯物论，努力把握着唯物的辩证法的方法，它将给你以正当的指导，示你以必胜的战术。克服自己的小资产阶级的根性，把你的背对向那将被'奥伏赫变'的阶级，开步走，向那'龌龊'

---

① 成仿吾：《完成我们的文学革命》，1927年1月《洪水》第3卷第25期。
② 成仿吾：《革命文学与它的永远性》，1926年6月《创造月刊》第1卷第4期。
③ 同上。

的农工大众!"①

1928年2月,成仿吾又写了《全部的批判之必要》一文,提出要对以往的文学和文学观念来一次全面的清算和批判(他称之为"文艺良心的总结算"),认为在此基础上才能创造新的革命文学,使文艺成为"变革社会的手段"。他说:"我们已经是过于迟钝了。不革命的人,我们让他去没落。我们要求大家做一番全部的批判。反对这种工作的人,我们给他以当头的一击。"②

按玛利安·高利克的看法,此时"成仿吾的批评起了很大的变化。它转变为一种外倾型的:人道主义的方法变成了阶级分析的方法,同时还从全人类、国家职责和民族义务的立场转向无产阶级和被压迫劳工大众的立场上来。"③ 由于受到日本福本主义"左"倾思潮的影响,成仿吾的这一转向显得未免过于激进,其政治化的文学批评也难免产生负面作用和影响,在现实中不太行得通,不久他自己也对所谓"全部的批判"失去了信心。

第三节 马克思主义文艺理论的传播与发展

在"革命文学"的倡导与论争的同时,文学界也加强了对马克思主义文艺理论的译介与传播,并且二者间形成了一定的互动关系。因为"革命文学"的倡导与论争,提出了关于中国社会发展和无产阶级革命文学的一系列重大的、具有时代意义的问题,这是用本土思想资源难以解答的,这使得一批思想家文学家自觉地从马克思主义学说和苏联的理论与经验中去寻求借鉴。比如鲁迅就是在这样的背景下接受马克思主义理论的。他曾自述说:"我有一件事要感谢创造社的,是他们'挤'我看了几种科学底文艺论,明白了先前的文学史家们说了一大堆,还是纠缠不清的疑问。"④ 根据这种体会,他提出主张:"多看些别国的理论和

---

① 成仿吾:《从文学革命到革命文学》,1928年2月《创造月刊》第1卷第9期。
② 成仿吾:《全部的批判之必要》,1928年3月《创造月刊》第1卷第10期。
③ [斯洛伐克]玛利安·高利克:《中国现代文学批评发生史》,陈圣生等译,社会科学文献出版社1997年版,第95页。
④ 鲁迅:《〈三闲集〉序言》,《鲁迅全集》(第4卷),人民文学出版社1981年版,第6页。

作品之后，再来估量中国的新文艺，便可以清楚得多了。更好是介绍到中国来……于大家更有益。"① 在这种背景下，在1928年"革命文学"论争前后至20世纪30年代"左翼"文学运动时期，形成了一个译介传播马克思主义文艺理论的高潮。

一 瞿秋白对马克思主义文艺理论的阐发与运用

1930年的瞿秋白是以马克思主义文艺理论家的面貌出现在中国文坛的。瞿秋白从1920年初起即深受俄国文学影响，曾将普希金、果戈理、车尔尼雪夫斯基、杜波罗留波夫等的作品及文学思想介绍到国内来，他曾数次到过苏联，接受了在苏联传播的马克思主义学说，进而致力于马克思主义理论问题的研究。20世纪30年代初他再次从苏联回国后重返文坛，继续从事文学理论批评工作，更多致力于马克思主义文艺思想的介绍与阐释。在当时的时代条件下，瞿秋白所着力传播和阐发的，主要是关于文艺意识形态性与阶级性的观念。他阐释说："一切阶级的文艺都不但反映着生活，并且还在影响着生活；文艺现象是和一切社会现象联系着的，它虽然是意识形态的表现，是上层建筑之中最高的一层，它虽然不能够解决社会制度的变更，它虽然结算起来始终也是被生产力的状态和阶级关系所规定的——可是，艺术能够回转去影响社会生活，在相当的程度之内促进或阻碍阶级斗争的发展，稍微变动这种斗争的形势，加强或者削弱某一阶级的力量。"由此来看待文艺在现实生活中的特性，便主要是意识形态性，具体来说便是阶级性和政治性，因而其功用也主要是意识形态宣传的功用。他说"文艺——广泛地说起来——都是煽动或宣传……文艺永远是，到处是政治的留声机"②。

这成为瞿秋白所理解的马克思主义文艺思想的一个基本观点，他不仅以此观照和评析以往文学发展的历史，更以此来观照和阐释现实生活及其文艺。例如他对鲁迅的评论，便是把鲁迅的思想及其杂文，放到五四以后中国社会的政治背景下，以及社会变革发展的潮流中，论析其意

---

① 鲁迅：《现今的新文学的概观》，《鲁迅全集》（第4卷），人民文学出版社1981年版，第137页。
② 以上所引见瞿秋白《文艺的自由与文学家的不自由》，《瞿秋白文集》（第2卷），人民文学出版社1986年版，第954—955页。

义价值。对于鲁迅思想的转变，将其纳入阶级论中来看待，认为"鲁迅从进化论进到阶级论，从绅士阶级的逆子贰臣进到无产阶级和劳动群众的真正友人，以至于战士"。对于鲁迅的杂文，同样是用阶级斗争的观点来看待和评价其意义，指出鲁迅的杂文本质上是一种"'社会论文'……战斗的'阜利通'（feuilleton）"，是一种用来"表现他的政治立场，他的深刻的对于社会的观察，他的热烈的对于民众斗争的同情"的"文艺性论文"[①]。瞿秋白正是将鲁迅的思想及其杂文，置于当时的政治形势和阶级斗争的背景之下进行分析，揭示其独特的意义与价值，成为运用马克思主义文艺观评论鲁迅的经典性论述。此外他对茅盾《子夜》的评论，也主要是从意识形态的观念出发，从作品中所表现的阶级矛盾与阶级斗争着眼进行分析，揭示和阐发作品的思想意义。

总的来看，瞿秋白对马克思主义文艺理论的阐发与运用，尽管还只是侧重在文艺的意识形态性尤其是阶级性的方面，还显得比较简单化和粗疏，但在马克思主义文学理论批评中国化的过程中，确实起到了奠基的作用。

二　鲁迅的马克思主义文艺观

在1930年政治斗争的背景下和革命文学的潮流中，鲁迅由革命民主主义者转变为马克思主义者，成为传播和阐发马克思主义文艺观的突出代表，并且也成为新文学发展的方向。

鲁迅文艺观的发展，有其自身的思想逻辑。一般认为鲁迅文艺观的发展有三个大的阶段：早期阶段即五四运动前，主要受西方近代浪漫主义和现代新浪漫主义（现代主义）文艺思潮影响，偏于倡导浪漫主义文艺观。主张文艺尊个性、张精神，从而起到"撄人心"的作用，即通过文艺审美而作用于人的心灵情感，有益于造就理想的人性与人格，进而促进思想启蒙，达到"立人""立国"的社会目的。其中虽然极为重视和强调艺术审美的特性，但主要着眼点实际上是在文艺的社会功用。然后到五四时期及20年代，在思想启蒙运动和文学革命的背景下，他的文艺观主要转向现实主义，倡导文学"真诚地，深入地，大胆地看

[①] 瞿秋白：《〈鲁迅杂感集〉序言》，《瞿秋白文集》，人民文学出版社1986年版，第997页。

取人生并且写出他的血和肉",要求文学真实描写现实人生,解剖社会和民族的魂灵,揭出国民精神的病苦,发挥"改造国民性"的作用,以推动中国社会的现代变革发展进程。

然而中国社会的现代变革进程异常艰难,阶级矛盾错综复杂,政治斗争愈演愈烈,社会依然腐败黑暗。1926年"三一八"惨案发生,给鲁迅以极大的震动,他称这是"民国以来最黑暗的一天";一年后则又发生了"四一二"反革命政变,大革命失败。这使鲁迅对自己以往关于社会和文学的认识与信念发生了怀疑,并促使他对中国社会现实以及文学重新认识和思考。鲁迅意识到:"文学文学,是最不中用的,没有力量的人讲的;有实力的人并不开口,就杀人,被压迫的人讲几句话,写几个字,就要被杀;即使幸而不被杀,但天天呐喊,叫苦,鸣不平,而有实力的人仍然压迫,虐待,杀戮,没有方法对待他们,这文学于人们又有什么益处呢?"① 这可以理解为鲁迅对文学功用的一种重新反思,也可以说是一种愤激之言。事实上鲁迅并没有放弃文学,而是更为重视文学的社会功用,对"革命文学"有更深切的期望。他甚至指出:"我以为根本问题是在作者可是一个'革命人',倘是的,则无论写的是什么事件,用的是什么材料,即都是'革命文学'。从喷泉里出来的都是水,从血管里出来的都是血。'赋得革命,五言八韵',是只能骗骗盲试官的。"② 这就不难理解,鲁迅后期(20世纪20年代后期至20世纪30年代)为什么会更加自觉地去寻求和接受马克思主义思想学说,并更冷静更深刻地观察解剖中国的社会现实。他曾说过:"马克思主义是最明快的哲学,许多以前认为很纠缠不清的问题,用马克思主义的观点一看,就明白了。"③ 这不仅表现在观照社会问题方面,对于文艺问题的认识同样如此。鲁迅接受并运用马克思主义文艺观,对文艺实践和革命文学论争中的问题加以论析阐发,主要表现在以下两个方面。

一方面是从社会政治斗争和革命文学论争的现实出发,鲁迅自觉研读马克思主义文艺论著,亲自翻译了普列汉诺夫、卢那察尔斯基等人的

---

① 鲁迅:《革命时代的文学》,《鲁迅全集》(第3卷),人民文学出版社1981年版,第423页。
② 鲁迅:《革命文学》,《鲁迅全集》(第3卷),人民文学出版社1981年版,第544页。
③ 李霁野:《回忆鲁迅先生》,新文艺出版社1956年版,第38页。

文艺论著以及苏联有关文艺政策的文件，并对其中一些理论观点进行阐发，以推进马克思主义文艺观的传播。例如1930年，鲁迅翻译了普列汉诺夫的《艺术论》（又名《没有地址的信》），在"译本序"中，鲁迅阐发说："在一切人类所以为美的东西，就是于他有用——于为了生存而和自然以及别的社会人生的斗争上有着意义的东西。功用由理性而被认识，但美则凭直感的能力而被认识。享乐着美的时候，虽然几乎并不想到功用，但可由科学底分析而被发见。所以美底享乐的特殊性，即在那直接性，然而美的愉乐的根柢里，倘不伏着功用，那事物也就不见得美了。并非人为美而存在，乃是美为人而存在的——这结论，便是蒲力汗诺夫将唯心史观者所深恶痛绝的社会，种族，阶级的功利主义底见解，引入艺术里去了。"[①] 在这里，鲁迅显然十分推崇普列汉诺夫的观点，把文艺的审美特性与社会性、种族性、阶级性统一起来；在价值论上，把文艺的审美功能与对于社会人生有意义的功利性统一起来，所阐发的正是马克思主义历史观点与美学观点统一的文艺观念。

另一方面，则是以其所理解和接受的马克思主义思想观点，观照文艺现实，进行文艺评论与论争，在论争中阐发马克思主义文艺观。其中最重要的理论观点有以下一些方面。

其一，针对梁实秋的永恒人性论，胡秋原和苏汶等人的文艺自由论，林语堂的闲适文学论，以及种种"为艺术而艺术""为自我而艺术"的理论，鲁迅站在马克思主义的立场加以辩驳。他认为，无论从唯物史观来看，还是从社会现实来看，人是具有阶级性的，文艺同样也是带有阶级性的。他说："在我自己，是以为若据性格感情等，都受'支配于经济'（也可以说根据于经济组织或依存于经济组织）之说，则这些就一定都带着阶级性。但是'都带'，而非'只有'。"[②] 鲁迅之所以重视和强调阶级性，是为了使人们面对严酷的现实，不致于"把屠夫的凶残使大家化为一笑"；同时也是为了肯定无产阶级文学存在的合理性，

[①] 鲁迅：《〈艺术论〉译本序》，《鲁迅全集》（第4卷），人民文学出版社1981年版，第208页。

[②] 鲁迅：《文学的阶级性》，《鲁迅全集》（第4卷），人民文学出版社1981年版，第127页。

因为"无产文学,是无产阶级解放斗争底一翼"①,这是阶级的事业,站在个体自我的立场上是无法理解的。鲁迅指出:"梁实秋先生们虽然很讨厌多数,但多数的力量是伟大,要紧的。有志于改革者倘不深知民众的心,设法利导,改进,则无论怎样的高文宏议,浪漫古典,都和他们无干,仅止于几个人在书房中互相叹赏,得些自己满足。"②

其二,在20世纪30年代初左翼文学运动中,一些"革命文学"的倡导者往往避开现实问题,提出"超时代"的激进观点,鲁迅同样给予尖锐批评。指出"他们对于中国社会,未曾加以细密的分析,便将在苏维埃政权之下才能运用的方法,来机械地运用了"③。对于这种"左"的倾向,鲁迅告诫说:"倘若不和实际的社会斗争接触,单关在玻璃窗内做文章,研究问题,那是无论怎样的激烈,'左',都是容易办到的;然而一碰到实际,便即刻要撞碎了。关在房子里,最容易高谈彻底的主义,然而也最容易'右倾'。"又说:"倘不明白革命的实际情形,也容易变成'右翼'。"④

其三,坚持文艺意识形态论观点,将文艺审美特性与社会功利统一地辩证认识,运用于说明革命文艺的"工具"作用。鲁迅这样几段话是人们耳熟能详的:"……我以这一切文艺固是宣传,而一切宣传却并非全是文艺,这正如一切花皆有色(我将白也算作色),而凡颜色未必都是花一样。革命之所以于口号,标语,布告,电报,教科书……之外,要用文艺者,就因为它是文艺。"⑤ 他又说:"木刻是一种作某用的工具,是不错的,但万不要忘记它是艺术。它之所以是工具,就因为它是艺术的缘故。斧是木匠的工具,但也要它锋利,如果不锋利,则斧形虽存,即非工具,但有人仍称之为斧,看作工具,那是因为他自己并非

---

① 鲁迅:《对于左翼作家联盟的意见》,《鲁迅全集》(第4卷),人民文学出版社1981年版,第236页。
② 鲁迅:《习惯与改革》,《鲁迅全集》(第4卷),人民文学出版社1981年版,第223页。
③ 鲁迅:《上海文艺之一瞥》,《鲁迅全集》(第4卷),人民文学出版社1981年版,第297页。
④ 鲁迅:《对于左翼作家联盟的意见》,《鲁迅全集》(第4卷),人民文学出版社1981年版,第233页。
⑤ 鲁迅:《文艺与革命》,《鲁迅全集》(第4卷),人民文学出版社1981年版,第84页。

木匠,不知作工之故。"① 鲁迅非常辩证透彻地论述了文艺的艺术性与工具性的关系,可说是一种独特的"艺术工具论"。

其四,鲁迅既着眼于文艺在现实中发挥有益的作用,同时也着眼于新文学事业的健康发展,对文艺批评给予了极大关注,并作了充分论述。他认为"文艺必须有批评","如果一律掩住嘴,算是文坛已经干净,那所得的结果倒是要相反的"②。其实,文坛上并非没有批评,各种捧的、骂的、冷嘲热讽的批评并不少见,以至鲁迅曾激愤地说:"凡中国的批评文字,我总是越看越糊涂,如果当真,就要无路可走。"③针对这种现实状况,他指出:"我们所需要的,就只得还是几个坚实的,明白的,真懂得社会科学及其文艺理论的批评家。"④ 这显然是开展文学批评的首要条件。在此基础上,便是要有比较科学的批评标准,针对有人讥嘲文学批评的"圈子"说,鲁迅反驳道:"我们曾经在文艺批评史上见过没有一定圈子的批评家吗?都有的,或者是美的圈,或者是真实的圈,或者是前进的圈。没有一定的圈子的批评家,那才是怪汉子呢。"所以"我们不能责备他有圈子,我们只能批评他这圈子对不对"⑤。这就是说,批评家理应有自己的批评标准或价值尺度。问题只在于,批评家站在什么样的立场,就会有什么样的标准,鲁迅所倡导的,是人民大众和社会历史进步的立场与价值观。然后是关于文学批评的任务,鲁迅"所希望于批评家的,实在有三点:一、指出坏的;二、奖励好的;三、倘没有,则较好的也可以";⑥ 又说:"批评家的职务不但是剪除恶草,还得灌溉佳花……佳花的苗"⑦。鲁迅身体力行,以其

---

① 《鲁迅书信集·致李桦,1935年6月16日》,人民文学出版社1976年版,第831页。
② 鲁迅:《看书琐记(三)》,《鲁迅全集》(第5卷),人民文学出版社1981年版,第551页。
③ 鲁迅:《读书杂谈》,《鲁迅全集》(第3卷),人民文学出版社1981年版,第442页。
④ 鲁迅:《我们要批评家》,《鲁迅全集》(第4卷),人民文学出版社1981年版,第240页。
⑤ 鲁迅:《批评家的批评家》,《鲁迅全集》(第5卷),人民文学出版社1981年版,第428页。
⑥ 鲁迅《准风月谈·关于翻译(下)》《鲁迅全集》(第5卷),人民文学出版社1981年版,第298页。
⑦ 鲁迅《华盖集·并非闲话(三)》,《鲁迅全集》(第3卷),人民文学出版社1981年版,第152页。

对永恒人性论等观念的激烈批判，对萧军、叶紫等青年作家的热情扶持，显示出他鲜明的批评风格与价值取向。

三 茅盾的社会历史批评

正如有学者所指出的，"茅盾是一位很入世的文人"①。他对社会的变革进步始终热切关注和积极介入，并始终抱有一种强烈的责任感。他确立和坚持"表现人生与指导人生"的现实主义文学观，与他的人生态度也是正相吻合的。他的人生态度，以及对自己所确认的文学观念都非常执着，并且合乎逻辑地随着时代社会的变革发展而推进。到20世纪20年代末至1930年，当中国社会变革进入一个新阶段，文艺思潮也与时俱进，五四时期围绕"文学革命"所形成的论争语境，到1920年代末已转变为围绕"革命文学"论争的语境。随着这种文学论争语境的变化，茅盾的文学理论批评也相应发生了一些变化，即由前期的主要致力于理论批评，注重文学观念的变革与重建，转换为后期的主要从事实际批评，致力于从时代社会变革的需要去发现和阐释作家创作的意义。这从表面形态上看，与其前期的文学理论批评有很大不同，然而从内在精神本质上观照，则有着密切的关联。

人们一般习惯于把茅盾1920年末至1930年的文学批评称为"作家论"批评，这主要是从其外在形态即文体形态上着眼。因为这一时期茅盾的文学批评活动，主要是对一批作家及其创作的评论，所写"作家论"批评文章总共有8篇，所评论的作家包括鲁迅、叶圣陶、王鲁彦、徐志摩、丁玲、庐隐、冰心和落华生。促成茅盾进行这一系列"作家论"批评的，据认为与20世纪20年代末"革命文学"论争的语境有直接关系。当时倡导"革命文学"的一些左翼作家与批评家，简单化地以政治批评代替文学批评，轻率地将一些作家作品归入资产阶级、小资产阶级文学或"同路人"的文学，予以简单粗暴的批判否定。茅盾感到这种做法不利于总结和继承五四新文学传统，不利于革命文学的发展。因此，他试图通过对这一批被视为"旧作家"或小资产阶级作家的评论，来纠正这种错误倾向，寻找新兴文学切实的发展道路。②

---

① 温儒敏：《中国现代文学批评史》，北京大学出版社1993年版，第100页。
② 参见温儒敏《中国现代文学批评史》，北京大学出版社1993年版，第112—113页。

对于茅盾这一系列作家论批评在当时"革命文学"论争中所起的作用与现实意义，也许无须多论。这里仅就作家论批评作为一种文学批评形态的意义来看，像这样比较集中、系统地对一个作家的创作进行研究和阐释论评，并且将多个作家的研究论评联结起来形成一个作家论批评的系列，这在此前的文学批评中并不多见，作为一种文学批评形态，是具有建设性意义和重要影响的。作家论批评后来在1930年乃至此后成为一种颇为流行的文体，已蔚然形成一种风气，也许与茅盾作家论批评系列形成的影响不无关系。

倘若换一个视角，从茅盾作家论批评的内在特性着眼，我们不难看出一种中国化的社会历史批评形态的基本雏形。

首先，从这一文学批评所秉持的基本文学观念来看，应当说还是以茅盾前期的"表现人生与指导人生"的现实主义文学观念为内核的。只不过随着时代的变化，他的这一现实主义文学观念中，注入了更多的时代性、社会性、历史性乃至阶级性的内涵，显得更为丰富复杂。

其次，茅盾的这个系列批评，似乎自觉不自觉地在形成一种批评范式。这一批评范式的基本格局大致可从以下两个方面来看。

一是在茅盾的批评意识中，似乎存在一个以"时代要求—作家立场—作品倾向"三者之间的关系构成一个无形的坐标，"坐标轴的一边标明时代社会的变迁，另一边标明作家的思想倾向和政治立场，而作品及其所体现的创作道路则由两轴之间的起伏曲线来标示。情况似乎就变得如此简单，你在时代、作家、作品三方面确定任何一方面的其中一点，都可以从固定的坐标中找到其他两方面相应的'点'。"[①] 这样一来，在具体批评实践中，对一个作家及其创作的评论，就往往会自觉不自觉地纳入这样一个范式中加以观照。形成这样一种批评范式的内在逻辑也许就在于：按照他历来的"表现人生与指导人生"的现实主义文学观念，作家创作总是立足于表现人生与指导人生的，他一方面是站在自己的立场，从自己的人生观与人生体验出发进入创作；另一方面则不能不关注时代变革与时代要求，力图以自己的作品去影响时代指导人生。这一切在作品中实现出来，无疑就形成了作品的思想倾向。如此看

---

① 参见温儒敏《中国现代文学批评史》，北京大学出版社1993年版，第115页。

来，这种"三位一体"的批评范式并非没有道理，问题只在于是否做到深入细致，切合作家的实际，而不是简单机械地套用。

另一个具有典范性意味的是"题材—主题—形式"的批评范式。如果说前一个范式的重点在于把握作品的思想倾向的话，那么这后一个范式则是旨在分析作品倾向的具体操作方式。"茅盾评论作品的倾向一般是先分析题材，然后归纳主题，有时再加上语言、结构和技巧的评说。针对不同的作家以及不同的创作体裁，三个方面的评论可能有不同的侧重，但批评的基本思路比较固定。"① 其中，题材的评析是茅盾作家论批评常见的切入口，他相信从题材的选择处理，最能看出作家的人生观。而题材分析主要是一种"量"的分析，从作家取材的类型和数量比重、所涉及的生活范围等，可揭示出作家写作趋向的变化。而主题分析则主要在于对"本质"的把握，即从复杂的题材或写作内容中归纳作家创作的主要题旨，以此追溯作家的思想立场，揭示其创作的社会意义。关于文学形式的评析，在茅盾的作家论批评中通常也都会兼顾到，主要表现为对作品语言、结构、艺术手法等的评析。但这显然是比较次要的方面，将此视为服务于内容的附庸，只注重其为表现内容服务的作用，而缺乏对完整的艺术性的把握，很少进入对艺术形式的审美意义的分析，难以唤起读者对艺术美的领悟。

从文学批评的方法看，茅盾后期的"作家论"批评，最突出的是阶级分析方法和社会批评方法的运用。对一个作家的论评，往往首先要考察其家庭背景与生活经历等，从而对作家写作的阶级与社会立场做出定性分析，以此作为分析判断作品思想倾向与时代社会意义的基本依据。与上述批评观念、范式和方法相适应，经常使用时代性、社会性、革命性等概念或话语。这也正是作为社会历史批评的主要关键词。②

综上所述，茅盾后期以作家论为文体形态的文学批评，是其前期的现实主义理论批评在"革命文学"语境中的一种合乎逻辑的发展，实际上标志着一种社会历史批评形态的形成。这种文学批评形态对此后的中国文学批评的发展，客观上起到了一种示范和导向的作用，它的长处和弊端都对后来的社会历史批评产生了久远的影响。

---

① 参见温儒敏《中国现代文学批评史》，北京大学出版社1993年版，第117页。
② 参见温儒敏《中国现代文学批评史》（第五章），北京大学出版社1993年版。

第四节 自由主义与审美主义文学理论批评流向

与上述左翼的、马克思主义文学理论批评的潮流相对应，还有一些不甘归附于"革命文学"浪潮、不愿认同社会功利主义文学观的文学家，仍然坚守文学的独立性与审美价值观念，继续在这样一种观念的支配下进行文学创作和文学理论批评活动，从而汇成自由主义与审美主义的发展流向。其中既有周作人这样的五四时期过来的作家，逐渐由新文学主潮的带头人，日益超离时代主潮而变为自由主义者；也有像林语堂这样的闲适文人和戴望舒这样的自由派诗人，远离现实政治而寻求闲适与诗意的人生；还有一批被称为"京派"的作家，在大革命失败后继续留在北平，脱离开了新文学运动的主潮，同时迫于军阀政治的压力，退避到学院书斋或校园讲坛，进行比较纯粹的文学研究与教学活动。他们远避于时代政治之外，高蹈于现实功利之上，不趋新求奇，不迎俗媚时，厌弃商业性文艺实利观与政治性文艺功利观，保持从容矜持的学人风范和艺术虔诚而执着的文人风度，讲求"纯正的文学趣味"，"和谐"、"节制"与"恰当"的艺术境界与创作分寸感的把握和大度从容的艺术作风。[①] 这种文学与文学批评的观念和价值取向，显示出文学与文学理论批评力避社会功利化，而寻求相对独立自由的发展道路。

一 周作人向自由主义潮流的归附

舒芜曾经说过："周作人的身上，就有中国新文学史和新文化运动史的一半，不了解周作人，就不可能了解一部完整的中国新文学史和新文化运动史。"[②] 从某种意义上说，可能不无道理。

周作人从五四时期倡导"人的文学"，自觉投身于"文学革命"主潮，然后逐渐退出这一主潮而持守个体主义文学批评立场。1928年后，当革命文学轰轰烈烈发展起来，逐渐成为新的文学主潮之后，许多人都适应时代呼唤，自觉归顺这一时代潮流，以服务时代社会为文学目标，乃至成为一种"遵命文学"。而周作人却仍然坚守其个体主义的文学立

[①] 参见李俊国《30年代"京派"文学思想辨析》，《中国社会科学》1988年第1期。
[②] 舒芜：《周作人的是非功过》，人民文学出版社1993年版，第4页。

场，对这种时尚表示明显的反感与拒斥。他说："遵命文学害处之在己者是做惯了之后头脑就麻痹了，再不会想自己的意思，写自己的文章。害处之在人者是压迫异己，使人家的思想文章不得自由表现。无古今新旧，遵命之害一也，科举的文诗为害已久，今岂可使其复兴。"① 而在文学批评上，也明确反对以社会、群体的名义对个体的束缚与压迫："在现今以多数决为神圣的时代，习惯上以个人的意见以至其苦乐是无足轻重的，必须是合唱的呼噪始有意义，这种思想现在虽仍然有势力，却是没有道理的……个人所感到的愉快或苦闷，只要是纯真切迫的，便是普遍的情感，即使超越群众的一时感受以外，也终不损其普遍。反过来说，迎合社会心理，到处得到欢迎的礼拜六派的小册子，其文学价值仍然可以直等于零。"②

在另一篇文章中他还说："现在的思想文艺界上也正有一种普遍的约束，一定的新人生观与文体，要是因袭下去，便将成为新道学与新古文的流派，于是思想与文艺的停滞就将抬头了。我们所希望的，便是摆脱了一切束缚，任情地歌唱，无论人家文章怎样的庄严，思想怎样的乐观，怎样的讲爱国报恩，但是我要做风流轻妙，或讽刺谴责的文字，也是我的自由，而且无论说的是隐逸或是反抗，只要是遗传环境所融合而成的我的真的心搏，只要不是成见的执着主张派别等意见而造成的，也便都有发表的权利与价值。这样的作品，自然的具有他应具有的特性，便是国民性，地方性与个性，也即是他的生命。"③

1932年，周作人应辅仁大学之邀做了一个长篇讲演，后经整理发表出来，即为《中国新文学的源流》。这篇讲演可以看作是周作人的文学理论批评的一个阶段性的总结，比较系统地阐述了他的基本文学观念，以及对于中国文学发展源流的整体看法，差不多可看作是一个周氏体系的"中国文学概论"。讲演共五讲，大致可归纳为三个方面的问题。

第一，关于文学基本问题的看法，表明了周作人文学理论批评的基

---

① 周作人：《遵命文学》，钟叔河编《周作人文选》（1930—1936），广州出版社1996年版，第564页。
② 周作人：《文艺的统一》，《自己的园地》，河北教育出版社2002年版，第25—26页。
③ 周作人：《地方与文艺》，《谈龙集》，河北教育出版社2002年版，第12页。

本观念。倘若不拘于所讲的先后顺序，而将其所表述的思想观念归纳起来看，主要是三个层面的看法。一是关于文学的性质与目的。对于"文学是什么"这个问题虽然历来有种种不同的说法，但周作人自有他的看法。他用通俗的话语表述出来就是："文学是用美妙的形式，将作者独特的思想和感情传达出来，使看的人能因而得到愉快的一种东西。"①当然他也自认为这个说法过于笼统，但基本意思是明确的，即文学通过表现个人情感而传达美感。从文学起源上来考察，《诗序》就曾说过："情动于中而形于言，言之不足，故嗟叹之；嗟叹之不足，故咏歌之；咏歌之不足，不知手之舞之，足之蹈之也。"因此文学只是表现，"文学只有感情没有目的。若必谓为是有目的的，那么也单是以'说出'为目的"②。既然如此，从价值功用上来说，"文学是无用的东西。因为我们所说的文学，只是以达出作者的思想情感为满足的，此外再无目的之可言。里面，没有多大鼓动的力量，也没有教训，只能令人聊以快意。不过，即这使人聊以快意的一点，也可以算作一种用处的：它能使作者胸怀中的不平因写出而得以平息，读者虽得不到什么教训，却也不是没有益处。"这正如一位英国人所说，文学是一种精神上的体操。③如果将文学用于别的功利目的，那么实际上已是变相的文学了。由此可见，周作人此时的文学本体观与文学价值观，与他此前的基本观念是一脉相承的，但似乎已经更偏向了无目的性、非功利性的方面。二是文学的范围。他认为，通常人们所注意到的，多属于狭义的文学，即所谓"纯文学"。而文学的全部，犹如一座山，纯文学只是山顶的一小部分，底下还有"原始文学"和"通俗文学"。"原始文学"是指由民间创作出来供歌咏欣赏的文学，如山歌、民谣之类，原本属于文学上的低级形式，却是后来诗歌的本源；"通俗文学"是受纯文学影响，由低级文人写出来的，从内容上看，里边掺杂了很多官僚士大夫升官发财的思想进去，它给予中国社会的影响是很大的。因此研究中国文学应当将范围扩大，把这两种文学也包括进去。三是文学研究的路子。他认为有两种文学研究的路子：一种是科学的研究法，比如应用心理学或历史等对文学

---

① 周作人：《中国新文学的源流》，华东师范大学出版社1995年版，第2页。
② 同上书，第13页。
③ 同上书，第14、15页。

加以剖析；另一种是艺术的研究法，主要从创作和欣赏文学的角度进行研究。对于研究文学的人，各种科学知识都是很有用处的。

第二，关于中国文学发展潮流的看法。周作人认为，文学本是从宗教中分化出来的，之后在文学领域内形成两种不同的发展潮流：一种是以"诗言志"的观念形成的"言志派"的潮流；另一种是以"文以载道"的观念形成的"载道派"的潮流。换言之，前者是一种"即兴的文学"，即自由而又真实自然地表现作者的思想情感；后者则是一种"赋得的文学"，意即先有题目然后再按题作文，指按照某种外在要求或功利目的而写作。按周作人上面关于文学本质的看法，"言志派"的或"即兴的文学"显然是文学的正常形态，而"载道派"或"赋得的文学"，则无疑属于文学的变异形态。然而中国文学的发展历史，恰恰是这两股潮流此消彼长、此起彼伏交织而成的。它不是一条直路，而像一条弯曲的河流，在不同的历史阶段，文学发展潮流每遇到一次抵抗，它的方向便发生一次转变，由此形成中国文学潮流的一条弯曲起伏的曲线。从这个发展进程来看，"载道派"的文学潮流似乎要占据更长的时段和更主导的地位，直至新文学运动兴起，形成对"载道派"文学传统的全面反叛。

第三，关于中国新文学源流的评析。将新文学运动置于上述中国文学发展潮流中来看待，周作人认为，"明末的文学，是现在这次文学运动的来源，而清朝的文学，则是这次文学运动的原因"①。他的意思是说，新文学运动一方面是对明末"言志"的文学复兴浪潮的回应，另一方面则是对清代"载道派"守旧文学的反叛，它的方向显然是回归到正常的文学发展的轨道。只不过，与过去相比，这一次的文学运动更多借助了外部输入文学思潮的推动。

在20世纪30年代已经形成革命文学主潮的背景下，周作人对中国文学发展潮流的这番梳理，以及对中国新文学源流的评析，显然与当时的时代主潮有未合之处。正如有学者所指出的："后来，周作人在《中国新文学的源流》等著述中又试图探讨新文学与传统文学的衔接汇通，推崇'即兴言志'的创作心态，强调尊重文学的独立性与维护自由表

---

① 周作人：《中国新文学的源流》，华东师范大学出版社1995年版，第30页。

达思想见解的文学原则。周作人逐渐由新文学主潮的带头人变为自由的思想者,并日益超离了主潮。"①

二 李健吾的印象主义文学批评

李健吾是中国20世纪三四十年代一位颇具特色的批评家,也是"京派"文学家中较有代表性的人物之一。他以刘西渭为笔名,写下了一系列文学批评文章,编为《咀华集》《咀华二集》《咀华余集》问世。司马长风在《中国新文学史》中说:"30年代的中国,有五大文艺批评家,他们是周作人、朱光潜、朱自清、李长之和刘西渭,其中以刘西渭的成就最高。"②

李健吾的文学批评属于印象式的审美批评,很少涉及现实政治,这在当时那种"革命文学"潮流不断高涨、社会生活和文学活动非常"政治化"的环境中,显示出清高而独立的姿态,以及自由主义和审美主义的趋向。

李健吾文学批评观念与特色的形成,大致有两个方面的渊源。一方面是对中国古代鉴赏品评式文学批评传统的领悟与承续。中国传统的运思方式,并不注重对事物作逻辑思辨分析,而更为重视整体综合的直觉感悟。在艺术审美与文学批评中,则更是注重审美直觉,通过对作品的熟读与玩味,在想象感受中体悟,从而将主观自我所获得的审美感悟以诗化的方式传达出来。李健吾的文学批评,很明显具有传统文学批评的精神与特色。虽然他并没有特别谈到来自传统文学批评的理论资源,作为本土批评家,这种来自传统的影响应当说是内在的和深刻的。而另一方面,可以更明确认识的,是他对西方印象主义批评理论观念的借鉴。1931年李健吾赴法国留学,系统地研习了法国文学与文学批评,打下了深厚的西学功底。在西方众多的批评流派中,他对印象主义批评情有独钟,对法朗士、勒梅特尔等印象派批评家倾注了极大的热情。印象主义被认为是唯美主义的余波,与唯美主义一样强调艺术的独立性和美的价值。就像唯美主义追求"为艺术而艺术"一样,作为印象主义批评,则强调"为批评而批评",追求批评的独立价值。据卫姆塞特和布鲁克

---

① 钱理群等:《中国现代文学三十年》,北京大学出版社1998年版,第23页。
② 司马长风:《中国新文学史》(中卷),昭明出版社1983年版,第248页。

斯在《西洋文学批评史》中的概括，印象主义批评大致有这样几个方面的基本观念与特点。第一，"批评家最需要或唯一需要的工具，是他自己的情操"。这里指的是批评家最需要的不是理性的逻辑判断，而是对于美的直观，即感性化的审美感受能力。第二，"既然艺术家自己最容易感受美的印象，则艺术家自己是唯一合格的批评家"。换言之，批评就是感受美、表达美，继而创造美。批评的本质即是创造。创造是一种艺术，由此，批评也是一门独立的艺术，一个优秀的批评家会因为他的独创性的批评变成一个真正的艺术家；同时，一个好的艺术家也必定是一个出色的批评家，二者是合二为一的。正由于此，所以第三，"一个好的批评家，乃由于他的批评本身，变成真艺术家，或许是最真的艺术家"[①]。此外，法国印象主义批评大师法朗士还特别强调文学批评的主观性："优秀批评家讲述的是他的灵魂在杰作中的探险。客观艺术不存在，客观的批评同样不存在，凡是自诩作品之中毫不表现自我的那些人都是上了十足欺人假象的当。真相乃是人人都无法超脱自我。"[②] 总而言之，印象主义批评的基本观念是注重和强调文学批评是主观的、自我（或者说为我）的、审美的，这些都为李健吾所特别欣赏和几乎无保留地接受，并以此作为自己追求的目标。

李健吾文学批评的突出成就，并不表现在系统宏大的批评理论建构，而主要表现在切实深入的实际批评。不过李健吾印象主义的实际批评，并不真的只是一些感觉印象的述说，而是包含着自觉的批评观念与目标追求。综观李健吾的文学批评，既有从印象主义批评所获得的启示，也有从自己的性情气质及对文学的认识所获得的感悟，从而形成其独特的文学批评观念与范式。

首先从文学批评观念来看。谈到对文学批评的理解，李健吾曾说："批评不像我们通常想象的那样简单，更不是老板出钱收买的那类书评。它有它的尊严，犹如任何种艺术具有尊严；正因为不是别的，也只是一

---

① 以上所引见［美］卫姆塞特、布鲁克斯《西洋文学批评史》，颜元叔译，中国人民大学出版社1987年版，第457—458页。
② 转引自［美］雷纳·韦勒克《近代文学批评史》（卷四），杨自伍译，上海译文出版社1997年版，第29页。

种独立的艺术有它自己的宇宙，有它自己的人性作根据。"① 他不能认同两种极端的传统批评观：一种是把批评看作是对作家作品的裁判。他认为"一个作者不是一个罪人，而他的作品更不是一片罪状……在文学上，在性灵的开花结实上，谁给我们一种绝对的权威，掌握无上的生死？"② 另一种是将批评贬抑为创作的附庸，否定批评的价值。李健吾主张把文学批评看成和创作平等的独立的事业，一种具有自身尊严和独立价值的艺术。

那么，文学批评作为独立的艺术，它的本质是什么呢？在他看来，批评的本质不外乎是自我的发现与价值的评判。他说："批评的成就是自我的发现和价值的决定。发现自我就得周密，决定价值就得综合。一个批评家是学者和艺术家的化合，有颗创造的心灵运作死的知识。他的野心在扩大他的人格，增深他的认识，提高他的鉴赏，完成他的理论。"③ 所谓"自我发现"，其实就是印象主义批评家法郎士所说的，"批评家讲述的是他的灵魂在杰作中的探险"，即批评家以批评为手段，从文学作品中发现自我的存在，以自我的存在去发现他人和存在，同时也用他人的存在印证自我的存在。从这个意义上来说，文学批评就不可能有什么客观的固定的标准，而只能以"自我"为标准，所以他说："什么是批评的标准？没有。如若有的话，不是别的，便是自我。""拿自我作为批评的根据，即便不是一件新的东西，却是一种新发展，这种发展的结局，就是批评的独立，犹如王尔德所宣告，批评本身是一种艺术。"④

尽管李健吾一再强调文学批评是自我的发现与表现，但实质上，真正的文学批评是不可能没有价值评判的，因此他肯定批评的成就中还包含"价值的决定"。既然要做出价值的决定，那就无论如何离不开价值评判的标准与尺度。上面说他以自我为批评的标准，那是从强调文学批评是自我的发现与表现的意义上而言的，意思是说，批评的标准只能以批评家自我对文学的理解与追求为根据，而不可能有什么外在客观的标

---

① 参见《李健吾文学评论选》，宁夏人民出版社1983年版，第40页。
② 同上书，第50页。
③ 同上书，第1页。
④ 参见《李健吾文学评论选》，宁夏人民出版社1983年版，第215页。

准。至于落到文学批评实践中，落到对文学作品的价值决定上，那就还需要把自我对文学的理解与追求具体化为评价的尺度。就李健吾而言，根据他对文学的理解与追求，所转化而来的批评价值尺度，主要就是人性的尺度和艺术（审美）的尺度，这两者在他的理解中是统一的。这就是说，文学批评应当从审美的维度对人性进行透视，以艺术家的眼光，从文学作品中发现人性，从人性中发掘美的价值。

基于对文学批评的这种理解，李健吾在文学批评观念和文学批评实践中，实际上一直都在探索一种"以文论人"的批评模式。具体来说，就是批评家从文学作品出发，迅速捕捉对作品独到的感受和印象，循此进一步沉潜到作品的深层，直逼作家的灵魂，发现真实的人性。他说："一个批评者，穿过他所鉴别的材料，追求其中人性的昭示。因为他是人，他最大的关心是人。创作者直从人世提取经验，加以配合，作为理想生存的方案，批评者拾起这些复制的经验，探幽发微，把一颗活动的灵魂赤裸裸推呈出来，作为人类进步的明证。"①

在李健吾看来，文学创作本身是作家人性和人格的表现，文学作品中潜藏着人性的善与美，而文学批评则是批评家凭借自己对人性的理解，在作品中找到一条抵达作家灵魂的通道。因而文学批评就是"一个人性钻进另一个人性"，"是用自我的存在印证别人——一个更深更大的存在，所谓灵魂的冒险者是，他不仅在经验，而且要综合自己所有的观察和体会，来鉴定一部作品和作者隐秘的关系"。从这样一种理解出发，他认为"一个批评家，第一先得承认一切人性的存在，接受一切灵性活动的可能，所有人类最可贵的自由，然后才有完成一个批评家的使命的机会"。正因为如此，他主张文学批评应当从人性出发，以人性为根据，"一个批评家应当有理论（他合其学问与人生而思维的结果）。但是理论，是一种强有力的佐证，而不是唯一的标准，一个批评家应当从中衡的人性追求高深，却不应当凭空架高，把一个不相干的同类硬扯上去"②。

李健吾的这种文学批评观念，充分体现在他的实际批评中。比如颇为人所称道的他对沈从文小说创作的分析评论，便是将作家的艺术个

---

① 参见《李健吾文学评论选》，宁夏人民出版社1983年版，第154页。
② 《李健吾文学评论选》，宁夏人民出版社1983年版，第50—51页。

性、作品中表现的人性,以及小说的"诗性美"糅合在一起,阐释出沈从文创作与众不同的意义和价值。他这样把《边城》与沈从文的个性人格联系起来进行分析:"沈从文先生便是这样一个渐渐走上自觉的艺术的小说家……他热情地崇拜美。在他艺术的创作里,他表现一段具体的生命,而这生命是美化了的,经过他热情再现的。"这种热情表现为诗性的抒情,"《边城》是一首诗,是二佬唱给翠翠的情歌。《八骏图》是一首绝句,犹如那女教员留在沙滩上神秘的绝句"①。他认为沈从文的小说具有一种特殊的"空气",这是那些揭露人性和现实的丑恶的作品里所缺少的,因而显得弥足珍贵。如果说一些现实的创作只是为了"推陈出新,仿佛剥笋,直到最后,裸露一个无常的人性",而沈从文则不是这样,"他能把丑恶的材料炼成功一篇无瑕的玉石。他有美的感觉,可以从乱石堆发见可能的美丽"。正是基于对作家艺术气质和创作个性的深层把握,他最后得出结论说:"沈从文先生在画画,不在雕刻;他对于美的感觉叫他不忍心分析,因为他怕揭露人性的丑恶。"再比如他在评论巴金的《爱情三部曲》时说:"他的作品和他的人物充满他的灵魂,而他的灵魂整个化入它们的存在……巴金先生同样把自己放进他的小说:他的情绪,他的爱憎,他的思想,他全部的精神生活。"②李健吾以批评家独到的艺术眼光,指出巴金创作的最大特点是"热情",由于热情,作家几乎难以冷静下来做过多的理性思考,作家在作品中呈现的就是他的所思所悟,所爱所恨,我们从中可以看到作家的心灵世界。像这样从对文学作品的审美感悟入手,通过细致入微的体悟分析,去抵近作家的灵魂与个性,揭示其与众不同的特色及其审美价值,在李健吾的实际批评中确实颇为突出,别具一格。

  李健吾所倡导的自我发现与自我表现的批评观念、人性的与审美的批评价值尺度、印象主义的批评方法和"以文论人"的批评模式,无论在批评理论与批评实践上,都与当时比较流行的社会历史批评形成鲜明对照,在一定程度上弥补了社会历史批评的不足。

---

① 《李健吾文学评论选》,宁夏人民出版社1983年版,第52—53页。
② 同上书,第15页。

三 朱光潜的审美直觉论批评理论

在"京派"文学家中,朱光潜是一位学者型的文艺理论家。与李健吾不同,他较少从事实际批评,但也不愿像一些经院派理论家那样,"大半心中先存有一种哲学系统,以它为根据,演绎出一些美学原理来。"他试图"丢开一切哲学的成见,把文艺的创造和欣赏当作心理的事实去研究,从事实中归纳得一些可适用于文艺批评的原理"[①]。他的这种研究思路与方法显得有些特别,可能与他所获得的学术资源与早期的研究思路有关。

1920年后期至1930年初,朱光潜留学英、法等国,先后受到西方浪漫主义文学和直觉主义哲学、美学的影响,并开始进行文艺心理学研究。这使得他更偏重于从心理学角度来理解文艺创造和欣赏活动,也就是他所说的"把文艺的创造和欣赏当作心理的事实去研究",而这又恰与直觉论美学思想相通。因此从总体上说,他是以"直觉论"美学思想为理论基础,具体从文艺心理学的探讨出发,从而建立起一种欣赏的、创造的文学批评理论。

对于朱光潜的美学思想,我们这里姑且不论。关于他的文学批评理论,我们大致可以从这样几个方面来加以把握。

首先是朱光潜的基本文学观念,从总体上用一句话来概括,就是推崇"纯正的文学趣味",这可以说是朱光潜从事文艺和美学活动的一个基本信念。

早在1932年回国之初,他就表明了自己对文学审美活动的基本看法:"我坚信中国社会闹得如此之糟,不完全是制度的问题,是大半由于人心太坏。我坚信情感比理智重要,要洗刷人心,并非几句道德家言所可了事,一定要从'怡情养性'做起,一定要于饱食暖衣、高官厚禄等之外,别有较高尚、较纯洁的企求。要求人心净化,先要求人生美化。"在朱光潜看来,人所生活的世界有"实用世界"与"审美世界"之分,前者是由人的生存需要所构成的功利关系,是"一个密密无缝的利害网",是"俗不可耐"的人生世界;而后者则是"超越利害关系而

---

① 《朱光潜全集》(第1卷),安徽教育出版社1987年版,第197页。

独立"的优美人生境界,① 要达到这一优美人生境界,就需要借助于审美活动,包括文艺创作与欣赏活动作为中介和通道,文艺审美活动的价值功能也正在于此。

既然"审美世界"是与"实用世界"相对立的,文艺审美的功能在于求得人心净化与人生美化,那么文学审美活动当然就应当坚守自身的基本特性和品格,这就是"纯正的文学趣味"。其基本含义大致有这样几个方面。一是对政治功利目的的超离。他极为反感政治意识形态对文学的限制,主张作家"最聪明的处世法始终维持一种暧昧游离的态度",以避开政治意识形态的影响,这样才能保持文学审美的纯洁。基于这种态度,他对1930年的左翼革命文学也不无嘲讽:"'为大众''为革命''为阶级意识',甚至于是'为国防',都令人看到'文以载道'的浅陋。"② 二是对商业化倾向的抵制。他同样十分反感文学商品化的风气,指斥一些作家的商业化写作行为,使得文学事实上为市场行情、金钱利润所支配,乃至沦为挣钱的工具,导致文学失去其纯正品格而走向堕落。三是对文学界门派偏见的超越。朱光潜认为,文学家主观私人的趣味容易形成一种"无意识的偏见",它与文坛宗派门户、政党利益结合,则又会形成一种"有意识的偏见"。无论哪种偏见,显然都会伤及"纯正的文学趣味",对于文学批评来说,更是会影响评价的公允。因此他指出,"文艺上的纯正的趣味,必定是广博的趣味",③ 要求克服个人和门派的偏见,有一种大度的作风,凭着对艺术的忠诚和执着,才能真正保持文学的纯正趣味。

由此可见,朱光潜所推崇的"纯正的文学趣味",既是他的基本文学信念与立场,同时也是他所坚守的一种文学批评的标准。在1930年文学活动普遍政治功利化或商业化的氛围中,朱光潜的这种文学观念与批评标准是显得比较特殊的。

其次,朱光潜的文学批评理论。一般认为,朱光潜前期的主要理论工作在于借助克罗齐的"直觉—表现"理论,建立起了自己的一套美学理论框架。其中包含着他从直觉论美学观点出发而引发出来的对文学

---

① 以上所引见《朱光潜全集》(第2卷),安徽教育出版社1987年版,第6页。
② 朱光潜:《我对于本刊的希望》,《文学杂志》1937年5月第1卷第1期。
③ 《朱光潜全集》(第3卷),安徽教育出版社1987年版,第352页。

批评的思考。在他看来，文学活动本质上都是直觉审美活动，是很个人化的精神活动，它导向人心的净化和人生的美化。在他的心目中，艺术的创造、欣赏和批评是连为一体、相互贯通的，他说："创造是造成一个美的境界，欣赏是领略这种美的境界，批评则是领略之后加以反省。领略时美而不觉其美，批评时则觉美之所以为美。不能领略美的人谈不到批评，不能创造美的人也谈不到领略。批评有创造欣赏做基础，才不悬空；欣赏创造有批评做终结，才底于完成。"[①] 不过具体就文学批评而言，需要同时看到这样两面。一方面，"批评的态度"不同于"美感的态度"，因为美感观照只是一种单纯的直觉活动，可以沉迷到物我两忘的境界，并不需要对审美对象作出判断；批评则不能沉迷于审美对象之中，而要上升到理性的层面进行评判，因而更需要多一分冷静的态度。从这个意义上说，审美与批评是难以同一的。但另一方面，文学批评却又不能不以审美欣赏领略为前提，即不可能脱离美的创造与欣赏的基础。正是基于这一认识，他认为理想的批评是一种"欣赏的创造的批评"，也就是一种审美的批评。

他的这种文学批评观念，与李健吾的印象主义批评观念颇为相通，而且实际上朱光潜对印象主义批评也是颇为赞赏的。与李健吾一样，朱光潜基于他对文学批评的理解，对几种比较常见的批评是持贬斥态度的。第一类是以"导师"自居的批评家，他们对于各种艺术抱有一种理想，但却无能力将它实现于创作，于是拿这个理想来期望别人，因此他们喜欢向作家发号施令。第二类是以"法官"自居的批评家，这些人心中预存了几条纪律，然后以这些纪律来衡量一切作品，相符的就美，相背的即丑。这种"法官"式的批评家和第一类"导师"式的批评家常合在一起。第三类是自居"舌人"地位的批评家，"舌人"的功用是把外乡话翻译为本地话，叫人能够懂得，其功能在于阐述作品，帮助人们了解作品，比如传记批评和考据批评即是如此。这几类批评的问题，都在于根本没有进入创造与欣赏美的境界，不能领略艺术的美，因而也就根本谈不到审美的批评。除此之外，朱光潜真正赞赏和肯定的是另一类批评，即印象主义批评，他将其称为"饕餮者"的批评。这类

---

① 《朱光潜全集》（第1卷），安徽教育出版社1987年版，第276页。

批评家如同美食家贪尝美味一样,全部心思用在对作品的审美欣赏与品味,并把这种欣赏体验与审美印象表达出来。即如法朗士所说,"叙述他的灵魂在杰作中的冒险"[1],这也正是朱光潜所极力倡导的"欣赏的创造的批评"。

总的来看,从朱光潜的美学思想到他的文艺观乃至文学批评理论,都在于重视艺术与审美活动的"直觉—表现"的特性,强调文学与文学批评的独立性和纯粹性,提倡文学创作、文学欣赏和文学批评活动尽可能远离社会政治与金钱功利,保持"纯正的文学趣味"(当然这还不能说是完全无功利或超功利的,只是他所注重和强调的是另一种功用,即文学审美对于人心净化与人生美化的功用,这在他看来可能是一种更根本的功利),这无疑是一种审美论的文学观与批评观。朱光潜不仅以此建立了他的"欣赏的创造的批评"理论,并将此运用于中国新诗美学与理论批评建设,在1930年乃至此后相当一个时期产生了不可低估的影响。

四 戴望舒、梁宗岱等人的"纯诗"论诗学理论批评

象征主义是19世纪后半叶出现于法国、后来遍及欧美的诗歌流派,有前、后象征主义之分。后期象征主义理论以20世纪20年代前后瓦雷里提出的"纯诗"论和音乐化的主张最有影响。瓦雷里的"纯诗"论象征主义诗学观念,是通过戴望舒、梁宗岱等诗人和诗论家的介绍阐发,进而对中国新诗创作和诗学批评产生影响的。

戴望舒是1930年颇有影响的"现代派"诗人,曾留学法国,深受象征主义诗论的影响。1935年与施蛰存、苏汶一起创办在当时影响甚大的《现代》文艺月刊,从创作实践到诗学理论,都鲜明反映出以象征主义为特色的现代派文艺观念。

首先是"自由主义"的文艺立场。戴望舒参与编辑的《现代》杂志在《创刊宣言》中声言:"不预备造成任何一种文学上的思潮、主义或党派。"[2] 此后又宣称:"只有自由主义才是文学发展的绝对而唯一的保障。"这种自由主义的思想立场,既表明了这些现代派作家对当时某

---

[1] 以上引述见《朱光潜全集》(第2卷),安徽教育出版社1987年版,第39—40页。
[2] 《现代》杂志《创刊宣言》,《现代》1932年5月第1卷第1期。

些过于强调政治性、党派性文学的反感与超离，同时也显示了他们开放性的文学意识。在"自由主义"的主张之下，他们广泛介绍了从西方浪漫主义、象征主义到各种现代派文艺思潮，并且也介绍马克思主义和苏联的革命文艺理论，真正体现了一种自由主义的开放性。

尽管如此，但这并不表明他们没有自己的倾向和所要追求的东西。其实戴望舒所比较倾心的，还是象征主义的"纯诗"及艺术至上的观念。他深谙中国古典诗歌既注重情感表现，又讲究诗的含蓄与韵味的传统。同时也领悟到这种传统与法国象征派诗的以客观对应物来象征主观心境、以意象来暗示情感的观念之间，是颇为相通的。这使他找到了一条沟通传统与现代之间的通道，形成了他既具有传统基因同时又具有现代特色的诗学观念，这就是追求表现与隐藏、真实与想象的统一。对于五四以来新诗创作中那种把诗作为"情绪的喷射器"，"做诗通行狂叫，通行直说，以坦白奔放为标榜"的诗风，戴望舒显然是反感的，他认为诗不能是赤裸裸地本能流露，"情绪不是用摄影机摄出来的，它应当用巧妙的笔触描出来"；诗的创作应是"在于表现自己与隐藏自己之间"，也就是法国象征派所提倡的"明朗与朦胧相结合"的诗风；同时，他还认为，"诗是由真实经过想象而来的，不单是真实，亦不单是想象"[①]，它是情感经验与艺术创造的统一，是实与虚的统一，真与美的统一，其中包含了戴望舒从传统到现代的诗艺诗美的深切体悟。这种诗学观念同时也实现在他的诗歌创作中，标志着新诗理论批评的一种推进。

梁宗岱所师法的同样是法国象征主义理论，曾以极大的热情介绍和阐述瓦雷里的"纯诗"理论，并以此作为自己的诗学批评观念。在他20世纪30年代的代表性批评论集《诗与真》和《诗与真二集》中，所体现的也正是对"纯诗"的理论探求。他曾这样表述说："所谓纯诗，便是摒除一切客观的写景，叙事，说理以至感伤的情调，而纯粹凭借那构成它底形体的原素——音乐和色彩——产生一种符咒似的暗示力，以唤起我们感官与想象底感应，而超度我们底灵魂到一种神游物表的光明极乐的境域。像音乐一样，它自己成为一个绝对独立，绝对自己，比现

[①] 以上所引见戴望舒《望舒诗论》，《现代》1932年11月第2卷第1期。

世更纯粹,更不朽的宇宙;它本身底音韵和色彩密切混合便是它底固有的存在理由。"①

梁宗岱的"纯诗"观念,一方面当然是对瓦雷里诗论的借鉴,另一方面也根源于他对20世纪二三十年代新诗状况的不满,而表达对新诗发展的一种期待。在他看来,五四以后新诗的创作越来越随意散漫,以诗写景、叙事、说理,作诗如同说话和演讲,甚至流于宣传口号;诗在形式上变得越来越散文化,内容上则太功利、太实际、太浮浅,总的来说是诗越来越没有了"诗味",如同纸花一般缺少生气与生命。这样新诗的发展便走到了"纷歧的路口",需要寻求一条回到诗的本真状态的道路,复归诗的本性,这就是他所提倡的"纯诗"的发展道路。尽管梁宗岱的"纯诗"观念既不全同于瓦雷里,也有异于上面所说的戴望舒,而是有他自己的理解与探讨,但从总体上的审美取向来说,是力求从平庸的诗风中超拔出来,追求一种比较纯粹的审美境界,让读者在"无名的美底颤栗"中,去参悟宇宙和人生的奥义。② 这显然是一种更为偏向审美主义的艺术追求与价值取向。

五 林语堂的"闲适论"文学观念

在中国现代文坛,林语堂是一个"以闲适闻名"的文人,他在现代文坛所留下的影响,也主要是他的"闲适论"的文学观念。

林语堂早年曾留学美国和德国,1923年回国,在北京、上海等地执教和从事写作,后于1936年移居美国,在现代文坛上的活动并不太长。一般认为林语堂的文学活动及其倾向可分为前、后期两个阶段。前期主要指1920年,林语堂加入以鲁迅、周作人等为首的"语丝派",以从西方汲取的自由、民主、人道、个性等思想理论,观照和批判中国的社会现实与封建意识,因而可以说,直面人生、关注政治和批判现实,是他这一时期占主导地位的思想及文艺倾向。③ 20世纪30年代转入后期,致力于创办《论语》、《人间世》和《宇宙风》等文学杂志,自称

---

① 梁宗岱:《谈诗》,《诗与真二集》,商务印书馆1935年版,第95页。
② 同上。
③ 参见胡风《林语堂论》,《胡风评论集》(上册),人民文学出版社1984年版,第5页。

"两脚踏东西文化,一心评宇宙文章"。他的思想和文学观念也由此而发生了较大变化,即转向提倡文艺远离政治、为艺术而艺术,乃至提倡"以自我为中心,以闲适为格调"。发生这种转变的缘由,也许在于他看破了当时党派政治纷争的虚伪与无聊,因而决意退避三舍,"超政治—近人生(情)",试图把文学从政治中超拔出来。他认为文学与其"钻入牛角尖之政治,不如谈社会与人生",① 并明确表示:"把文学整个黜为政治之附庸,我是无条件反对的。"② 由于对现实政治的反感厌恶,致使他在文学观上走向某种极端倾向,乃至对"为人生而艺术"也加以否定拒斥,担心这一提法容易为"载道派"所利用而成为"为政治而艺术"的变种,从而陷入文学政治化的陷阱。因此,远避政治而崇尚为艺术而艺术,成为他后期基本的文学立场。

与此相联系,在文学本体观念上,林语堂从个体主义思想出发,秉持"表现—性灵"论的观点,认为文学创造无不以表现个体自我为中心,而表现自我则又"以性灵为主",所谓"文章者,个人性灵之表现",或者说"文学之命脉寄托于性灵"。③ 从中可以看出西方表现论与中国古代性灵说文艺观的相互融合,所谓"两脚踏东西文化",由此可见一斑。再者,在文学趣味与价值取向上,他所追求的是"幽默—闲适"的境界。在林语堂看来,"幽默"与"闲适"的精神是相通的。他说:"中国人未明幽默主义,认为幽默必是讽刺,故特标明闲适的幽默。"并又说:"欲求幽默,必先有深远之境,而带一点我佛慈悲之念头,然后文章火气不太盛,读者得淡然之味。"④ 可见这所谓"幽默—闲适",既可以说是一种艺术审美的境界,也可以说是一种淡然的人生境界。他之所以如此主张,其实目的仍在于使文学远离现实政治而归于个体自我,这反映了当时自由派文人面对现实的消极态度。这种消极的人生与文学态度,在当时受到鲁迅和胡风为代表的"左联"的尖锐批判,是毫不奇怪的。

综上所述,在1920年末至1930年的时代背景下,随着社会变革向

---

① 林语堂:《谈女人》,《论语》1932年12月总第6期。
② 林语堂:《猫与文学·小引》,《论语》1933年总第22期。
③ 林语堂:《论文》,《大荒集》,上海书店1985年版,第202—203页。
④ 林语堂:《论幽默》,《林语堂选集》(上),海峡出版社1988年版,第313页。

民主革命运动推进，新文学运动也由最初的倡导"文学革命"走向发展"革命文学"。在这个过程中，整个新文学和文学理论批评都迅速发生分化和自我调整，由前一时期的多元化探索发展，向两个方面的主要流向汇聚。一方面是"革命文学"的倡导及其论争，标志着继五四"文学革命"之后，中国现代文学观念的又一次重大变革；加以马克思主义文学理论的传入与阐发，与本土形成的革命文学观念相呼应和融汇，汇成革命文学与马克思主义文学理论批评的潮流。另一方面则是那些倡导纯艺术、纯审美或基于一般人性论的种种批评形态，也都自然分流到自由主义与审美主义文学理论批评的流向中去。当然，这两种流向无论是其所处地位还是影响，在当时都并非无分轩轾，其中革命文学与马克思主义文学理论批评的潮流显然是主导的方面，对当时文学的发展方向起着重要的影响作用。到20世纪30年代末抗日战争全面爆发，在抗日救亡的时代背景下，更走向多元归一，革命现实主义理论批评成为后来的主流批评形态。

第五章

政治革命进程中文学理论批评的主导性发展

1931年抗日战争全面爆发，在"救亡图存"的严峻现实之下，必然要求这个时代的文学服从和服务于民族解放的时代主题。各种文学派别都自觉归附到这个政治革命的进程中来，以"救亡"为主题的革命现实主义文学，适应时代要求成为主导性文学潮流。与此相呼应，革命现实主义的文学理论批评，也成为这一时期主导性的发展方向。一方面，这种革命现实主义的文学理论批评经过多向度的努力开掘探索，不断丰富其内涵，乃至逐渐形成比较完整的理论体系；另一方面，也在过于政治化的时代语境中，出现了某种极端化发展的偏向，留下了比较曲折的发展轨迹。

第一节 政治革命进程与文学理论批评的主导性发展趋势

如第四章所述，自1927年北伐大革命失败，革命形势陡然发生逆转，中国社会的现代变革发展进程变得极为严峻，由此带来了中国革命的深入。在这种时代背景下，五四新文化运动形成的"思想启蒙"主题转换成"社会革命"和"文化革命"的主题，在文学与文学理论批评方面，则是大力倡导"革命文学"。这在新文学发展中具有转换方向的意义，是继五四"文学革命"之后，中国现代文学观念的又一次重大变革。随着1920年末至1930年围绕"革命文学"的论争，使这一新的文学观念得以展开和深化，并逐步确立和扩大影响，对此后中国现代文学的发展产生了深远的影响，形成了新文学发展的主导潮流。

及至1937年抗日战争全面爆发,"救亡图存"成为摆在中国人民面前更为严峻的现实,"救亡"即民族解放,成为中国社会现代变革发展进程中新的时代主题。在这一时代背景下,文学运动也进一步调整为以"救亡"为主题。因为在当时,"救亡"压倒一切,因此文学活动也必然转向以"救亡"的宣传动员为轴心。这意味着五四以来新文学主要关注的思想启蒙主题,包括"个性解放"或"社会革命"的主题,在国难当头的时刻也都暂时退出了中心位置。"救亡"焕发了巨大的民族凝聚力,昔日因政治或文学观点的不同而彼此对立的各家各派作家,此时也都捐弃前嫌,在民族解放的旗帜下实现了统一。其标志便是1938年中华全国文艺界抗敌协会的成立,20世纪30年代形成的无产阶级革命文学、自由主义文学,以及国民党的民族主义文学等各种文学运动,都走向汇流,组成了文学界的抗日民族统一战线,实现了各派作家的大联合。① 如果说在五四新文化运动的"启蒙文学"阶段,以及后来的"革命文学"阶段,不同派别的文学还比较追求各自的独立性与自由发展,那么在国难当头民族危亡之际,"救亡"即民族解放上升为中华民族的第一要求,它容易形成感召力和吸引力。"救亡"的文学主题也比较容易成为各派作家的共识,从而自觉归附到这一时代文学的潮流中来。当然,这一时代文学潮流的现实主义品格,以及它的政治倾向性和宣传特性是不言而喻的。

在上述时代背景之下,我们还可以看到,正是在抗日救亡的奋战中,中国共产党人以民族利益为重,号召全国团结抗战,并以其坚韧不拔的精神,领导军民抗战,因而其政治地位和影响不断提升,逐渐在全国人民心目中建立了很高的威望,具有了很大的影响力和感召力。不少知识分子奔赴延安解放区,寻求担当民族责任与实现自我价值的统一。即使是没有投奔到解放区去的知识分子(比如鲁迅等人),也都在对国民党统治日益不满的同时,对中国共产党人领导的人民革命寄予了更大的希望,可谓众望所归、人心所向。中国共产党人坚持以马克思主义为指导,将马克思主义的思想理论与中国革命的具体实践相结合,使马克思主义真正中国化。前几章曾说到,马克思主义理论学说其实早在二三

---

① 参见钱理群等《中国现代文学三十年》,北京大学出版社1998年版,第446页。

十年代便已传入中国，开始其中国化的历程，但实际上真正形成主导性的影响，是随着中国共产党人政治地位的提升和民主革命的推进而实现的。马克思主义文学理论中国化的历程也是如此。

一方面，在抗日救亡的背景下，各种文学形态走向汇流，形成以反映现实、适应现实要求的现实主义文学的主导性潮流。各派作家都受到民族解放运动的感召，自觉呼应时代的要求，从而归顺到这一时代文学的潮流中来。另一方面，马克思主义文学理论地位上升，产生了更大的影响，而马克思主义文学理论的核心，正是现实主义理论。随着20世纪30年代从苏联引入马克思主义现实主义文学思想以及苏联的"社会主义现实主义"理论，有力地促进了中国的现实主义文学潮流的发展。在此基础上，也形成了革命现实主义文学理论批评（在实际批评方面则主要表现为政治化的社会历史批评）的主导性发展，二者彼此交织互动不断推进。后来，随着政治革命的不断推进，现实主义文学及其理论批评也越来越政治功利化，走出了一条由主导性走向极端化发展的历史道路，留下了深刻的历史教训。

第二节　革命现实主义文学理论批评的探索发展

如上所说，我国革命现实主义文学理论批评的主导性发展，一方面与在社会革命进程中现实主义文学的发展潮流相适应，另一方面也与马克思主义思想的引入传播相关。

实事求是地说，中国人接受马克思主义学说并加以宣传阐发，最早是从功利主义立场，也就是从中国革命的实际需要出发的，这在文艺领域也是如此。早期的中国共产党人如邓中夏、恽代英、萧楚女、瞿秋白等人，几乎都是从改造社会的愿望出发而倡导"革命文学"；然后则是从革命文学的立场出发，运用马克思主义的一些基本理论，来阐发革命文学观念，强调文艺的意识形态特质及功用。例如邓中夏在《文学与社会改造》的演讲中就极力主张："要作社会的文学；要作社会改造的文学！"在《贡献于新诗人之前》一文中又指出，"要做描写实际生活的作品，彻底露骨地将黑暗地狱尽情披露，引起人们的不安，暗示人们的希望",这样,文学就能成为激励人们改造社会的"最有效的工具"①。萧楚女在《艺术与生活》中明确指出,艺术本质上是"生活上的反映",并且"艺术,不过是和那些政治、法律、宗教、道德、风俗……一样,同是一种社会人类的文化,同是建筑在社会经济组织上的表层建筑物,同是随着人类底生活方式之变迁而变迁的东西"②。瞿秋白在与"自由人""第三种人"的超阶级文艺观的论争中,显然是站在马克思主义意识形态论的立场上发言的。他认为,作家作为意识形态的生产者,"不论他们有意的,无意的,不论他是在动笔,或者是沉默着,他始终是某一阶级的意识形态的代表。在这天罗地网的阶级社会里,你逃不到什么地方去,也就做不成什么'第三种人'"③。从这些论述中,可以看出当时人们对马克思主义学说的接受及运用,并且这些理论阐述也成为五四时代马克思主义文艺理论的初步形态。其中包含了诸如文艺反映论、意识形态论等基本观念,但显然还不是系统成熟的理论批评形态。

实际上,马克思、恩格斯关于文艺的论著在1920年大都还没有整理发表,苏联在20世纪30年代初才整理发表了马克思、恩格斯致斐·拉萨尔、保·恩斯特、玛·哈克奈斯、敏·考茨基等人的信,并出版由乔治·卢卡契等辑注的比较系统的文艺论著集《马克思恩格斯论文学》,当时对马克思主义文艺思想的理解和阐说也不很统一。④ 1932年苏联提出"社会主义现实主义"的口号,与对马克思、恩格斯文艺思想的发掘阐释相互呼应,同时展开了对"拉普""左"倾文艺思潮的澄清。这一切都成为中国三四十年代革命现实主义文艺思潮形成发展的重要历史背景。而将马克思主义现实主义文艺思想和苏联"社会主义现实主义"理论引入中国并进行阐发,并致力于建立革命现实主义理论及社会历史批评形态的,主要有周扬、冯雪峰、胡风等人。他们的具体理论见解与主张虽然存在一些分歧,但在建构现实主义文学理论批评的总体趋向上是一致的。

---

① 邓中夏:《贡献于新诗人之前》,《中国青年》1923年12月第10期。
② 萧楚女:《艺术与生活》,《中国青年》1924年7月第38期。
③ 《瞿秋白文集》(第2集),人民文学出版社1953年版,第957页。
④ 参见温儒敏《中国现代文学批评史》,北京大学出版社1993年版,第152页。

一 周扬"政治优位"的现实主义理论批评

周扬 1920 年末步入文坛，1930 年成名，后来担负左翼文艺运动的领导工作，成为影响很大的左翼文艺理论家。周扬前期所做的理论工作，主要是译介引进苏俄的文学及其文学理论学说，其中尤其重视对现实主义文学思想的介绍与阐发。比如他专门著文介绍车尔尼雪夫斯基的现实主义文学观，在苏联提出"社会主义现实主义"创作方法不久，便于 1933 年 11 月著文，第一个向国内文坛介绍"社会主义现实主义"理论。通过这种译介工作，一方面契合了革命文学和左翼文艺运动的要求，为其提供了现成的理论借鉴；另一方面，来自苏俄的理论，也成为周扬自身重要的思想理论资源。他正是以苏联的现实主义理论为主要资源，同时根据当时左翼文学运动的需要，初步形成其革命现实主义文学理论批评的基本观念与理论范式。

作为现实主义理论的最基本的观念，显然是反映或再现现实以及真实性的观念。周扬首先肯定了现实主义的这一基本特性，对此着力加以介绍和阐发。在介绍车尔尼雪夫斯基的现实主义美学观时，他特别强调了"车尔芮雪夫斯基的意见，艺术的第一个功用就是再现现实，作为现实的替代物"[1]。在参与文艺论争中，他阐述说："文学，和科学、哲学一样，是客观现实的反映和认识，所不同的，只是文学通过具体的形象去达到客观的真实。"[2] 在这里，他看到并肯定了现实主义文学的真实性与形象性的统一。

不过，在周扬看来，一般性地承认和肯定文学反映现实，要求具有真实性和形象性还是不够的，在此基础上还需要强调现实主义文学如何反映生活的"本质"，写出"必然的本质的东西"。这就是在反映论与真实论的基础上进一步提出"本质论"的要求。所谓写出"本质"，既包括要求写出现实生活的发展趋势，体现某种历史发展的必然性，同时也包括表现一定的理想追求，即包含浪漫主义精神。这一观念显然是从

---

[1] 周扬：《艺术与人生——车尔芮雪夫斯基〈艺术与现实之美学关系〉》，《周扬文集》（第 2 卷），人民文学出版社 1984 年版，第 192 页。
[2] 周扬：《文学的真实性》，《周扬文集》（第 1 卷），人民文学出版社 1984 年版，第 58 页。

苏联"社会主义现实主义"理论中吸取而来的。1934年苏联第一次作家代表大会通过的《苏联作家协会章程》对"社会主义现实主义"是这样表述的:"社会主义的现实主义,作为苏联文学与苏联文学批评的基本方法,要求艺术家从现实的革命发展中真实地、历史具体地去描写现实。同时艺术描写的真实性和历史具体性必须与用社会主义精神从思想上改造和教育人民的任务结合起来。"① 苏联文艺界的领导人日丹诺夫在阐述这一理论内涵时,强调"社会主义现实主义"包含着对于现实发展前景的革命理想,也就是包含着革命的浪漫主义精神。"我们的两脚踏在坚实的唯物主义基础上的文学是不能和浪漫主义绝缘的,但这是新型的浪漫主义,是革命的浪漫主义。我们说,社会主义现实主义是苏联文学创作和文学批评的基本方法,而这是以下面一点为前提的:革命的浪漫主义应当作为一个组成部分列入文学的创造里去,因为我们党的全部生活、工人阶级的全部生活及其斗争,就在于把最严肃的、最冷静的实际工作跟最伟大的英雄气概和雄伟的远景结合起来。"② 周扬显然是认同并积极阐发这一理论的。

在周扬的具体阐述中,现实主义文学要反映生活的本质,体现历史发展的必然性,主要取决于两个方面。一方面是要求写积极的、进步的、具有重大意义的题材。对于革命作家而言,应当选择与无产阶级及其革命性的必然有关的题材。他说:"作家之所以成其伟大,也并不在于他'把全般社会现象来描写',而是在于他描写了含有积极的或进步的moment的题材。如果是一个无产阶级作家的话,则他就非选择和无产阶级及其革命的必要相关的题材不可。"③ 道理很简单,因为这类题材本身就体现了生活发展的趋向即历史的必然性,对此类题材的开掘更容易体现积极的主题,从而反映社会生活的本质。另一方面则取决于作家对生活的认识即世界观。他认为,在评判文学时要"把世界观放在第一等重要位置上",要求作家首先形成"一个完整的,各部一致的,没

---

① 《苏联文学艺术问题》,人民文学出版社1953年版,第13页。
② [苏]日丹诺夫:《在第一次全苏作家代表大会上的讲话》,《日丹诺夫论文学与艺术》,人民文学出版社1959年版,第10页。
③ 周扬:《文学的真实性》,《周扬文集》(第1卷),人民文学出版社1984年版,第72页。

有内在矛盾的世界观"①。在他看来，作家积极的世界观并不只是来自理论修养的成熟，更来自他的生活实践。所以他在阐发社会主义现实主义理论时特别强调："单是政治的成熟的程度，理论的成熟的程度，是不能创造出艺术来的……决定艺术家创作方向的，并不完全是艺术家的哲学的观点（世界观），而是形成并发展他的哲学，艺术观，艺术家的资质等，在一定时代的他的社会的（阶级的）实践。"②再进而言之，作家积极的世界观虽根源于他的生活实践，但并不局限于对现实生活本身的深刻认识，同时指向对生活的理想与展望。他说："一个作家，如果他对现实的根本认识不是从抽象的主观的观念而是从现实及其本身的客观规律出发的话，则他的作品即使有把现实幻想化的地方，仍然是现实主义的作品"，"进步的作家要在历史的运动中去看现实，从现实中找出时代的发展上具有积极意义的方面，而且要把那方面的未来的轮廓表现出来。他不仅要描写现实中已经存在的东西，而且他要描写现实中可能存在的东西"，这样的文学才会"具有照耀现实，充实现实的作用"③。

　　与真实论和本质论密切相关的是关于"典型"的理论。周扬在他首次介绍苏联社会主义现实主义的文章中，论述现实主义文学的本质特性时，就已经注意到了文学典型问题。他引述了恩格斯关于典型的论述，指出"典型环境中的典型性格之正确的传达，对于社会主义的现实主义，是有怎样重大的意义"④。然后，他又写了《现实主义试论》《典型与个性》等，参与了当时关于典型问题的讨论。综观周扬关于典型问题的论述，其直接的理论来源正是恩格斯和高尔基关于典型的论述。周扬的典型论显然比较偏重于强调典型的"本质"和"共性"的方面。从反映生活的意义上说，现实主义文学的典型性就表现在，要求避开对

---

① 周扬：《现实主义试论》，《周扬文集》（第 1 卷），人民文学出版社 1984 年版，第 159 页。
② 周扬：《关于"社会主义的现实主义与革命的浪漫主义"》，《周扬文集》（第 1 卷），人民文学出版社 1984 年版，第 105 页。
③ 周扬：《现实的与浪漫的》，《周扬文集》（第 1 卷），人民文学出版社 1984 年版，第 125—127 页。
④ 周扬：《关于"社会主义的现实主义与革命的浪漫主义"》，《周扬文集》（第 1 卷），人民文学出版社 1984 年版，第 111 页。

生活中那些"非本质的琐事"的描写，而选择写具有积极进步和重大意义的题材，从而写出社会生活发展的趋势，反映"革命的胜利的本质"；而从人物描写方面来说，则要求写出人物的本质特征即"共性"。他说："典型的创造是由某一社会群里面抽出最性格的特征，习惯，趣味，欲望，行动，语言等，将这些抽出来的体现在一个人物身上，使这个人物并不丧失独有的性格。"① 周扬的这个观点显然是从高尔基那里借用而来的。高尔基在《谈谈我怎样学习写作》中说："当一个文学家在写他所熟悉的一个小店铺老板、官吏、工人的时候，他或多或少都能创造出这一个人的成功的肖像，但这只是一个失掉了社会意义与教育意义的肖像而已，在扩大和加深我们对人和生活的认识上，他几乎是毫无用处的。""但是假如一个作家能从二十个到五十个，以至几百个小店铺老板、官吏、工人中每个人的身上，把他们最有代表性的阶级特点、习惯、嗜好、姿势、信仰和谈吐等抽取出来，再把他们综合在一个小店铺老板、官吏、工人的身上，那么这个作家就能用这种手法创造出'典型'来，——而这才是艺术。"② 虽然周扬从高尔基这里借用过来的典型理论并没有排除个性，但着眼点无疑是在强调如何通过性格来体现共性和表现生活本质。这种典型观与上述本质论即反映生活本质的要求是内在一致的。

如果说上述真实论、形象论、本质论、典型论都还属于论证现实主义文学的本体特征的话，其实在周扬的理论框架中，这一切都必须集中到一个核心问题上来，这就是现实主义文学的价值功用（文学价值论）。这一价值功用可以非常明确地表述为"从属论"或"服务论"。可以说周扬是毫不含糊地提出了"政治优位性"的命题，这就是说，在认识、说明文学现象，以及评判文学时，应当把政治思想性和政治功用放到优先考虑的位置上来。在他看来，文学的存在和文学的价值是不可能孤立得到说明的，只有从文学与政治的关系中才能说明文学的特性与价值，而文学与政治的关系便是从属的、服务的关系。他认为，"在广泛的意义上讲，文学自身就是政治的一定的形式"，"要在无产阶级

---

① 周扬：《现实主义试论》，《周扬文集》（第1卷），人民文学出版社1984年版，第160页。

② ［苏］高尔基：《论文学》，戈宝权等译，人民文学出版社1978年版，第160页。

的阶级斗争的实践中看出文学和政治之辩证的统一,并在这统一中看出差别和现阶段的政治的指导地位"。他还进而指出,"作为理论斗争之一部的文学斗争,就非从属于政治斗争的目的、服务于政治斗争的任务之解决不可",因此,"对于文学之政治的指导地位"就尤为重要。①可见周扬是从政治的视角,以政治家的眼光来看待文学的价值功用的,他看到的是文学的政治宣传教育的功能。前面所说的这些文学的真实性、形象性、本质性和典型性的要求,其实最终都是服从和服务于一定的政治革命目的的。所以,周扬的文学理论可概括为是一种"政治优位"的或以政治功利为核心的现实主义理论。这是周扬作为左翼文学理论家和左翼文艺运动领导人的身份决定的,也是当时政治革命的时代任务所要求的。可以说当时的左翼或革命文学家与理论家,都或多或少具有此类观念,只不过在艺术的特性价值与政治的功用价值方面,对哪个方面强调得更多一些而已。

　　周扬的这种"政治优位"的现实主义文学观念,运用到实际批评中来,很自然就会转换成为一种政治化的社会历史批评,其特点是长于运用社会学的分析方法对人物进行阶级的分析评价。比如他对曹禺《雷雨》和《日出》的评论,便是从反封建的政治视角切入,并始终不偏离这一政治主题。他分析周萍,看到的是"他的血管里正流着他父亲的血统,他的性格里也有封建的性质"。在他看来,"无论是蘩漪,是周萍,是周冲……都是在封建家庭生长、养育出来的。他们本身就是封建家庭的构成部分。所以,他们的死亡一方面暴露了封建家庭制度的残酷和罪恶,同时也呈现了这个制度自身的破绽和危机"②。在这里,他只注意到了作品社会的、政治的、阶级层面的内容,并致力于从这些方面去揭示其反封建的政治思想意义,这当然是重要的和必要的。但作品实际上并不仅仅只具有政治层面的意义,其中还包含着对人物个人的情感世界、情感与理性的冲突、人物的命运悲剧的表现等,然而这些都没有进入周扬文学批评的视野,或者说被他过于放大的政治视野遮蔽了,显

----

　　① 以上所引见周扬《文学的真实性》,《周扬文集》(第1卷),人民文学出版社1984年版,第67页。
　　② 周扬:《论〈雷雨〉和〈日出〉》,《周扬文集》(第1卷),人民文学出版社1984年版,第201—203页。

示出这种政治性批评的功利化与浅表化。

1937年秋,周扬到了延安,成为解放区文艺运动的重要领导人。在抗战的背景下和延安的特殊环境中,他更加强化了业已形成的政治化革命现实主义文学观念,在促成毛泽东《讲话》文艺思想的体系化,以及阐扬这一理论体系方面起了重要作用,这后面再述。

二 冯雪峰"人民本位"的现实主义理论批评

在马克思主义文艺理论中国化的过程中,冯雪峰是一位做出过重要贡献的文学理论批评家,同时对于革命现实主义理论批评的建设发展起了重要作用。

冯雪峰早年参加五四文学革命运动,是颇有影响的青年诗人。20世纪20年代后期转为主要从事文艺理论批评,主编和译介了不少苏俄和德国的马克思主义文艺论著,从中获取了他的思想理论资源,建立起基本的文学理论观念。在此基础上,他致力于将他所理解接受的马克思主义文艺理论思想与中国的文艺实践相结合,运用于指导文艺实践,以推进中国的文学理论批评建设和文艺的发展。在20世纪三四十年代的左翼文艺运动以及革命文学论争中,冯雪峰以其在马克思主义文艺理论方面的良好素养,对民主革命事业和革命文艺运动的热情,展开其文学理论批评。

冯雪峰的文学理论批评,与同时代的其他马克思主义文艺理论家的文学理论批评是比较一致的,即都致力于倡导现实主义理论。不过他并不直接移用苏联"社会主义现实主义"的理论,而更多使用"革命现实主义"这一说法,并且对现实主义的理解,既有与其他理论家的相通之处,也有他自己的独特看法与主张。

在1920年末至1930年的革命文学论争以及左翼文艺运动中,冯雪峰以其务实的理论品格,依据他所理解的马克思主义思想理论,对当时"左"倾机械论的文学思潮与文学理论观念进行批评,力图使左翼文艺运动健康发展。在这个过程中,也促使他对现实主义文学理论问题有更深入的思考,从而形成他的现实主义文学理论批评观念。

在冯雪峰的革命现实主义理论批评中,有几个重要的相互联系的关键词,即人民、生活、政治,以及人民力与主观力、政治性与艺术力、思想典型等。其中,"人民力"是他使用频率很高的一个概念,是他的现实主义理论中的一个核心范畴。他所说的"人民力",是指人民的革命实践推动历史前进的力量,体现为历史发展的必然要求和人民的愿望。作为一个文学理论批评范畴,则是指在文学中所体现出来的人民性,是人民的思想感情及其前进要求的一种表现,反映了人民生活的总体趋势即历史的本质力量。因此"人民力"实质上指的是人民生活,不过这不是一般意义上的生活,而是指人民变革现实的实践,推动社会历史前进和体现人民要求的这样一种生活,即体现了生活本质的生活。要求文学具有"人民力",就等于说要求文学真实反映这种人民生活,从这个意义上说,又可以把它理解为一种"客观力",正因此它便可以与"主观力"构成一个相对应的范畴。他说:"人民的力量,对历史和社会的客观的本身及其变动上的其他客观条件来说,是人民的主观的力量;但对作家或文艺的主观说,它是客观。"①

正是在充分强调"人民力"这种人民革命实践的客观力量的前提下,冯雪峰才从文学创造方面强调提高作家的主观力和艺术力的重要性。他说:"要求主观力的提高,就应当是要求高度地反映人民力的表示。"② 又说:"反映着客观的真理,反映着人民的新生,伟大的战斗姿态和英雄主义,反映着人类历史的伟大理想力和向上发展力,这就叫艺术力。解释地说,就是必须从艺术里表现出来的人民与作者的主观战斗力。"③ 说到底,所谓人民力与主观力、艺术力的统一,就是要求作家具有认识把握生活本质的能力,并通过艺术方式有力地把人民变革社会的那样一种生活现实与精神力量表现出来。而这其实也就关涉文学与政治的关系。

在冯雪峰的理论逻辑中,文学与人民生活(体现"人民力"的生活)的关系,其实就是文学与政治的关系,他认为,"文艺与政治的关系,是文艺和生活关系的根本形态,因为文艺是生活的实践,它和现实生活的相互关系就构成它和现实生活之间的政治关系"。"从文艺本身的社会实践性看来,文艺可以说是社会的政治关系和政治活动的一种特

---

① 《冯雪峰论文集》(中册),人民文学出版社1981年版,第84页。
② 同上书,第89页。
③ 同上书,第368页。

殊的形态。"因此在他看来，文艺为政治服务是理所当然的，不应是一种外加的要求，"艺术工作不是仅仅被动地服从政治，而是主动的，有自己的战斗律，活泼地为着政治而战斗着的"①。在这里，他所理解的生活和政治是可以互通的，对文艺的政治性要求，可以直接转换成为对生活真实性的要求，如其所说："文艺所追求的是现实的历史的真实；文艺的政治的意义就建立在这现实的历史的真实的获得上……"② 这样，对艺术的真实，便与人民的现实实践及其政治性统一起来了。"作家所获得的艺术的真实，正是历史的真实，是人与现实的真实之间的真确的实践关系。""达到了现实的真实的文艺的政论性，总是在本质上不失其为诗的；它总和现实的生活的形象不致分离，也必不可分离的；艺术和政论的这种结合，也和艺术作品的内容与形式的美术性不致分离，也必不可分离的。"③

从以上所述可知，冯雪峰是首先从"人民力"的要求入手，通过对"人民力"的阐释，提出文艺真实反映生活要体现"人民之历史的要求、方向和力量"，亦即反映生活的本质，而其目标最终还是为了服务于时代的政治性要求。因此，从总体上说，这是一种以人民为本位、以"人民力"为理论内核、以政治功利为价值目标的现实主义理论批评形态。这与前面所说的周扬的现实主义理论在基本精神上是比较一致的。

从冯雪峰的现实主义理论观念出发，他的实际批评同样显示出一种广阔的社会历史视野，以发掘作品深广的社会历史内涵和深刻的思想性为特色，是一种比较典型的社会历史批评形态。他认为，"伟大的典型的艺术都有伟大的思想性和明确的历史性"④，这成为他分析评论作家和作品的一个基本尺度。比如他对鲁迅现实主义创作中爱国主义特色的分析。他认为，一方面，鲁迅始终植根于中国现实生活的土壤，吸取了民族传统文化中的爱国主义精神。"中国的革命和鲁迅的爱国思想以及人民被压迫的实际状况，其中又有着中国过去那些最突出的诗人和文人

---

① 《冯雪峰论文集》（上册），人民文学出版社1981年版，第142页。
② 同上书，第191—192页。
③ 同上书，第193页。
④ 同上书，第175页。

的优良传统的因素和气质,同时充满地沾染着他同时代的革命志士和人民的血",这就构成了鲁迅饱含爱国情感的现实主义产生的最基本的条件。而另一方面,"他的文学上的爱国主义的特色也是受了民主思想的世界文学的启发和洗礼的……其中有拜伦和海涅的影响,而尤其有着彼得斐的影响,波兰和东欧其他诸国文学的影响……俄罗斯文学的影响使他的爱国主义显出了社会性的广阔和深刻的特色"[1]。这既揭示了鲁迅现实主义创作的特色,也分析了这种特色形成的原因以及它所具有的社会历史意义。再具体到对鲁迅作品及其人物形象的评析,比较典型的例子是对阿Q形象及其典型意义的论析。冯雪峰从20世纪30年代初即开始注意到阿Q这个文学形象,试图解读其典型意义,后来又多次对这个人物形象进行论析。综合起来看,他认为阿Q作为一个文学典型,在于他是一个"病态的国民性的集合物",可将其称为"阿Q主义",在这个形象上"集合"的所谓"病态的国民性","不过是奴隶的自欺欺人主义,阿Q的有名的精神胜利法,就是奴隶的失败主义的精华"[2]。开始时,冯雪峰还把阿Q作为"中国的被剥削了几千年的农民的代表""流浪的雇农",即作为奴隶和被压迫者的精神病态的典型形象来分析其意义;后来则进一步拓宽视野,把这一典型形象的"复合"面加以扩大,揭示其更为深广的意义。他说:"阿Q是一个复合体,他身上所集中着的缺点,并非完全都是农民——尤其是雇农的,鲁迅把知识分子、统治阶级的士大夫和官僚,以及小市民所通有的'阿Q性'和'阿Q相'也都融合在阿Q这复合体里了。"[3] 这样,阿Q就不只是哪一个阶级的典型,而是一个超越阶级的国民劣根性的复合体,其典型意义无疑就深广得多了。此外,冯雪峰还曾对丁玲等人的创作道路及其作品的典型意义进行过论析,所主要着眼的也仍然是作品所反映现实生活的广阔性与概括性,所涵括的社会本质,以及作品的思想性和时代意义等。据此可以看出,冯雪峰的实际批评是以现实主义为基础,以文学典型所包含的历史性、社会性和思想性为尺度来进行评判的。他所注重的是作品对于人们的启发性和教育性,如其所说:"一个作者对于自己所

---

[1] 《冯雪峰论文集》(中册),人民文学出版社1981年版,第192—193页。
[2] 《冯雪峰论文集》(上册),人民文学出版社1981年版,第129—130页。
[3] 《冯雪峰论文集》(中册),人民文学出版社1981年版,第199页。

创造的某个典型人物，如果要检验一下典型性的程度，那么，他就绝对不应该在这人物各方面的完备性上去补长弥短，而应该首先注意到他的主要方面的启发性如何，教育性如何。"① 这也正是一种从现实主义理论观念衍化而来的社会历史批评形态。

三 胡风"主体论"的现实主义理论批评

胡风与周扬、冯雪峰处于同样的时代背景下与文学潮流中，他的文学理论批评也同样是属于现实主义规范之内的。胡风自己曾总结说："从我开始评论工作以来，我追求的中心问题是现实主义的原则、实践道路和发展过程。"② 不过，胡风的现实主义理论与周扬、冯雪峰等人的现实主义理论有较大的不同，显示出独有的特色。对此人们有各种不同的理论归纳与表述，有人称为"人本主义的现实主义"，也有人称为"主观的现实主义"，还有人称为"体验的现实主义"，③ 有论者干脆用胡风自己所认可的说法叫"主观战斗精神"的现实主义。④ 这些都各有道理，但笔者以为，不如比较简便地称为"主体论"的现实主义。重视文学活动中的"主观战斗精神"，即当今我们所说的"主体性"，确实是胡风现实主义理论最突出的特色。

如果说胡风的现实主义理论与周扬、冯雪峰的现实主义有所不同，追溯起来可能与他们所获取的思想理论资源有关。如上所述，周扬和冯雪峰主要是从苏俄、德国的马克思主义学说，或苏联"社会主义现实主义"中获得一定的理论资源，将其引入中国，对中国社会现实以及文艺运动加以观照与论析，力图对现实给予引导。而胡风则一方面通过各种途径接受并且真诚地信奉马克思主义思想学说，力图用马克思主义的文艺观去理解和解释文学现象；而另一方面，他还从五四新文学传统，尤其是鲁迅那里汲取思想理论资源，以此作为其现实主义理论的精神支撑。他特别推崇鲁迅在五四时期提倡的"为人生"和"改良这人生"的口号，将此阐发成为一种"主观精神"，以此作为现实主义文学的精

---

① 《冯雪峰论文集》（中册），人民文学出版社1981年版，第287页。
② 《胡风评论集》（下册），人民文学出版社1985年版，第407页。
③ 参见温儒敏《中国现代文学批评史》，北京大学出版社1993年版，第205—206页。
④ 黄曼君：《中国近百年文学理论批评史》，湖北教育出版社1997年版，第819页。

神内核。他阐释说:"'为人生',一方面须得有'为'人生的真诚的心愿,另一方面须得有对于被'为'的人生的深入的认识,所'采'者,所'揭发'者,须得是人生的真实,那'采'者'揭发'者本人就要有痛痒相关地感受得到'病态社会'底'病态'和'不幸的人们'底'不幸'的胸怀。这种主观精神和客观真理的结合或融合,就产生新文艺底战斗的生命,我们把那叫作现实主义。"在此基础上,他把这种"主观精神"阐发为"作家底献身的意志,仁爱的胸怀,由于作家底对现实人生的真知灼见,不存一丝一毫自欺欺人的虚伪"①。因此,在他的理论阐述和对作家作品的评论中,经常会用到"欲求""爱憎""热情""战斗意志的燃烧""情绪的饱满"等主观性很强的词汇加以表述。他始终认为,文学总是植根于爱,"伟大的作品都是为了满足某种欲求而被创造的。失去了欲求,失去了爱,作品就不能够有真的生命"②。这种基本精神,便主要是从鲁迅和五四文学传统中汲取来的。但胡风又显然与一些从五四过来的作家理论家不同,就因为他同时还接受了马克思主义,具有更高的思想水准和更自觉的理论建构的意识。

理解胡风的现实主义理论的精神内涵,我们可以从普遍性与特殊性两个大的方面来看。

首先,从普遍性即作为现实主义文学的那些基本的原则和命题来看,在诸如文学与生活、文学与人民、文学与政治、文学典型的意义等问题上,胡风与周扬、冯雪峰等人的看法大致是相通的,表现出胡风对现实主义普遍原则的认同。比如把文艺看成是社会生活的反映或再现,历来被认为是马克思主义的文艺基本原理,也是现实主义理论最基本的观点,胡风对此也是坚信不疑、反复阐说的。早在20世纪30年代初,胡风开始从事文学理论批评活动时,便确立了"文艺是反映生活的"这一现实主义的基本观点,在此一时期写成的《文学与生活》一书中做了充分的论析。他认为,文学反映生活达到"真实性"的关键,在于作家对生活趋势的理解把握,以及对生活的提炼与化合。在他看来,"能够说出生活里的进步的趋势,能够说出在缭乱的生活里面看到或感觉到的贯穿着过去、现在以及未来的脉络者,才是有真实性的作品。所

---

① 《胡风评论集》(中册),人民文学出版社1985年版,第319、320页。
② 《胡风评论集》(上册),人民文学出版社1985年版,第244页。

以，文艺并不是生活底复写，文艺作品所表现的东西须得是作家从生活里提炼出来和作家的主观起了化合作用以后的结果"①。这一观点奠定了他的主体论现实主义的理论基石。

其次，关于文艺与人民的关系，尽管胡风并没有像冯雪峰论"人民力"那样，直接提出和论证这个命题，但在他的思想理论中其实是认同和包含这一内涵的。当时文艺界针对他的"主观精神论"展开讨论，有人提出"艺术与人民结合"的命题，对"主观精神论"进行批评。胡风在《置身在为民主的斗争里面》一文中，从他自己的立场对这一命题作了阐说。他认为，"作家要深入人民……作家要与人民结合"，但他反对把"艺术与人民结合"和发挥作家的"主观精神"对立起来。他认为二者并不矛盾，因为"实际上，作家正是各各带着他底'思想武装'深入人民，与人民结合的"②。由此可以看出，他不是一般性地认同这样一个文学口号，而是对这个命题有他自己独立的思考。

再次，关于文艺与政治的关系，本是当时现实主义理论批评中一个非常突出的问题，周扬和冯雪峰也许是由于他们的特殊身份和所担负的责任，对文学的政治性要求提得很高。胡风承继着五四文学精神，其实也是一个社会责任感和使命感很强的理论批评家，极为看重文学对于社会现实的作用，当然也包括政治意识形态的功用。但他对政治的理解并不那么狭隘，对文学与政治的关系也看得不那么直接。他认为，"文学与政治的联结（矛盾与统一）问题，实质上就是创作与生活，或者说创作实践与生活实践的联结问题"③。这就是说，不能简单地为文学外悬一个政治的目标让文学去追求，而是需要沉潜到生活实践中去把握，到创作实践中去实现。从胡风对当时公式主义、概念化创作倾向的批评中，可以看出他对"文学服从、服务于政治"的观念保持着相当的距离；同时又从他对"性灵主义"或"闲适主义""趣味说"的批评中，可以感受到一种深切的文学责任意识和现实人生关怀精神，这也许可以说是一种比肤浅化的政治观念更深厚的现实主义文学精神。此外，和周扬等人一样，胡风也把创造文学典型视为现实主义文学所追求的目标，

---

① 《胡风评论集》（上册），人民文学出版社1985年版，第300页。
② 参见黄曼君《中国近百年文学理论批评史》，湖北教育出版社1997年版，第822页。
③ 《胡风评论集》（中册），人民文学出版社1985年版，第109页。

不过他们对典型各有自己的理解和阐释，为此还引发了一场讨论。胡风认为，"一个典型，是一个具体的活生生的人物，然而却又是本质上具有某一社会群体底特征，代表了那个群体的"①。这一理解阐述，显然是符合马克思主义典型观的，与周扬的理解阐释其实并无根本分歧，讨论实际上加深了对典型问题的认识，也扩大了典型理论的影响。

对于胡风的现实主义理论，更值得重视的当然是其特殊性方面，即他在坚持上述现实主义基本原则基础上对作家"主观精神"即主体性的强调。胡风自称所倡导的现实主义是一种"动的现实主义"②，意即其中包含着作家主体的能动作用，以此区别于那些机械论或"客观主义"的所谓现实主义。在胡风看来，文学要反映生活，具有真实性、典型性、人民性等，必须通过作家这个主体的"主观精神"才能实现。基于这种认识，他便一反"文学活动的主客体关系"这一命题中通常偏重强调客观生活的倾向，而更为重视从主体方面、从作家创作论方面进行探讨，以突出现实主义文学中的"主观战斗精神"，认为这才是现实主义的精义所在。这种转换视角和思路的探讨，无疑具有特殊的意义。

胡风从主体性视角阐发现实主义理论，至少有这样两个方面的原由和意义。一方面是针对20世纪三四十年代的机械反映论与客观主义文学倾向，这种倾向把文学反映生活看作是"镜子"式的反映，一味"奴从现实"。而胡风认为，社会生活进入文学，必定要经过作家内心的孕育，或者说经过作家头脑这样一座"熔炉"的冶炼，才能成为真正的文学作品。他在告诫初学写作者时曾说："作家应当好好地孕育他的题材"，"不要看到了一点事情就写，有了一点感想就写，应当把这些放进你的熔炉里面"。③ 后来他一再阐发这一看法："作家底想象作用把预备好的一切生活材料熔合到主观的洪炉里面，把作家自己的看法、欲求、理想，浸透在这些材料里面。想象力使各种情操力量自由地沸腾起来，由这个作用把各种各样的生活印象统一，综合，引申，创造出一个特定的有脉络的体系，一个跳跃着各种情景和人物的小天地。"④ 基

---

① 《胡风评论集》（上册），人民文学出版社1985年版，第343页。
② 同上书，第370页。
③ 同上书，第230页。
④ 同上书，第312页。

于这种认识,他明确反对一些人所主张的"题材决定论"观点,认为"题材所有的任何内容上的意义,如果没有经过作者本人底血肉的培养,那就决不能结成艺术创造的果实的"①。因为"客观事物只有通过主观精神的燃烧才能够使杂质成灰,使精英更亮,而凝成浑然的艺术生命"②。这种阐发,对于机械反映论的文学观显然是一种纠偏。另一方面,胡风张扬"主观战斗精神",还意在批判和克服当时林语堂等人倡导的"性灵主义"或"闲适主义"、周作人等人倡导的"趣味主义"的文学观。他认为,此类文学的实质在于走向消极与精神弱化,是一种贵族化与脱离现实的倾向,完全丧失了五四文学精神。胡风试图通过呼唤强化作家的"主观战斗精神",来恢复五四现实主义文学的现实批判精神,为此,他大力推崇鲁迅,以其为主观战斗精神的典范。胡风指出:"五四运动以来,只有鲁迅一个人摇动了数千年的黑暗传统,那原因就在他的从对于旧社会的深刻认识而来的现实主义的战斗精神里面","鲁迅底战斗还有一个大的特点,那就是把'心''力'完全结合在一起"③。要恢复五四现实主义文学传统,首先需要找回的应当就是鲁迅身上的这种战斗精神;对于一个真正的现实主义者来说,别的东西失去了都不要紧,唯有这"主观的战斗精神""却是无论冒什么'危险'也都非保留不可"的。④ 这也许可以说是胡风对五四现实主义文学精神在后来逐渐弱化乃至失落的一种痛切之感与真诚之论。

胡风在进行主体论的现实主义理论建构的同时,也致力于向实际批评的领域延伸,试图建立起一种文学批评的范式,这就是社会学与美学相结合的范式。他说:"我们所要求的批评,应该是社会学的评价和美学评价统一的探寻。这才是文艺批评底基本任务。"他认为,"要解明作品底真实意义,一方面要了解产生它的这个社会或历史,另一方面要了解产生它的作家"⑤。在批评方法上,他主张"用作家论的形式去接触作家……用书评的形式去接触作品……通过这,尝试着去迫近社会发

---

① 《胡风评论集》(下册),人民文学出版社 1985 年版,第 198 页。
② 《胡风评论集》(中册),人民文学出版社 1985 年版,第 453 页。
③ 同上书,第 10 页。
④ 《胡风评论集》(下册),人民文学出版社 1985 年版,第 351 页。
⑤ 同上书,第 28—30 页。

展底脉搏和文艺发展底路向"。由此可见胡风对于建立一种文学批评（社会历史批评）的规范，具有了比较自觉的意识和比较系统性的思考。在具体批评实践中，他便是以其"主观精神"的现实主义为价值尺度，联系作家的主观精神来评析其作品的社会历史意义与美学意义。在他的批评视野中，鲁迅的创作是他所极力推崇的"主观精神"的现实主义之典范。鲁迅不仅是伟大的文学家，而且是伟大的思想家，"鲁迅，而且只有鲁迅……是远远地走在当时的思想界底前面"；鲁迅写阿Q、祥林嫂等人物，写出了病态社会民众身上"几千年精神奴役的创伤"，以唤起疗救的注意。"他在《在酒楼上》《伤逝》《孤独者》等里面发出了惨痛的然而是反抗的绝叫，和那些'自我底扩展'者相对照，他在《铸剑》等里面颂赞了不死的精神底力量。""《狂人日记》，那立意是为了揭开社会底丑恶实际，也是为了叫出自我燃烧的战斗要求。对过去和现在，他提出了'人吃人'的控告，对现在和未来，他发出了'救救孩子'的呼声。在他身上，'理想'和'现实'的分裂找不到任何的根据。"[①] 在那一时代，对鲁迅创作精神内涵的揭示及社会历史意义的评析，胡风是最深刻的论者之一。此外，胡风还以极大的热情，对当时一批作家的创作，如欧阳山、艾芜、曹禺、曹白、艾青、田间、萧红、端木蕻良、丘东平等进行过评论，一方面努力去把握作家的精神个性，从作品中去感受并揭示所蕴含的"主观精神"；另一方面将该作家的作品置于特定的生活实践阐释其意义。例如他评论艾青，认为艾青在《火把》《向太阳》等诗作中，"不仅因为他唱出了他自己所交往的，但依然是我们所能够感受的一角的人生，也因他底情愫所温暖的现实生活底几幅面影"；[②]"在艾青那里，艾青始终抱着一种激情，用这激情去迫近人生……这激情却正是他底生命"[③]。评论丘东平的《滦河上的桥梁》，认为这部作品"表现了民族战争初期的严重局势和中国人民的坚强不屈的意志，表现了文学史上前所未有的，体现了人民性的改造世界的力感"[④]。当然，从总体上看，胡风的实际批评仍显得社会学评析有

---

① 《胡风评论集》（中册），人民文学出版社1985年版，第123—124页。
② 《胡风评论集》（上册），人民文学出版社1985年版，第416页。
③ 《胡风评论集》（中册），人民文学出版社1985年版，第352页。
④ 《胡风评论集》（下册），人民文学出版社1985年版，第389页。

余而美学分析不足，这是当时的时代条件下社会历史批评普遍可见的局限。

值得一提的是，胡风在致力于建构其现实主义理论系统并运用于实际批评的同时，还力图以办刊的方式扩大其影响，1930年至1940年，以胡风为核心的一些文学同人，先后创办了《七月》《希望》等文艺刊物，探讨"文学与生活""文学与生命""文学典型化"等与现实主义有关的理论问题，同时开展实际批评，推进社会历史批评的发展。

应当说，胡风关于"主观战斗精神"的论述，建构起了一个主体论的现实主义理论系统，既具有很强的现实针对性，同时也具有重要的理论意义。可惜这一理论没有引起足够的重视，甚至后来还遭到了错误的批判，留下了现实主义文学理论批评发展中一个沉重的教训。

总的来看，革命现实主义理论以及社会历史批评在20世纪三四十年代的不断探索发展，有两个重要的背景条件：一是民主革命的推进、抗日救亡运动的高涨，以及与之相适应的革命文学运动的勃兴；二是在1930年我国革命文学论争激烈的背景下，马克思主义文艺理论以及苏联"社会主义现实主义"理论的引入传播。一方面，它给当时的革命文学提供了现成的理论观念和批评话语，诸如文学的社会性、时代性、阶级性、思想倾向性、意识形态性、历史的和美学的观点等，确实非常适合当时革命文学理论批评的需求。这从当时比较有代表性的理论批评家周扬、冯雪峰、胡风等人关于现实主义理论阐述，从茅盾等人的"作家论"批评中，都可以看出他们在自觉不自觉地运用这种理论批评形态。而另一方面，苏联文学理论批评中某些极左僵化的东西，如机械反映论、庸俗社会学等也在一定程度上影响了我国现代文坛，这使得20世纪三四十年代我国文学理论批评界的论争更趋激烈和复杂，这从周扬、冯雪峰、胡风等人关于现实主义理论及社会历史批评的不同阐发乃至争论中大致可以看出来。不过这种讨论事实上促进了革命现实主义理论批评形态的深化发展，为毛泽东《在延安文艺座谈会上的讲话》将这一理论批评形态体系化奠定了一定的理论基础，并且创造了特有的理论批评语境。

第三节 《在延安文艺座谈会上的讲话》：革命现实主义文学理论批评的体系化

在民主革命阶段，真正比较全面地运用马克思主义理论学说阐述文艺问题，形成比较系统的以唯物反映论或哲学认识论为理论基础的马克思主义文论形态，还是首推毛泽东《在延安文艺座谈会上的讲话》（以下简称《讲话》）。① 应当说，构成毛泽东思想学说（包括文艺理论）的文化资源是多方面的，其中包括中国传统文化的深刻影响，五四新文化运动以来的民主主义文化传统，其中尤其是鲁迅的影响比较深刻。然而对他影响最大的显然还是马克思主义学说。毛泽东曾说过："十月革命一声炮响，给我们送来了马克思列宁主义。"② 正是在十月革命后不久，他开始接触马克思主义学说，建立起对于马克思主义的信仰。他曾说过："我一旦接受了马克思主义是对历史的正确解释以后，我对马克思主义的信仰就没有动摇过。"③ 到了延安时期，毛泽东更为系统详细地研读了大量马克思主义哲学经典著作和马克思主义哲学教科书，对马克思主义的辩证唯物主义和历史唯物主义学说有了更全面深刻的理解。在此基础上写出了《实践论》《矛盾论》等哲学著作，阐述了他的唯物论的哲学观。而这种唯物论的哲学观也构成了他的《讲话》文艺思想的理论基础。

对于《讲话》中的文艺思想，我们认为可以从这样两个方面来理解。

一方面，需要联系当时的时代背景，从它的基本出发点来理解。关于《讲话》的基本出发点，在《讲话》的"引言"部分，毛泽东开宗明义说明召开延安文艺座谈会的目的，"是要和大家交换意见，研究文艺工作和一般革命工作的关系，求得革命文艺的正确发展，求得革命文

---

① 毛泽东：《在延安文艺座谈会上的讲话》，《毛泽东选集》（第 3 卷），人民出版社 1991 年版。以下引文均见该文，不另详注。

② 毛泽东：《论人民民主专政》，《毛泽东选集》（第 4 卷），人民出版社 1991 年版，第 1471 页。

③ [美] 埃德加·斯诺：《西行漫记》，董乐山译，生活·读书·新知三联书店 1979 年版，第 131 页。

艺对其他革命工作的更好的协助，借以打倒我们民族的敌人，完成民族解放的任务"。这就是说，《讲话》是从现实出发来讨论文艺问题的。在"结论"中他讲得更明确："我们讨论问题，应当从实际出发，不是从定义出发。如果我们按照教科书，找到什么是文学、什么是艺术的定义，然后按照它们来规定今天文艺运动的方针，来评判今天所发生的各种见解和争论，这种方法是不正确的。我们是马克思主义者，马克思主义叫我们看问题不从抽象的定义出发，而要从客观存在的事实出发，从分析这些事实中找出方针、政策和办法来。我们现在讨论文艺工作，也应该这样做。"那么延安当时的实际是什么呢？事实就是，中国共产党领导八路军新四军和根据地的人民正在进行抗日战争；五四以来的革命文艺运动既有很大的成绩也存在许多缺点；根据地的文艺工作者在和工农兵的结合方面，在对根据地的环境和任务的认识方面，都还存在一些问题，甚至已经发生争论。他正是要针对这种现实，来回答这样一些基本理论和思想认识问题。也许在毛泽东看来，从定义出发来讨论文艺问题，是那些专门从事文艺研究的理论家和美学家们的事情，是那些文艺理论教科书所要担负的任务，而他只能从实际出发来讨论问题。其实这个说明并非多余，它提醒人们，应当把《讲话》所讨论的文艺问题与一般文艺理论教科书区别开来。事实上，一个显而易见的基本事实是，《讲话》本来不是一部文艺理论教科书，它的确不是从什么是文学、什么是艺术的定义出发来讨论问题，它的目的也不是要全面阐述文艺的基本原理；它要解决的主要问题，是要使当时延安的文艺工作者懂得在所面临的革命战争的形势下，革命文艺的任务是什么，以及革命文艺应当坚持什么方向和走什么道路等。因此，它具有很强的时代性、政治功利性、现实针对性和政策性，这是不言而喻的。

但问题又还有另一个方面，就是《讲话》与一般的文艺方针、政策性文本不同，它还具有很强的理论系统性。这就是说，它把那些时代性、功利性和政策性很强的问题，置于马克思主义哲学基础上来加以阐述，揭示了一些带普遍性的文艺原理，具有很突出的理论品格。因此，《讲话》是一个理论性与政策性有机统一的范例，这在中国现代文学理论批评史上并不多见，大概只有像毛泽东这样的革命家和理论素养很高的理论家集于一身的人才能达到。正因此，对于《讲话》的文艺思想，我们试图将这两个方面的因素结合起来加以认识,当然主要的着眼点是放在对其理论体系的揭示与论析。

综观《讲话》的内容,围绕着一个"为群众"和"如何为群众"的中心问题,对文艺与生活、文艺与时代、文艺与政治、文艺与人民、文艺与革命事业等各种重大关系,文艺的阶级性、意识形态性、社会功利性等各种特性,以及文艺批评的功能与标准等,都做了非常精辟明晰的阐述。如果把《讲话》所论述到的这些问题作为一个理论系统,并且与我们前面所论及的周扬、冯雪峰、胡风等人的理论联系起来来看,应当说,这是马克思主义文论与中国文艺实践相结合的一个新的发展,从基本性质上来说,是革命现实主义文学理论批评的进一步拓展和深化。用系统化的眼光,或者说从文学理论批评形态的角度来看,《讲话》的理论系统包括文艺价值论、文艺本质论、文艺创作论、文艺批评论等几个方面,标志着革命现实主义理论批评的体系化。

一 以为人民大众服务为核心观念的文艺价值论

《讲话》中首先提出的一个问题,是文艺"为什么人"的问题,并认为这是"一个根本的问题,原则的问题"。整个《讲话》是将此作为一个首要问题提出,并作为全篇的中心问题来进行论述的。文艺"为什么人"的问题,从表层即文艺政策的层面看,是一个文艺的服务对象或服务方向的问题;而从更深一层即文学理论层面来看,则应当说是一个文艺的功用即文艺价值论的问题。《讲话》对这一问题的回答和论述其实有多重含义,由此构成了一个价值论的链条和系统。

首先,《讲话》对这个问题的直接回答是"为群众",具体说也就是为"人民大众"。为此,《讲话》特地引用了列宁关于文艺应当"为千千万万劳动人民服务"的论述,来证明这是在马克思主义学说中早已得到解决的问题。那么从中国的实际出发,什么是人民大众呢?他进一步明确说:"最广大的人民,占全人口百分之九十以上的人民,是工人、农民、兵士和城市小资产阶级。"当然其中占主体地位的是前三部分人。因此,《讲话》对文艺的服务方向便做了这样明确的表述:"我们的文学艺术都是为人民大众的,首先是为工农兵的,为工农兵而创作,为工农兵所利用的。"《讲话》认为,这个问题虽然在马克思主义文艺观中早已得到解决，但是在中国的文艺实践中是不明确的，在延安的一些文艺工作者中也是模糊的，因此需要首先提出和强调这一点，即明确一个文艺的服务方向或价值目标的问题。

其次，既然明确了文艺为什么人，即文艺为群众的问题，那么接下来的一个问题，当然就是一个如何为群众的问题，即以什么样的态度和方式去服务的问题。《讲话》从文艺的普及与提高的关系进行论析入手，提出要从群众的实际水平和需要出发，首先着眼于普及，在此基础上进行提高。"所以，我们的提高，是在普及基础上的提高；我们的普及，是在提高指导下的普及。"而这一切所要达到的一个目的，实际上就是要实现一种思想启蒙，提高人民大众的文化水平与思想觉悟，从而作用于民主革命和民族革命的实践。因此，《讲话》号召："革命的文艺，应当根据实际生活创造出各种各样的人物来，帮助群众推动历史的前进……就能使人民群众惊醒起来，感奋起来，推动人民群众走向团结和斗争，实行改造自己的环境。如果没有这样的文艺，那么这个任务就不能完成，或者不能有力地迅速地完成。"

那么，这种态度是不是功利主义的呢？《讲话》毫不含糊地回答了这个问题："我们的这种态度是不是功利主义的？唯物主义者并不一般地反对功利主义，但是反对封建阶级的、资产阶级的、小资产阶级的功利主义，反对那种口头上反对功利主义、实际上抱着最自私最短视的功利主义的伪善者。世界上没有什么超功利主义，在阶级社会里，不是这一阶级的功利主义，就是那一阶级的功利主义。我们是无产阶级的革命的功利主义者，我们是以占全人口百分之九十以上的最广大群众的目前利益和将来利益的统一为出发点的，所以我们是以最广和最远为目标的革命的功利主义者，而不是只看到局部和目前的狭隘的功利主义者。"在毛泽东看来，在一个实际上存在着功利主义现实关系的时代，文艺也是回避不了功利主义问题的，即便是"任何专门家的最高级的艺术也不免成为最狭隘的功利主义；要说这也是清高，那只是自封为清高，群众是不会批准的"。至此，可以说《讲话》就基本完成了一个以"为群众"为基本出发点和核心的革命功利主义文艺价值观的理论建构。

不过，这一理论命题的阐发并非到此为止。由文艺为人民大众服务的命题进一步延伸，那么就必然关涉到文艺与党、与政治、与整个革命事业的关系。《讲话》"结论"的第三部分，便集中论述了这个方面的问题。按《讲话》的思想逻辑，文艺既然是为人民大众的，而人民大众的根本利益和意志愿望则又是由党来代表的，由政治与革命事业来集中体现的，因此，说文艺是人民大众的文艺，也可以说就是"党的文艺"；文艺为人民大众的命题，也可以转换为文艺从属于政治、为政治服务的命题。所以《讲话》中说："无产阶级的文学艺术是无产阶级整个革命事业的一部分，如同列宁所说，是整个革命机器中的'齿轮和螺丝钉'。因此，党的文艺工作，在党的整个革命工作中的位置，是确定了的，是摆好了的；是服从党在一定革命时期内所规定的革命任务的……文艺是从属于政治的，但又反转来给予伟大的影响于政治。"从文艺社会学的角度来看，或者说从文艺的意识形态性来理解，在当时的时代条件下，这个说法应当说是可以成立的。但为什么后来人们对文艺从属于政治、为政治服务的命题产生怀疑、争议呢？关键在于对"政治"的内涵如何理解，以及在文艺实践中如何实现的问题。

其实，在《讲话》中，毛泽东明确区分了两种不同的"政治"，即阶级的、群众的政治与少数政治家的政治。他说："我们所说的文艺服从于政治，这政治是指阶级的政治、群众的政治，不是所谓少数政治家的政治。政治，不论革命的和反革命的，都是阶级对阶级的斗争，不是少数个人的行为。革命的思想斗争和艺术斗争，必须服从于政治的斗争，因为只有经过政治，阶级和群众的需要才能集中地表现出来。革命的政治家们，懂得革命的政治科学或政治艺术的政治专门家们，他们只是千千万万的群众政治家的领袖，他们的任务在于把群众政治家的意见集中起来，加以提炼，再使之回到群众中去，为群众所接受，所实践，而不是闭门造车，自作聪明，只此一家，别无分店的那种贵族式的所谓'政治家'——这是无产阶级政治家同腐朽了的资产阶级政治家的原则区别。正因为这样，我们的文艺的政治性和真实性才能够完全一致。不认识这一点，把无产阶级的政治和政治家庸俗化，是不对的。"在做了上述分析之后，《讲话》进一步指出，"文艺服从于政治，今天中国政治的第一个根本问题是抗日"，因此要求各个方面的文艺工作者在抗日的旗帜下团结起来，服从和服务于这一当前最大的政治任务。

《讲话》中这一大段论述，把两种不同的政治，革命的或无产阶级的政治与人民群众之间的关系，当前政治的主要特点或任务，都分析论述得非常透彻，在理论逻辑上应是无懈可击的。《讲话》的这种文艺价值论建构，可以说是整个《讲话》的中心内容，它的意义不只体现在理论建构上，更在于为延安的文艺实践标示了一个明确的价值目标，对当时的文艺实践具有直接的指导意义。

二 以反映生活的意识形态为核心观念的文艺本质论

如上所述，《讲话》实质上是以论述文艺的服务方向和价值目标为主旨和中心的，要求当时的文艺为人民大众、为政治、为当前抗日救国的革命任务服务。但《讲话》并不只是在一般文艺政策的层面上发出号召和提出要求，而是力图从理论上阐明文艺的本质规律性，从而将文艺的服务方向建立在认识和尊重文艺本质规律的基础上，或者说致力于引导文艺工作者遵循文学艺术的规律性来实现所追求的价值目标。

很显然，《讲话》中对文艺本质规律的把握，是建立在毛泽东的唯物论哲学基础上的，始终贯穿着对马克思主义文艺观的深刻理解与阐发。就其本质内涵来说，也主要是革命现实主义文艺实践的理论总结与阐述，属于社会学或认识论的理论系统。其中最主要的内容是以下几个方面的基本原理。

一是以唯物反映论的基本原理阐明文艺的本质，提出文艺是社会生活的反映这一基本命题。对于马克思主义唯物反映论哲学基本原理，毛泽东是坚信不疑的，他曾指出："马克思说：'不是人们的意识决定人们的存在，而是人们的社会存在决定人们的意识。'他又说：'从来的哲学家只是各式各样地说明世界，但是重要的乃在于改造世界。'这是自有人类历史以来第一次正确地解决意识与存在关系问题的科学的规定，而为后来列宁所深刻地发挥了的能动的革命的反映论之基本的观点。我们讨论中国文化问题，不能忘记这个基本观点。"[①] 正是从这一基本观点或原理出发，《讲话》明确指出："作为观念形态的文艺作品，都是一定的社会生活在人类头脑中的反映的产物。革命的文艺，则是人民生活在革命作家头脑中的反映的产物。"既然如此，那么社会生活当

---

① 毛泽东：《新民主主义论》，《毛泽东选集》（第2卷），人民出版社1991年版，第664页。

然就是文艺"唯一的源泉"。《讲话》中明确指出:"这是唯一的源泉,因为只能有这样的源泉,此外不能有第二个源泉。"至于根据过去的文艺作品进行创作,那只能算是"流"而不是"源"。按照这一理论命题,由文艺与生活、文艺的源与流的关系,便进一步推及文艺与人民的关系,文艺的普及与提高的关系,即文艺只有从人民生活的实际出发,通过真实反映人民的生活,才能实现为人民大众服务的目标。这一系列实践性的问题,都在这一理论命题之中顺理成章地得到了明晰的阐述。

二是以"意识形态论"的基本观点,阐明文艺的社会本质、阶级属性和社会功用,提出文艺为政治服务等一系列命题。毛泽东指出,根据唯物反映论的基本原理,"一定的文化(当作观念形态的文化)是一定的社会的政治和经济的反映,又给予伟大影响和作用于一定社会的政治和经济";又说:"一定形态的政治和经济是首先决定那一定形态的文化的;然后,那一定形态的文化又才给予影响和作用于一定形态的政治和经济。"① 依据这一马克思主义的基本原理,《讲话》指出,文艺必定是具有社会性和阶级性的,为一定阶级的政治和经济服务的。"在现在的世界上,一切文化或文学艺术都是属于一定的阶级,属于一定的政治路线的。为艺术的艺术,超阶级的艺术,和政治并行或互相独立的艺术,实际上都是不存在的。无产阶级的文学艺术是无产阶级整个革命事业的一部分,如同列宁所说,是整个革命机器中的'齿轮和螺丝钉'。因此,党的文艺工作……是服从党在一定革命时期内所规定的革命任务的","文艺是从属于政治的,但又反转来给予伟大的影响于政治。"按照这样一个基本观点,《讲话》结合当时的社会条件和革命任务,对文艺的社会性与艺术性、政治与艺术的关系等问题,进行了合乎逻辑的全面深入的阐述。

三是以马克思主义哲学观,阐明文艺作品是内容与形式的统一体,包括思想内容与艺术形式两个方面。《讲话》是从文艺批评的角度提出和论述这个问题的。在他看来,对文艺作品应当看到它是思想内容与艺术形式两个方面的统一,因此,需要从内容与形式的统一来分析和评判文艺作品。不过这两者之间经常是存在矛盾的,而"我们的要求则是政

---

① 毛泽东:《新民主主义论》,《毛泽东选集》(第2卷),人民出版社1991年版,第664页。

治和艺术的统一，内容和形式的统一，革命的政治内容和尽可能完美的艺术形式的统一。缺乏艺术性的艺术品，无论政治上怎样进步，也是没有力量的。因此，我们既反对政治观点错误的艺术品，也反对只有正确的政治观点而没有艺术力量的所谓'标语口号式'的倾向"。从这些论述可以看出，《讲话》还是看到了文艺的内容与形式统一的特性，对艺术性给予了充分的重视。后来一些人批评《讲话》只谈内容不谈形式，只重政治不重艺术，应当说是不太符合实际的。

以上几个方面显示了《讲话》对文艺的某些方面（主要是社会学或认识论方面）本质规律的认识把握，成为其文艺价值论的理论依据，同时也为文艺创作论与文艺批评论奠定了理论基础。

三 以源于生活和高于生活为核心观念的文艺创作论

延安文艺座谈会的参加者都是延安的文艺工作者，《讲话》面对的对象多是作家，毛泽东对文艺的希望和要求也都是要通过这些作家的创作实践来实现的。因此，《讲话》在阐明一些基本文艺理论问题的同时，特别注重从创作的角度进行阐述，从而帮助作家建立起应有的创作观念。如果把《讲话》中关于创作的论述作为一个系统来看待，大致包括以下几个方面的内容。

一是文艺创作服务的方向，这是《讲话》中首先提出来，要求文艺工作者首先需要明确的问题。如前所述，就是要确立为人民大众、首先是为工农兵服务的观念，同时也就是为人民的革命事业、为人民的政治服务。要坚持这个服务方向，就必须处理好普及与提高的关系。

二是文艺创作的对象或客体的问题，或者说文艺创作的源泉问题，即文艺工作者应当如何对待文艺与生活的关系。如上所说，根据马克思主义唯物反映论的基本原理，《讲话》认为一切文学艺术本质上都是社会生活的反映，而革命的文艺作品则是人民生活的反映。因此，对于文艺工作者来说，首先就需要认识到生活积累的重要性，自觉深入和体验人民生活，然后才有可能进入创作过程。《讲话》指出："人民生活中本来存在着文学艺术原料的矿藏，这是自然形态的东西，是粗糙的东西，但也是最生动、最丰富、最基本的东西；在这点上说，它们使一切文学艺术相形见绌，它们是一切文学艺术的取之不尽、用之不竭的唯一的源泉……中国的革命的文学家艺术家,有出息的文学家艺术家,必须到群众中去,必须长期地无条件地全心全意地到工农兵群众中去,到火热的斗争中去,到唯一的最广大最丰富的源泉中去,观察、体验、研究、分析一切人,一切阶级,一切群众,一切生动的生活形式和斗争形式,一切文学和艺术的原始材料,然后才有可能进入创作过程。否则你的劳动就没有对象,你就只能做鲁迅在他的遗嘱里所谆谆嘱咐他的儿子不可做的那种空头文学家,或空头艺术家。"这一段人们耳熟能详的话,再明白不过地解答了文艺创作的客观来源问题,从而将创作论建立在了生活反映论的基础上。

三是文艺创作所要追求达到的目标,即文艺典型化的问题。《讲话》认为,文艺创作不仅应当源于生活,而且应当高于生活。"人类的社会生活虽是文学艺术的唯一源泉,虽是较之后者有不可比拟的生动丰富的内容,但是人民还是不满足于前者而要求后者。这是为什么呢?因为虽然两者都是美,但是文艺作品中反映出来的生活却可以而且应该比普通的实际生活更高,更强烈,更有集中性,更典型,更理想,因此就更带普遍性。"因为文艺创作通过把日常生活现象集中起来,"把其中的矛盾和斗争典型化,造成文学作品或艺术作品,就能使人民群众惊醒起来,感奋起来,推动人民群众走向团结和斗争,实行改造自己的环境"。只有这样,才能真正成为"团结人民,教育人民,打击敌人,消灭敌人的有力的武器,帮助人民同心同德地和敌人作斗争"。因此,文艺创作既源于生活,又高于生活,达到对生活的典型化,既是文艺创作本身的规律,同时也是更好地实现文艺的价值功能的必然要求。

四是文艺创作的主观因素与条件,即文艺工作者的思想与世界观的问题。上面所说的这一切,无论是要坚持文艺为人民大众服务的方向,还是要使文艺创作源于生活并高于生活,无疑取决于创作者的主观因素与条件。而《讲话》中对当时延安的文艺工作者有一个基本的判断,认为他们中的大部分人都是出身于小资产阶级的知识分子,他们的立场、世界观以及思想感情都还是小资产阶级的,"他们是站在小资产阶级立场,他们是把自己的作品当作小资产阶级的自我表现来创作的,我们在相当多的文学艺术作品中看见这种东西。他们在许多时候,对于小资产阶级出身的知识分子寄予满腔的同情,连他们的缺点也给以同情甚至鼓吹。对于工农兵群众，则缺乏接近，缺乏了解，缺乏研究，缺乏知心朋友，不善于描写他们，倘若描写，也是衣服是劳动人民，面孔却是小资产阶级知识分子……这些同志的立足点还是在小资产阶级知识分子方面，或者换句文雅的话说，他们的灵魂深处还是一个小资产阶级知识分子的王国"。在毛泽东看来，"在今天，坚持个人主义的小资产阶级立场的作家是不可能真正地为革命的工农兵群众服务的"。既然如此，要使文艺创作真正反映人民群众的生活与思想感情，真正为人民大众服务，为群众所欢迎，就需要深入生活，深入群众，解决个人和群众的关系问题，把自己的思想感情来一个变化，来一番改造，把思想感情和世界观转变到人民群众方面来。《讲话》指出："我们的文艺工作者一定要完成这个任务，一定要把立足点移过来，一定要在深入工农兵群众、深入实际斗争的过程中，在学习马克思主义和学习社会的过程中，逐渐地移过来，移到工农兵这方面来，移到无产阶级这方面来。只有这样，我们才能有真正为工农兵的文艺，真正无产阶级的文艺。"这个要求，在延安时期是具有明确的针对性和现实意义的。

四 以思想斗争和政治艺术标准为核心观念的文艺批评论

在《讲话》的整个文艺思想体系中，文艺批评论是其中重要的有机组成部分。如果说《讲话》前面的部分主要阐明了关于文艺价值、文艺本质特性以及文艺创作的一些基本理论问题，那么它的后面部分（"结论"的第四、第五部分）则着重谈到了文艺批评的问题。并且这部分所阐述的文艺批评的基本观点与原则是以前面部分阐明的文艺观念为基础并与之相呼应的。《讲话》的文艺批评论主要论述了以下几个方面的问题。

一是关于文艺批评的功能问题。从文艺批评学的意义上来看，文艺批评的功能其实是多方面的，比如指导作家创作，帮助读者鉴赏作品，批评者的自我表现等。而《讲话》中对于文艺批评的功能，则有更为特殊的理解与更为明确的定位。《讲话》"结论"第四部分开宗明义指出："文艺界的主要的斗争方法之一，是文艺批评。"这就表明，毛泽东把文艺批评的功能主要定位于开展文艺界的思想斗争，这显然是从当时的文艺现实出发而提出的看法。那么，当时的文艺现实是什么呢？在毛泽东看来，文艺界存在的主要问题是文艺思想观念上的问题，即一些文艺工作者头脑里往往存在各种不正确的观点，表现在文艺创作中也存在种种问题。这就"说明这样一个事实，就是文艺界中还严重地存在着作风不正的东西，同志们中间还有很多的唯心论、教条主义、空想、空谈、轻视实践、脱离群众等的缺点，需要有一个切实的严肃的整风运动"。延安文艺座谈会便是因此而召开的。作为文艺界的整风运动，当然不适合采用政治批判之类的办法，而只能采取符合文艺规律的方法，这个方法便是文艺批评。《讲话》把文艺批评作为一个专门问题提出来讨论，并把它视为文艺界的主要斗争方法之一，也正是要使其发挥这方面的作用。

二是关于文艺批评的标准问题。这是《讲话》着重谈到的一个问题。其中首先指出："文艺批评有两个标准，一个是政治标准，一个是艺术标准。"那么如何来理解这两个标准的内涵呢？从当时的实际情况出发，《讲话》阐述说："按照政治标准来说，一切利于抗日和团结的，鼓励群众同心同德的，反对倒退、促成进步的东西，便都是好的；而一切不利于抗日和团结的，鼓动群众离心离德的，反对进步、拉着人们倒退的东西，便都是坏的。……按着艺术标准来说，一切艺术性较高的，是好的，或较好的；艺术性较低的，则是坏的，或较坏的。"这里的政治标准的内涵，与前面所阐述的"政治"的含义，以及文艺从属于政治的看法是相吻合的。文艺批评既然有两个标准，那么两者的关系又如何呢？《讲话》认为，由于在阶级社会中文艺是具有阶级性的，在根本上是从属于政治的，因此表现在文艺批评中，"任何阶级社会中的任何阶级，总是以政治标准放在第一位，以艺术标准放在第二位的"。从这段话的表述来看，毛泽东不是认为文艺批评"应当"把政治标准放在第一位，艺术标准放在第二位，而是说在阶级社会"事实上"是如此。《讲话》做出这样的判断有其特定的视角，即社会政治批评的视角，从这样的视角来看待文艺批评，所做出的判断自有其道理在其中。

值得注意的是，《讲话》在阐述政治标准和艺术标准的关系时，一方面固然是体现了对政治标准的充分重视（与周扬的"政治优位"观念相通），但另一方面，对文艺批评中如何掌握批评标准，更提出了具体要求，即反对以机械唯物论的态度看待批评标准，充分体现了辩证的、历史的基本原则。其一，要求在文艺批评中将作家的动机和作品实际产生的效果统一起来检验和评判，不能只看动机不看效果，也不能只看效果不看动机。并且对政治标准的掌握，也应该是看大的政治方向和原则，而不能从狭隘的派别政治观点出发。"我们的文艺批评是不要宗派主义的，在团结抗日的大原则下，我们应该容许包含各种各色政治态度的文艺作品的存在。"在艺术标准方面，也需要辩证地对待。虽然文艺批评要区分出艺术上的高下好坏，但"我们的批评，也应该容许各种各色艺术品的自由竞争；但是按照艺术科学的标准给以正确的批判，使较低级的艺术逐渐提高成为较高级的艺术，使不适合广大群众斗争要求的艺术改变到适合广大群众斗争要求的艺术，也是完全必要的"。其二，《讲话》虽然认为阶级社会的文艺批评总是政治标准第一，艺术标准第二，但同时又强调，"政治并不等于艺术，一般的宇宙观也并不等于艺术创作和艺术批评的方法"。后面论到世界观与创作方法的关系时又说道："马克思主义只能包括而不能代替文艺创作中的现实主义，正如它只能包括而不能代替物理科学中的原子论、电子论一样。"这说明《讲话》充分看到并肯定了艺术相对独立的意义价值。其三，把文艺批评的政治标准和艺术标准都看成是历史的发展变化的。"我们不但否认抽象的绝对不变的政治标准，也否认抽象的绝对不变的艺术标准，各个阶级社会中的各个阶级都有不同的政治标准和不同的艺术标准。"比如，《讲话》中以团结抗日作为基本的政治标准，以工农兵大众喜闻乐见作为基本的艺术标准，便是这种历史发展观点的具体体现。其四，主张政治内容与艺术形式辩证统一，反对重艺术形式轻政治内容，也反对重政治内容轻艺术形式。《讲话》指出，各种文艺作品的政治内容与艺术形式之间往往存在矛盾，但"我们的要求则是政治和艺术的统一，内容和形式的统一，革命的政治内容和尽可能完美的艺术形式的统一。缺乏艺术性的艺术品，无论政治上怎样进步，也是没有力量的。因此，我们既反对政治观点错误的艺术品，也反对只有正确的政治观点而没有艺术力量的所谓'标语口号式'的倾向。我们应该进行文艺问题上的两条战线斗争"。《讲话》接着指出，上述两种倾向，即忽视艺术的倾向和政治上错误的倾向，在许多同志的思想中都是存在的，当然其中更成为问题的还是在政治方面。因此，在接下来的阐述中，对一些在毛泽东看来属于政治上的糊涂观念，如在文艺创作中表现抽象的"人性论"与"人类之爱"，写光明与黑暗，对待歌颂与暴露等问题，都进行了批评分析。这是用文艺批评的方式进行文艺界思想斗争的具体表现，同时也是从当时的现实出发，对如何把握文艺批评的政治标准的一种辩证分析和阐释，对于提高文艺工作者的思想认识是有很大帮助的。

从总体上来看，《讲话》将马克思主义基本原理与中国的具体实践相结合，在马克思主义唯物反映论与认识论、意识形态论的基础上，对文艺与社会生活、文艺与时代、文艺与政治、文艺与人民、文艺与革命事业等各种重大关系，以及文艺的阶级性、意识形态性、社会功利性等各种特性，现实主义文学的本质特性，如真实性、典型性、思想倾向性、艺术性等，以及文艺批评的原则与标准等一系列问题，都作了极为概括明晰的阐述。《讲话》所阐述的文艺思想，从文艺基本观念上来说，与前面所述周扬、冯雪峰、胡风等人阐发的现实主义理论观念是大体一致的，并且更为系统化或者说体系化了。而从文艺批评的角度来看，则可以说是中国化的社会历史批评的经典理论表述。作为马克思主义社会历史批评最高准则的两个观点，即"美学观点和历史观点"，在《讲话》中被置换为"政治标准"与"艺术标准"，并且强调"政治标准第一，艺术标准第二"。这确实标志着马克思主义文艺批评的中国化，标志着中国化的社会历史批评从具体批评模式到完整的理论形态都已基本形成。这一理论形态的形成无疑有它的历史合理性和时代意义，不仅对当时及此后一个时期的文艺创作与文艺批评实践产生了深刻的影响，而且直接导引了后来中国文艺理论批评的发展方向。

第四节　政治化现实主义文学理论批评的极端化发展

如上所述，毛泽东《在延安文艺座谈会上的讲话》贯注了反映论和意识形态论的文学观，以及社会主义现实主义的基本文学思想。这一文学理论批评形态，一方面可以看作是马克思主义文艺理论批评的中国化，另一方面也可以说是五四以来，尤其是左翼革命文学运动以来，革命现实主义文艺理论批评观念的系统化、体系化。

应当说，与过去的一些文论形态相比，这一理论始终从社会生活出发来看待和说明文学活动，同时又特别关注和强调文学对于认识现实、促进社会变革的能动作用，从而解决了一些带根本性的重大问题，如文艺源泉、文艺与现实的关系等，廓清了在这些问题上的唯心主义谬说和神秘主义观念，其基本原理无疑是正确的。并且它也有力地促进了现实主义文学思潮的发展，而这一现实主义思潮又正是与中国社会的变革进步及现代化发展进程联系在一起的，具有历史的合理性和积极意义。但从另一方面看，则显然也存在局限性，比如它基本上是文艺社会学（甚至是文艺政治学）的单一视角，过于强调客观生活的决定作用，过于强调文艺的认识功能和文艺为政治服务的价值取向，而忽视了从别的视角看待文艺问题，忽视了文艺的审美创造特性，容易导致文艺主体性的弱化乃至失落等。在极"左"思潮的影响下，这种局限性显得愈益突出。

在新时期拨乱反正的过程中，曾有人认为这一"反映论"或"认识论"的文论形态过于偏狭，过于机械和僵化，并且把新中国成立以来文艺实践中的种种问题和弊端，都归咎于这种文艺观念的陈旧落后，因而主张完全抛弃它。但仍有不少学者坚持认为，过去认识论的文论形态确实有其理论局限，并且导致了文艺实践上的种种偏向，进行批判性的反思和扬弃是完全应该的，但这并不意味着这一理论的基本原理也完全错了，因此完全可以对它进行补充修正和进一步发展。

实际上，从1980年初以来，就不断有学者致力于对这一文论形态进行修补与发展。而这种修补与发展的主要趋向，是用审美论对其进行补充和丰富，寻求二者的有机融合。其主要着眼点，仍然是落在这个理论体系中的两个基本观念上。一是在原来直接以哲学反映论原理阐释文艺问题的基础上，进一步提出"审美反映论"的命题，着重探讨文艺反映生活的特殊性，这种特殊性就正在于它是一种"审美反映"，而审美反映是包含了主体的审美价值判断和审美理想的，同时也是融合了主体的审美追求与审美创造的。这样，就在反映论基本原理的基础上突出了文艺的审美特质，丰富了文艺反映生活的内涵。二是在原来以意识形态（偏重于政治意识形态）的观点看待文艺社会本质与功用的基础上，进一步提出"审美意识形态论"的命题，着重强调文艺区别于其他意识形态的特殊性，以及文艺社会本质与社会功用的宽泛性，可以看作是这一文论形态的革新与发展。

《讲话》之后，毛泽东的文艺思想得到广泛阐释与传播，更进一步促成了革命现实主义理论与社会历史批评的主导性发展。这一时期，周扬作为延安文艺界的领导人，以其理论家与领导者的双重身份，对《讲话》的文艺思想进行了系统的阐发，成为这一阶段最重要的马克思主义文艺理论批评家和毛泽东文艺思想的权威阐释者与代言人。

作为文艺界领导人，周扬通过自己的理解和阐说，努力将《讲话》中的文艺思想转换成为延安文艺工作的路线、方针、政策，从而导引解放区的文艺创作和文艺批评实践。在这方面，最为突出的是对文艺大众化问题的阐发，并以此作为文艺的根本方向加以倡导。周扬对文艺大众化问题的阐发，一方面延伸到对五四以来新文学运动发展的总结，认为新文学运动正是以大众化为基本方向的。他指出："大众文艺的问题不是今天才提出来的，革命文学是在大众化的旗帜下斗争过来的，现在也还是继续斗争着"，"新文艺在其基本趋向上是向着大众的"。这是因为，"文学革命是在谋文学和大众结合的目标之下实行的。第一是提倡了白话，宣布了文言为'死文学'，相当地吸收了民间话语和方言，使文学与大众之间的距离缩短了一大步；第二是创作的视野伸展到了平民的世界，对于下层民众的生活和命运给予了某种程度的关心；第三是'五四'以来新文学最优秀的代表者向大众立场的移行"。因此，他认为，解放区的文艺要继承和发扬五四以来的新文学传统，首先就需要"继续文艺大众化的路线，学习大众的活生生的语言，研究民间文艺的形式，摄取其中的长处和精华，把大众化的路线贯彻到底"[①]。这样就把《讲话》中提出的"文艺为群众"的思想与新文学运动传统联结起来，提升到新文学发展的总趋向的历史视野中来认识，作为新文艺的根本方向来加以倡导。另一方面，则是从解放区新的生活现实以及未来发展，来阐述文艺大众化方向的意义。他指出："毛泽东同志指示我们，文艺应为大众，这就是新文艺运动的根本方针。在战争和农村，以及国内政治环境的种种限制之下要坚持这个方针；在战后和平建国回到大都市的新环境之下仍然要，而且更要坚持这个方针。所以我们今天在根据地所实行的，基本上就是明天要在全国实行的。为今天的根据地，就正

[①] 以上所引见《周扬文集》（第1卷），人民文学出版社1984年版，第235、319—320、257页。

是为明天的全国。"① 在这个基础上，周扬根据《讲话》的基本精神，对于如何推动文艺大众化的方法问题，包括文艺工作者如何深入生活和群众，改造世界观，如何处理题材和描写人物，以及如何学习和运用群众语言，学习旧形式与创造新形式等，都做了具体的阐述，从而把《讲话》中的文艺大众化思想化作具体方法加以推行。

作为理论家，周扬在对《讲话》的文艺思想加以阐发时，没有忘记把自己所一直坚持的现实主义理论观念与《讲话》的文艺思想联系起来，或者说，用《讲话》的文艺思想来进一步阐释现实主义的理论观念。在周扬看来，《讲话》文艺思想的理论内核是现实主义的，包括文艺大众化在内的一系列问题都可以纳入现实主义的理论框架中加以阐释。根据自己一贯的现实主义观念，再加上吸收《讲话》的精神，周扬提出了"新的革命的现实主义"来加以阐发。他指出，与以往的种种形态的现实主义不同，这种新的革命的现实主义，"应当具有两个最显著的特点：一个是它是以马克思主义的世界观为基础，这个世界观并不是单纯从书本上所能获得的，首先要求作家艺术家直接地去参加群众的实际斗争；再一个是它应当是以大众、即工农兵为主要的对象"②。此外，这种新的现实主义更为强调"艺术与政治的结合"。前面曾说到，周扬历来重视现实主义文学的政治功利性，在他看来，"中国的新文学是沿着现实主义的主流发展而来的，现实主义和文学的功利性常常连结在一起。为艺术而艺术的思想在中国新文学史上不曾占有过地位。新文化运动的创始者诸人，就都是文学上现实主义的主张者。他们反对雕琢虚伪的文学，反对把文学当作装饰品，而主张文学的实用性，主张文学应当于群众之大多数有所裨益，应当成为革新政治的一种工具"③。周扬的看法与《讲话》中关于文艺从属于政治，为一定的政治服务的观点显然是一致的。在《讲话》之后，周扬依据毛泽东的思想，继续阐发艺术与政治结合的观点，并且进一步推衍为艺术与政策的结合。在他看来，一定时期的政治就具体表现为特定的方针政策，因此，为政治服务就自然演变成了为政策服务。周扬对此说得很明白："自'文艺座

---

① 周扬：《艺术教育的改造问题》，1942年9月9日《解放日报》。
② 同上。
③ 以上引文见周扬《抗战时期的文学》，1938年4月1日《自由中国》创刊号。

谈会'以后，艺术创作活动上的一个显著特点是它与当前各种革命实际政策的开始结合，这是文艺新方向的重要标志之一。艺术反映政治，在解放区来说，具体地就是反映各种政策在人民中实行的过程与结果。""要反映新时代的人民的生活，就必须懂得当前各种革命的实际政策，因为正是这些政策改变了这个时代的面貌，改变了人民的相互关系、生活地位、思想、感情、心理、习惯等，总之一句话，改变了他们的命运"，因此，"这就首先要求文艺工作者自己获得与掌握政策思想，要求艺术创造与政策思想的更密切的结合"。当然，周扬也看到了强调艺术与政治、政策的结合有可能会带来的负面作用，因而他特别指出，文艺服务于政治是以自己的特殊方式和手段，即以形象的手段来实现的。"离开形象就没有艺术。一切公式主义都是要不得的。文艺工作者对于政策决不能只是一种概念上的甚至条文式的了解，他们必须熟悉人民的实际生活情况，政策本身就是从实际生活出发，并给实际生活以决定影响的；必须熟悉各种不同阶层、不同性格的人们对于这些政策的种种心理反应，懂得政策的成功在哪里，执行中的困难、缺点又在哪里，文艺工作者本人最好就是这些政策之实际执行者。这样，政策思想才会通过他的亲身经验而具体化，丰富化，变成有血有肉的东西。"[①] 从理论上来说，正如《讲话》中对政治与艺术关系的辩证论述一样，周扬对艺术与政治、艺术性与革命性等的论述也是比较全面的。但不言而喻的是，此一时期周扬对"新的革命的现实主义"的阐释，比前一时期更为政治化，也更为功利化了。

不过问题在于，尽管从《讲话》的文艺思想到周扬对现实主义理论的阐释，都显得比较全面辩证，但在特定的社会条件下和某种时代语境中，理论上的辩证全面并不能保证实践中不出现偏向。在《讲话》之后的一个时期，文艺发展呈现出这样一种矛盾交织的局面。

一方面，文艺大众化方向和现实主义文艺观念得到广泛传扬，促成了现实主义文艺思潮的新发展。在解放区，一大批作家在《讲话》文艺思想的指引和鼓舞下，深入群众生活，反映人民革命的现实，涌现出如赵树理、孙犁、周立坡等优秀作家及其作品，真正起到了为群众服

---

① 以上引文见周扬《关于政策与艺术》，《解放日报》1945年6月2日。

务、为政治服务的作用，标志着新的革命现实主义创作的成就。与此同时，《讲话》的文艺思想也通过各种方式传入国统区，并引起文艺界的普遍关注。一些理论家如邵荃麟等以极大的热情阐发马克思主义文艺观和毛泽东文艺思想，倡导文艺大众化方向，并通过文学批评活动将文艺引向现实主义道路。作家艺术家们也在新的时代生活和新的文艺观念的感召下，向现实主义文艺主潮靠拢。即便是像"九叶诗派"这样一些本来比较超然于现实、倾向于现代主义、讲求诗性的诗人，也在这种新的时代生活及文艺观念的影响之下，转而向现实主义靠近，努力寻求诗性与现实的统一。如袁可嘉就曾说："不许现实淹没了诗，也不许诗逃离现实，要诗在反映现实之余还享有独立的艺术生命，还成其为诗，而且是好诗。"[①] 只不过他们是主张在文学精神上与现实主义相融汇，但在艺术追求上，仍要求吸收欧美现代派艺术经验，从而在更高层次上实现现实主义与现代主义的融合。由此可见现实主义文艺思潮的巨大吸附力。

　　但另一方面，在这种现实主义潮流的主导性发展中，也带来了另一种结果，这就是文学和文学理论批评的现实性和功利性不断强化的同时，诗性的、审美性的文学观念与理论批评形态在无形中被压抑而进一步走向萎缩，使现实主义从主导性走向单一性发展，失去了与审美主义之间应有的张力；并且革命现实主义的理论观念及其社会历史批评，也越来越政治化和意识形态化。这在延安整风时期对丁玲、王实味等人文艺思想的批判中，就已经显露出这种倾向；后来对胡风现实主义文学观的批判，则更加重了这种偏向。本来胡风致力于继承发扬五四新文学传统和鲁迅文学精神，着重从主体性方面阐发现实主义精神，试图用"主观战斗精神"来克服现实主义文学发展中已经出现的机械反映、盲从现实等偏向，并在文学批评实践中努力恢复和贯彻历史观点与美学观点相统一的原则，这对于纠正现实主义理论观念与文学实践中的片面性和弊端，不啻是一剂良药。然而，随着对胡风文艺观的错误批判，革命现实主义文学理论批评失去了自我纠偏的机会，使其固有的时代局限性和片面性潜存下来。当这种革命现实主义定于一尊和自我封闭之后，就更难

[①] 袁可嘉：《论新诗现代化·诗的新方向》，生活·读书·新知三联书店1988年版。

免走向极端化发展。

从《讲话》发表及其产生全局性影响到新中国成立后的这个历史时期，是毛泽东所阐释的革命现实主义理论及其社会历史批评奠定其权威地位乃至独尊地位的时期，这一理论批评形态得到普遍阐扬，成为中国化的马克思主义文艺观的唯一形态。这一文学理论批评形态权威地位的奠定，是通过两个方面的努力实现的。

一方面是这一理论批评形态的教科书化，从而以理论体系的方式确立其理论地位。早在《讲话》之后不久，周扬便依据《讲话》中的基本文艺观点，于1944年在延安编印了《马克思主义与文艺》一书。该书正是以马克思主义唯物论原理为基础，以唯物反映论、意识形态论与阶级论为基本框架，将马克思主义经典作家关于唯物论的基本观点和关于文艺问题的论述，都整合到这一理论框架中来。全书分"意识形态的文艺""文艺的特质""文艺与阶级""无产阶级文艺""作家、批评家"五辑，辑录了马克思、恩格斯、列宁、斯大林、高尔基、鲁迅、毛泽东的有关论述，比较系统地介绍了马克思主义文艺理论的基本原理，其中贯穿了社会主义现实主义文学观念和毛泽东文艺思想。这为后来全面接收和转化从苏联传入的文学理论，并进一步形成以认识论为内核的现实主义文论体系奠定了一个基础。

也许正是在这种文学观念的影响支配下，巴人于新中国成立前后修订了他的文学概论式的著作《文学初步》，于1950年初出版发行，被一些大学作为教科书使用。此后数年内该著作多次再版，至1954年做了大幅度的调整充实后，更名为《文学论稿》再次出版。作者在"内容提要"中说："这是一本以马克思主义文艺理论结合中国社会及其文学的具体情况而写成的文艺理论书籍……其中关于文学的社会基础的理论，关于文学与现实的关系，关于文学与阶级斗争的关系，关于社会主义现实主义的理论，关于语言与民族形式的问题，都比较着重地讲到。"① 也许可以说，这是在苏联文学理论引进之前，我国文学理论家试图运用马克思主义文艺观点和毛泽东文艺思想阐释文学问题的一次较早的尝试，是构建中国现代文论的教科书理论体系的一个比较重要的

---

① 巴人：《文学论稿》，新文艺出版社1954年版。

成果。

20世纪五六十年代是中国现代文论体系形成、普及的重要时期。这一时期的重要特点，一方面是仍然坚持以毛泽东《讲话》的文艺思想为理论基础，另一方面则是对苏联文学理论的全面接收与转化。1950年中期，在全面向苏联老大哥学习的时代背景下，我国一些著名大学纷纷聘请苏联文艺理论专家来华任教，如依·萨·毕达可夫1954年春至1955年夏在北京大学中文系为文艺理论研究生讲授"文艺学引论"；维·波·柯尔尊1956年至1957年在北京师范大学中文系为苏俄文学研究生和进修教师讲授"文艺学概论"，他们的讲稿也都被翻译出版。此外，理论界还相继翻译出版了其他苏联理论家的文艺理论教科书，如谢皮洛娃的《文艺学概论》等。苏联专家的讲学以及他们编著的讲义和教材，培养了新中国的第一代文艺理论人才。这批苏联原版文艺理论体系培养出来的人才分布在全国各主要大学任教，他们照样运用从苏联专家那里学来的理论知识进行教学，并以苏联专家的讲义为蓝本编著教材以应急需。在1950年后期，各地出版了一批新中国第一代文艺理论教师编著的文学概论教材，这些教材差不多都是苏联文艺理论的翻版。正是这些教材，使更多的青年学生接受了苏联模式的文艺理论，其影响不言而喻。不过在这个过程中，苏联模式文艺理论的过于意识形态化和教条化的种子便也悄然埋下了。

到1960年初，在高度集中统一的体制化时代条件下，教育部统一组织编写各学科的教科书。文艺理论学科组成了两个编写组，一是在北京组成由蔡仪任主编的编写组，编著出版了名为《文学概论》的教材；二是在上海组成由以群任主编的编写组，编著出版了名为《文学的基本原理》的教材。从这两部统编教材仍然可以看出苏联文艺学所打下的深深烙印，但应当说，这两部教材集中了当时文论界学者们的智慧，既是对毛泽东文艺思想系统化、体系化的阐述，也是中国文论界在全面接收和充分消化苏联文艺理论的基础上，所进行的一次创造性转化与建构，是马克思主义文论中国化的一次卓有成效的努力，是中国现代文论体系形成的一个标志。此后，这两部统编教材借着教育行政的力量，确立了它的权威地位，在全国得到普遍采用，产生了广泛的影响。经历"文革"劫难之后，文艺界拨乱反正，大学恢复正常教学，这两部教材仍然作为通用教材在全国各大学广泛使用。随着教育改革开始启动，各高校纷纷另行编著和出版了各式各样的文学概论教材，但平心而论，这些教材在基本文学观念和体系框架上都并没有超出上述两部权威教材的模式，可见其地位和影响。

这个以《讲话》的文艺思想为基础，经过20世纪五六十年代接收转化苏联文论而形成的文学理论批评体系，后来被人们称为"反映论"或"认识论"的文艺理论体系。这个理论体系，主要是从马克思主义唯物反映论哲学原理出发来说明文艺问题，其中又主要是以《讲话》的文艺思想（特别是在反映论基础上生发的生活源泉论和在意识形态论基础上生发的为政治服务论）为内核，并且将马克思主义的现实主义文艺思想和苏联的社会主义现实主义原则，也都纳入这一理论体系中加以阐释。这个理论体系有两个最重要、最基本的观点：一是意识形态论，即把文艺看作是一种阶级的意识形态，从而在一定的社会结构中发挥作用；二是反映论或哲学认识论，即认为文艺作为社会意识形态是社会生活的反映，它是作家艺术家对生活认识体验的结果，因而具有认识现实以及促进现实变革的功能。在当时及此后一个时期，我国的文艺理论教科书，基本上都是这一理论体系的衍化，并且同期的文学创作、文学批评和文学研究也都是以这一理论为指导的。

《讲话》的文艺思想，一方面经过理论家们的系统化阐述，与苏联模式的马克思主义文论相融合，形成教科书化的理论体系，奠定了它的理论地位；另一方面，则是经过新中国成立后周扬、冯雪峰、郭沫若、茅盾等文艺界领导人的阐发，成为社会主义革命和建设时期的文艺方针政策，并且通过文艺批评乃至文艺斗争，保证这一文艺方针政策在文艺实践中的贯彻，使文艺实践与文学理论批评朝既定的方向发展。1949年7月，第一次全国文代会在北京召开，郭沫若、茅盾、周扬等人在大会上的报告，全面回顾和总结了五四以来新文艺运动走过的历程，特别是总结了解放区和国统区文艺工作的经验，归结到一个总的认识上来，就是把毛泽东《讲话》中阐述的文艺思想，看作是五四以来革命文艺观念的合乎逻辑的发展，因而也是新中国文艺发展的总方针和总方向。周扬的报告对此说得再明确不过："毛主席的《文艺座谈会讲话》规定了新中国的文艺的方向，解放区文艺工作者自觉地坚决地实践了这个方向，并以自己的全部经验证明了这个方向的完全正确，深信除此之外再没有第二个方向了，如果有，那就是错误的方向。"① 这个文艺方向中最根本的，也是得到一再倡导的，一是要求文艺为人民群众服务，二是要求文艺为政治服务。按照《讲话》中的基本思想，这两者是内在统一的，因为政治就是阶级和人民的政治，而不是少数政治家的政治。既然为群众服务和为政治服务是统一的，那么按这种逻辑，在一些人的具体阐释中，便干脆只提一个服务，即文艺为政治服务，把其他一切都涵括其中，以此作为文学理论批评的核心观念和中心课题。比如，当时中国文联机关刊物《文艺报》的编辑部文章中就明确说，文艺与政治的关系，是"文艺批评与文艺理论中心的课题。文艺批评的展开与文艺理论的建设，主要依靠这一中心课题的正确解决"②。

不仅如此，对文艺为政治服务的理解，还进一步等同于文艺为政策服务。如上所述，还在延安时期，周扬便已提出了这个命题，新中国成立后，这一观念又进一步得到明确和强化。如邵荃麟在为《文艺报》所写的题为《论文艺创作与政策和任务相结合》的专论中，就把"文艺服从政治"这个"基本原则"转化为"文艺创作如何与政策相结合"的问题。他认为，"政治的具体表现就是政策"，既然如此，那么"创作与政策相结合，不仅仅是由于政治的要求，而且是由于创作本身的现实主义的要求"。为什么这样说呢？这是因为"一个正确的政策，却正是现实的最高度的概括"，"文艺创作如果离开这一类的政策，离开了它的指导，它又怎能正确地反映出历史现实和指导现实，它又有什么现实主义可言呢？"在他看来，"政策的观点，就是作者去观察现实，分析现实的立足点，这个立足点如果不稳或是不正确，他所反映出来的东西，也就会不正确或不全面"。"一个作家如果离开政策观点，而企图去描写人民的现实生活，他就不可能获得充分的现实性。"③ 从这些论述中不难看出，文艺为政治服务与写政策、与现实主义创作几者之间，在逻辑思路上是如何联系起来的。由此可知，在新中国成立后的历史时

---

① 参见《中华全国文学艺术工作者代表大会纪念文集》，新华书店1950年版。
② 《编辑部的话》，《文艺报》1950年第2卷第3期。
③ 以上所引见邵荃麟《论文艺创作与政策和任务相结合》，《文艺报》1950年第3卷第1期。

期,在文艺方针和政策上,是已经把文艺为政治和政策服务作了明确的定位,不仅通过文艺政策,甚至通过文学批评、文艺斗争乃至文艺批判,来加以强制性的贯彻执行。

如果说,在新中国成立后的历史时期里,文艺与政治的关系比延安时期出现了更多的问题,原因也许有两个方面。一是政治本身出现了问题。在延安时期,如同《讲话》中所说,那时的政治是阶级和群众的政治,最大的政治是团结抗日,这是全国人民的根本利益和愿望之所在,文艺为政治服务,也就是反映这样的社会现实和人民群众的愿望要求。并且当时还要求文艺工作者深入生活和群众,因此文艺还是扎根于现实,保持着现实主义基本精神的。而后来所不断强化的政治,则愈益远离了社会现实的发展要求和人民群众的利益愿望,而只体现了某些人的主观意志,成为了少数政治家的政治。在这种情况下,强行要求文艺为政治服务,就难免会出现问题。二是文艺理论完全转换成为了文艺政策,文艺批评转换成了政治性的文艺批判和文艺斗争。例如对电影《武训传》的批判,对《红楼梦》研究的批判,对胡风的批判等,更不要说后来对《海瑞罢官》的批判,实际上成为了文化大革命的开端。这些所谓文艺斗争,都是以政治运动的方式来强制推行的,这也就必然会扼杀文艺及其理论批评的生机而走向僵化。有学者说,新中国成立后文学理论批评的发展已完全蜕化,只剩下文艺政策而没有了文艺理论,这从某种意义上说也不无道理。

实际上,在那种特定的时代语境中,即便是理论探讨,也难免不被打上政治化的烙印。新中国成立后周扬、冯雪峰、茅盾等人都还曾继续对现实主义理论及其社会历史批评进行阐发,但这种阐发的结果,不仅使革命现实主义获得独尊地位,而且使现实主义理论批评更加政治化和单一化。

一个显而易见的例证是,茅盾作为一位著名的现实主义作家和批评家,不仅自身始终坚持现实主义创作道路,而且以其现实主义观念及社会历史批评方法,写下了许多颇有影响的作家论批评文章。新中国成立后,茅盾更是以文艺界领导人的身份,继续倡导革命现实主义,并运用于文学理论批评之中。在著名的《夜读偶记》中,他以现实主义的文学观念来看待文学发展历史,把一部文学史描述为"现实主义和反现实主义的斗争"的历史，并将此概括为中外文学发展的普遍规律。在他看来，"任何历史时期都有两种文学的基本倾向在斗争，这就是为人民和反人民，正确反映现实和歪曲粉饰现实。现实主义与反现实主义的斗争就是文学上这两种基本倾向斗争的概括"①。这里的问题，一是将现实主义抬举到了唯一和独尊的地位，把其他的文艺观念和方法都遮蔽了；二是将现实主义与反现实主义的斗争进一步上升为政治问题，看作是思想斗争、阶级斗争在文学上的反映，这无疑是将现实主义文学和文学批评政治化了。如此推衍，必然会走向理论观念上的僵化和批评方法上的简单化。

如前所述，冯雪峰一直推崇现实主义，将其视为"艺术发展的最为客观的科学的法则""文学的根本的方法""最正确最优秀的创作方法"等，新中国成立后他依然致力于现实主义的理论建设。1952年他写了长文《中国文学从古典现实主义到社会主义现实主义的发展的一个轮廓》，认为"任何民族的文学，凡能遗留下来的重要的杰作大都具有现实主义的精神，就是说，大都是现实主义的或基本上是现实主义的"；即便是浪漫主义的作家作品，也"可以把它看作现实主义与特色之一而概括到现实主义之内去的"。这就把现实主义置于一种至高无上和独尊的地位。基于这种认识，他从当今现实出发，提出"中国文学的现代化"的命题，认为中国文学是从现实主义道路发展而来，那么它的现代化的发展方向，也必然是社会主义现实主义道路。按照冯雪峰一贯的看法，现实主义最重要的是文艺与现实生活的关系，其中就包含着文艺与政治的关系。"只有现实主义能够解决和说明例如艺术与生活，文艺与政治，主观与客观，以及作者与人民等的正确的关系及其本质"②。由于文艺和生活的关系与文艺和政治的关系是内在统一的，因此，文艺的真实性与政治性也是统一的。"正是我们的实际生活，我们的现实斗争，在明白指出真实性和政治性的统一，在要求着作家紧密地把真实性和政治任务结合起来。"③ 这就为现实主义的政治化提供了理论依据。

周扬在新中国成立后曾提出，要"建立中国自己的马克思主义的文

---

① 《茅盾文艺评论集》（下集），文化艺术出版社1981年版，第879页。
② 《雪峰文集》（第2卷），人民文学出版社1983年版，第162页。
③ 同上书，第654页。

艺理论和批评"，而他的建构思路仍然是以他早就一再阐发过的社会主义现实主义为基础。他指出："应该把社会主义现实主义理解为一种新的方向，而不能把它当作教条，或者当作创作上的一种公式"，当然也不宜理解为"很固定的创作方法"①。他的意思是说，应当把社会主义现实主义理解为一种文学精神，其中既包含现实主义的基本要求，也包含浪漫主义的精神，应当是两者的结合。这一观念和思路直接启发了毛泽东，在此基础上提出了"革命现实主义与革命浪漫主义相结合"的创作方法，以此取代社会主义现实主义的苏式理论。

革命现实主义被转换成为"两结合"理论，在对它的阐释中，革命现实主义被赋予写生活的本质、主流和发展趋势的要求，革命浪漫主义则被解释为革命的理想主义，这样，五四新文学的现实主义乃至后来的革命现实主义，便被彻底改造成为一种政治化的现实主义。经过"文革"中登峰造极的极端化发展，"两结合"的创作方法则又进一步推衍出"三突出"的极端化理论，那就使它更彻底地丧失了现实主义精神，完全沦为伪现实主义。物极必反，当这种政治化的文学理论批评走向彻底的政治化与僵化之后，在社会大变革的时代条件下，它的自我变革也就在所难免了。

---

① 《周扬文集》（第2卷），人民文学出版社1984年版，第409页。

第六章

新时期文学理论批评的再次变革与转型

我国的社会发展和文学发展，在经历了21世纪初的转型和富于生机的发展之后，在20世纪中后期重又陷入僵化停滞。这大概有两个主要原因，一是教条地照搬苏联经验，二是重新走向闭关锁国、自我封闭。新时期的社会变革被称作"改革开放"，这是很精辟的概括。"改革"就是打破教条僵化的局面，解放思想，实事求是，面对客观现实来解决社会发展中的实际问题；"开放"则是打破自我封闭的状况，打开通往外部世界的通道，呼吸新鲜空气，转变思想观念，学习世界上的先进事物，促进自身事业的发展。

在新时期社会变革的条件下，文学又获得了一次极好的发展机遇，重新焕发蓬勃生机，文学理论批评则开始实现它的又一次变革转型。

第一节 文学理论批评再次转型的历史必然

与20世纪初的文学理论批评现代转型一样，新时期文学理论批评的再次转型也不是一种孤立和自发的文学变革，而是在社会和文学变革的背景之下，在西方现代文学理论批评观念和方法的影响冲击之下发生和推进的。

通常说20世纪中国社会的历史进程是一个现代化的过程，其实准确地说是一个"现代转型"的过程。无论是一般社会发展，还是文学和文学理论批评的变革发展，都是在现代化的道路上探索前行，而且是与世界的现代化潮流相联系的。然而实际上，中西所谓"现代"的概念含义是不同的，"现代化"的目标和进程也有很大的差异，两者存在明显的时代落差。

从一般社会发展来看，西方社会的现代化进程，是以工业革命和科技革命为动力，以经济高速发展带动社会全面进步为标志的。西方国家进入20世纪的现代社会，是由初级工业社会进入完全的工业社会，五六十年代则进入后工业社会，成为高度发达的资本主义。从文学发展来说，则从近代的浪漫主义和现实主义文学高潮发展为20世纪的现代主义文学潮流，从五六十年代起更进一步走向后现代主义；文学批评则相应从近代的浪漫主义批评和现实主义批评为主导，发展为20世纪以来的多元化批评形态。

而中国社会在20世纪前半期的现代转型与发展，则是以政治革命为动力，以摆脱半殖民地半封建的历史枷锁和建立人民民主国家为目标的。中国在20世纪初进入"现代"社会，只意味着告别封建社会，大致相当于欧洲走出中世纪进入文艺复兴时代，不同的是还面临着反帝反封建反军阀割据等多重历史任务。在世纪初封建专制统治被颠覆、国禁大开的时代条件下，文学获得前所未有的解放，有了多方面的选择借鉴和实验探索的充分自由与可能。因此，西方近代以来直至20世纪同期的各种文学形态和文学理论批评形态几乎同时被引进，被广泛地借鉴吸收和转化为自身的探索创造，形成多元化的格局。

然而，文学的发展毕竟要受时代条件的限制，离不开时代需求的制约。在20世纪的前半期，启蒙和救亡始终是中国社会的两大主题。文学的发展自然离不开这一时代主题的牵引，凡是切合这一时代主题的文学和文学理论批评形态，必定成为这一时代的主导或主流形态。在20世纪初，西方近现代文学史上的三大文学思潮，即浪漫主义、现实主义和现代主义，几乎是同时传入的，对中国现代文学发生共时态的影响，使中国文学也相应形成了自己的浪漫主义、现实主义和现代主义三大潮流。从文学理论批评的角度来说，浪漫主义理论批评倡导个性解放和情感的自由表现，有助于人的主体意识觉醒，即有助于思想启蒙；现实主义理论批评主张文学直面现实人生，反映现实生活，无疑是着眼于文学在帮助人们认识现实乃至变革现实方面的功能；现代主义的各种理论批评形态，包括以个人为本位的人本主义理论批评，以及纯艺术纯审美的理论批评，也至少以自由探索的精神和姿态，冲破封建思想观念的束缚，形成思想解放的氛围，从而为人们所认同和接受。但是，启蒙和救亡的时代主题和紧迫任务，毕竟更需要具有现实品格和战斗性的文学和文学理论批评。因此，那些比较远离时代主题的文学和文学理论批评形态便逐渐淡出或沉落了，甚至浪漫主义理论批评也退出中心地位发生转向。这样，现实主义文学和现实主义理论，以及社会历史批评，便成为时代的主要潮流。

　　这种"多元归一"的发展走向，既是时代的选择，也具有历史的必然性，但从另一方面看，无疑也包含着历史的局限性与片面性。在当时的社会条件下，这也许是难以避免的。问题在于，即使是现实主义理论和社会历史批评的主导潮流，后来也偏离了正常的发展轨道而出现了偏差。在"左"倾政治思潮和苏联庸俗社会学的影响下，现实主义理论批评被抛弃了它的丰富内涵，而变得过于现实化和急功近利；马克思主义社会历史批评本来开拓了极为广阔的思维空间，但却被局限在阶级论和政治功利论的狭小圈子里，越来越显得单一和僵化。这显然不符合文学和文学理论批评发展的要求。

　　问题还在于20世纪中期的历史错位。本来在基本实现民主革命的目标之后就应及时调整方向，充分解放和发展生产力，促进经济发展、文化繁荣和社会全面进步，也就是使社会全面进入现代化的发展轨道。然而事实上却仍是在政治和阶级斗争的轨道上滑行，并且越滑越远，与现代化的发展目标严重错位甚至背离。对于文学和文学理论批评来说，在民主革命进程中越来越强化的政治功利主义，到新中国成立后不仅未能松动下来，反而更加强化，它们的发展空间越来越狭小和封闭，与文学现代化发展的要求和目标也只能是偏离得越来越远乃至完全背离。

　　从20世纪70年代末开始的社会变革，标志着曾经偏离了正常发展道路的中国社会，开始扭转方向重新回到现代化的发展轨道，再次启动现代化进程，这反映了社会历史发展的必然要求和人民的普遍愿望。正是在这样一种社会变革的条件下，文学获得了又一次极好的发展机遇，重新焕发蓬勃生机，文学理论批评则开始实现再次转型

第二节　新时期文学理论批评转型探索的
进程及其走向

　　新时期中国文学理论批评的再次转型，从根本意义上来说，就是把

经过第一次转型发展，但不幸陷于僵化、偏离现代化发展方向的文学理论批评，重新扳回到正常的轨道上来，继续其现代化发展进程。具体来说，就是打破封闭僵化的政治批评模式，使当代文学理论批评获得解放，走向开放性的探索发展。

总的来看，改革开放以来文学理论批评的转型发展，大致经历了以下阶段。

文学理论批评转型的第一步，是在社会改革转型之初，打破以往完全封闭僵化的政治批评模式，恢复现实主义批评传统。从文学批评形态论的角度看，在"文化大革命"中发展到登峰造极的政治批评，确实形成了一个由观念、方法、范型、话语构成的完整系统。比如，从文学观念来说，首先认定文学是现实生活特别是阶级斗争的反映，要求写"生活本质"，按"三突出"原则描写人物和塑造典型；在价值观念上强调"文艺是阶级斗争的工具""文艺必须为政治服务"；无论对什么文学作品，都是用"革命的政治内容与为这种内容服务的艺术形式完美统一"的尺度来衡量；在文体形态上，则有几乎是被钦定的"样板文体"，文艺创作和批评都要以此为范本，别的都被视为野草和毒草。关于批评方法，主要是采用社会学、政治学的方法，尤其是强调阶级斗争的观点和阶级分析的方法。而批评模式和范型，也差不多是框定了的"三段论"：其一是联系作者的阶级出身、政治倾向，作品所反映生活的社会政治和阶级斗争背景，来判断作品的思想主题，比如是否写了生活的本质和主流，政治倾向是否正确等；其二则是结合主题分析人物，如是否符合"三突出"的原则、人物是否典型、英雄人物是否高大完美等；其三再分析作品在艺术上如何为表现主题和塑造人物服务，根据服务得好与不好来判断作品艺术水平的高下。至于"文化大革命"中政治批评那一套十分"规范化"的批评话语，从那个时代过来的人大概都耳熟能详。

"文化大革命"中被"定型"下来的这一具有中国特色的政治批评模式，既形成了一定的理论系统，在实际批评中也具有很强的"可操作性"。与此同时，它也被运用于文学史研究，使文学史和作家作品研究被纳入同一个评论模式，所以不同文学史的面貌都大同小异。这样的文学理论批评无疑是前所未有的"统一规范"，那么也毫无疑问是前所未有的封闭和僵化，把人们的思想和文学理论批评的活力都给束缚住了。当然，这种封闭和僵化并不仅仅是文学和文学理论批评的不幸，当时整个国家的经济、政治和文化都是如此，政治批评既为这种社会现实所制约，也是为这种现实服务的。

那么，文学理论批评要得到开拓发展，就必须打破这种封闭僵化的批评模式。在新时期初，首先是对"三突出"之类的创作理论和政治批评模式进行批判清算。通过对"文艺是阶级斗争的工具"论、"文艺为政治服务"论等的驳诘，突破僵化观念的束缚，寻求"为文艺正名"。当时文学观念上的一个较大变化，是改变文学依存于时政、服务于阶级斗争这种本质和价值的定位，恢复文学的相对独立性和现实品格，把文学看作是现实生活的真实反映，并且也为现实的变革发展服务。随着这种文学观念的变革，文学创作开始恢复现实主义精神和创作方法（从伤痕文学、反思文学到改革文学正是循此推进），文学批评也大力倡导和弘扬文学的现实主义精神，探讨现实主义创作方法，对许多引人关注的作品作贴近人们感受和要求的评论；在理论上则更多地承继五四以来的现实主义批评传统（其中融入了欧美和俄国现实主义理论批评成果），阐发马克思主义的现实主义理论，寻求建立以"真实论"为核心观念和基础的现实主义理论批评系统。

新时期初文学和文学理论批评这种向现实主义传统的复归，应当说既是文学和文学理论批评自身变革发展的内在要求，同时也是对社会改革的有机配合。当然，就这一时期现实主义理论批评本身的状况而言，一方面无疑是打破了政治批评的僵化模式，标志新时期文学理论批评开始走上转型探索的道路；但另一方面，它的局限也是显而易见的，即它主要还是一种社会功利批评，其中也仍然包含很强的政治功利性，有时甚至也显得相当急功近利，对文学审美特性的关注和探讨还十分薄弱。虽然过去僵化的文学观念有了很大的松动和改变，但仍然还有不少束缚，并且现实主义理论批评的范式、方法和话语也都显得比较单一、陈旧和贫乏。所有这些都意味着新时期文学理论批评的转型探索，在经历了恢复现实主义理论批评传统这个转换过渡之后，必定还要寻求更大的突破。

新时期文学理论批评转型探索的第二步，是在1985年前后酝酿兴起了一股文学批评方法论探讨的热潮，标志文学理论批评力图进一步突破单一的批评模式而寻求开放性多样化的发展道路。如果说转型的第一步主要是在"改革"的背景下发生的，那么第二步则应当说是在"开放"的条件下实现的。这场文学批评方法论的大探讨，主要是译介引进西方各种现代批评理论和方法，如心理批评、神话原型批评、形式主义批评、结构主义批评、比较文学批评，以及将系统论、控制论、信息论等科学方法引入文学批评等。除了理论上的介绍探讨之外，同时也尝试着在实际批评中进行一些移植性试验，即运用引进的各种新的批评方法对文学作品进行解剖分析，其中不乏比较成功的范例。

  这种对西方现代文学批评的介绍引进和移植试验，显然还谈不上真正意义上的文学理论批评形态的转型。但是，这至少意味着新时期文学理论批评的变革转型已找到了一个重要的突破口，即寻求在"批评方法"的层面上突破，改变社会学政治学批评方法一统天下的状况，全方位多方面探寻革新文学批评方法的可能性，这就为文学批评走向全面的开放性探索发展打开了道路。

  文学批评方法的变革，虽然并不意味着文学批评形态的根本转换，但也并不仅仅具有方法论的意义，实际上它已经牵动了整个文学理论批评系统。批评方法一方面联系着批评话语，随着批评方法的多样化，批评话语显然也大大地丰富起来了。一段时间里人们惊呼批评术语"大爆炸"，其实这是批评方法多样化变革所必然带来的，经过一段时间的淘选沉积便会逐渐稳定规范起来。另一方面，批评方法也联系着文学观念，在一定程度上影响和牵动着文学观念的变革。而文学理论批评的根本变革，也许只有深入到文学观念的层面，才可能有真正的突破。

  实际上，新时期文学理论批评的转型探索，在经历了文学批评方法的全面变革之后，继续向前推进，进入第三个阶段，即从1980年后期开展文学主体性问题讨论以来，推进到文学观念层面的变革，由此推动整个文学理论批评变革往纵深发展。

  当然，文学理论批评的变革并不是孤立进行的，它与文学创作的探索发展有密切的关系。1980年中期以来，随着文学主体意识的强化，创作界也极富探索精神。尤其是先锋派文学的种种实验探索，与以往从伤痕文学、反思文学到改革文学的整个现实主义文学形态迥然不同。面对这样的文学现实，再用现实主义批评的观念和方法来观照评析显然是不适用了。比如，用传统现实主义的文学观念与方法来阐释马原、残雪等人的作品，就会显得无能为力。这样，就必然引发从文学观念到批评方法的新变。从1980年以来，文学理论批评确实在观念层面悄然发生变化。关于文学本质观念，已由现实主义批评所强调"文学是现实的真实反映"，逐渐演变为"审美反映"和"审美创造"，乃至认为文学不过是一种"想象虚构"，一种"文字游戏"，一种"语言乌托邦"等。关于文学价值观念，也由过去注重文学的政治和道德教化的价值，转变为比较宽泛的社会文化价值，以及审美和娱乐消闲价值等。甚至还有人主张，文学不必有什么价值追求；文学批评也未必一定要有价值判断，一切都只是主体的感觉表达而已。关于文本和文体观念，可以说20世纪以来的中国文学批评从来没有像新时期初这样重视作品文本，以及在实际批评中注重文本分析；对于文学的文体形态，也开始超越以往的文类概念，进入到对作品语体和语言风格的把握，如此等等。

综观1980年以来文学理论批评的变革发展，是从批评方法的多样化探索推进到文学观念的多元化发展；然后由文学观念上的种种变化，又带动批评方法和批评话语进一步走向新变，由此带来文学理论批评从观念、方法到话语的全方位多元化探索发展。后来的文学理论批评，可以说仍然保持了这种多元探索发展的总体态势。

如果我们对20世纪中国文学理论批评两次转型发展的进程及其走向加以比较分析，可以看出一种耐人寻味的现象，即两次转型发展恰好呈逆向性的行进路向。这大致可以从两个方面来看。

首先，从文学理论批评的基本格局来看。20世纪初的文学理论批评转型，在特定的时代条件和种种因素的作用下，逐渐形成多元化的批评格局，然后随着时代的发展又逐渐多元归一，向现实主义理论批评汇聚，并在此基础上形成社会历史批评的主导形态。然而由于极左政治思潮和庸俗社会学的影响，社会历史批评衍化成了单一的政治批评，走向了封闭僵化之路。新时期的第二次批评转型看起来则恰好是一种反向进程：首先是打破单一化政治批评的僵化模式，复归现实主义批评传统；然后经由批评方法论的讨论探索和文学观念的变革，走向文学理论批评的多元化探索发展。这个过程从表面上看起来好像是循原路回归，然而实质上并不是简单地走回头路,而是在更高层面上的开拓发展。

其次,再从文学理论批评的价值取向来看。前面曾说过,20世纪初的文学理论批评转型,实质上是以文学价值论的变革为内核的,它承继了中国古代价值论批评的内在基质,同时改换了其时代内涵,形成了价值论批评的新形态。转型之初在多元化批评格局当中,逐渐形成社会功利主义和现代审美论两种基本流向。由社会大变革的时代条件所决定,其中显然是社会功利主义的价值取向居于主导地位。然后,随着社会革命的推进和革命文学的发展,批评形态愈加分化,审美论批评不断弱化而功利主义批评不断强化,并且越到后来,社会功利主义愈益演变为政治功利主义,造成了文学批评的僵化。新时期文学理论批评的再次转型,则是首先从政治功利主义的窄巷中退出来,还原为社会功利主义(如现实主义批评的价值取向),然后,在文学理论批评走向多元化发展的进程中,审美论批评逐渐抬头,并寻求多层面多向度的探索发展。时至今日,文学理论批评的价值取向又重新走向了多样化或多元化,但总的来看,仍然可以纳入社会功利主义和审美论这样两个系统或两种主要流向中来加以观照。

第三节 当代文学理论批评的体系化探索

文学理论批评现代转型与发展的理论成果,在很大程度上体现在文学基本理论的变革与建构上,体现在一定时期文学理论的教科书中,因为正是在这些阐述文学基本原理的教科书中,比较集中地整合了一定时期文学观念变革的成果,显示了文学理论批评学科化、科学化、体系化建设的努力。因此,我们这里主要从文学基本理论的突破创新(尤其是在文学理论教科书中的体现)来进行一些观照和评析。

一切所谓现代性发展,可以说都是一个在突破中寻求创新、在解构中寻求建构的过程。一方面,表现为对既有文学理论批评传统的突破解构,从而实现现代性转型发展;另一方面,也表现为对建构中的文学理论批评自身的突破解构,从而实现自我蜕变式的现代性发展。

20世纪中国文论的第一次现代转型,是在突破"诗文评"的传统文论形态、接受和转化外国文论的过程中实现的。其间经历了主要接受日本及欧美文论和主要接受转化苏联文论两个阶段，经历了从多元探索到多元归一、形成统一的理论系统的漫长过程。到五六十年代中国现代文论系统的形成时期，以蔡仪、以群主编的教科书为代表，标志着现代形态的中国文论，在特定的层面（比如文艺社会学的层面）上较为充分地转化和整合了传统文论、外国文论（尤其是苏联文论）的理论资源，具有在那个时段上所特有的现代观念，具有十分坚实的哲学理论基础，形成了比较完整的理论体系。这标志着中国现代文论学科化、科学化、体系化的努力所达到的程度，并且它在理论上和对文艺实践的作用上都产生了广泛而深刻的影响。

对于这样一个被理论界称为"认识论文论"的理论体系，在20世纪末的历史语境中，人们对它进行了充分的世纪反思与历史总结，总的看法是这个理论体系长短互见，功过并存。首先从它的长处和功绩方面来看，这个理论体系最主要的特点和最基本的文学观念，是始终从社会生活出发来看待和说明文学活动，同时又特别关注和强调文学对于认识现实、促进社会变革的能动作用；它既是在20世纪中国现实主义文学思潮中形成和建构起来的，同时也有力地促进了现实主义文学思潮的发展。而这一现实主义思潮，又正是与中国社会的变革进步及现代化发展进程联系在一起的。判断其历史功绩不能离开社会的变革进步。但另一方面，这一理论系统及基本的文学观念显然存在很大的局限性。这主要表现在：一是理论本身的偏颇片面。比如过于强调文学对社会生活的依存性、政治意识形态特性、思想倾向性、阶级性、社会功利性，而遮蔽或忽视了文学其他方面的特性，如文学的主体性、审美特性、个体的自由创造性、价值功能的多样性等。这样就造成了理论视野的狭小，超不出认识论、政治学和社会学的范围，造成了自身的局限和偏向，而且越来越偏。二是在越来越强调集中统一的大背景下，这一理论走向了一元独尊、排斥其他，把诸如情感论、审美论等文学观念都排斥、压抑下去了。这样就使文学观念与理论显得十分单一，文学天地显得过于狭小，显然不利于文学的繁荣发展。因此，在新时期改革开放的条件下，必然要求突破这一理论系统的局限，在对它的适度解构中寻求创新发展。

1980年中国文论在对既已形成的文论系统的突破解构中寻求创新发展，大致走出了这样几种路向。

第一种路向，是在原来认识论文论的基础上，对其中过于简单片面以及被庸俗化了的一些基本理论命题进行纠偏与拓展。比如，以往的理论是直接套用哲学反映论原理来说明阐释文学现象，把文学看成和其他意识形态一样都是社会生活的反映，只不过是用形象的方式反映生活。在新时期初的相当一段时间里，理论家们既不满意于用这种一般反映论来说明文学，同时也并不抛弃反映论原理，而是顺此进一步深入和拓展到艺术审美特性的层面，提出"审美反映论"的命题，并着力深入探讨文学审美反映的特殊规律。其中尤其注重文学主体的审美意识和审美理想在审美反映中的作用，这应当说是一种深化。与此相联系，对于文学反映生活以及文学的功用，也从过去主要关注政治生活的层面，拓展到更为广阔的社会现实、社会心理、社会文化等多个层面。对于审美反映中的主客体关系，也从过去的偏于强调客体即社会生活的决定性制约作用，转化为充分重视主体因素，如情思的作用。在此过程中，皮亚杰的发生认识论原理及心理图式同化理论曾被广泛用来修补传统的反映论或认识论的文学观念。此外，关于文学的社会性、阶级性与创作个性的关系，内容与形式的关系，思想、情感与艺术的关系等，过去文论系统中几乎所有重要的理论命题都被提出来重新加以探讨、修正、纠偏和深化，从而形成更为辩证一些的认识。这种努力的取向，是要打破僵化，克服片面与局限，但未必要解构整个认识论的文论体系。

第二种路向，是避开原来认识论文论系统而另辟蹊径，探索构建别种文论系统。当然，这种探索的前提也许是深感到认识论文论的局限性，不是进行一些局部的修补所能完善起来的，并且如此丰富复杂的文艺现象，也不是一种理论（尤其是像认识论文论这样）所能完全解释得了的，因此有必要也完全有可能从别的角度和别种途径来探寻认识文学之道。这方面的成果，就笔者所见到的而言，如被吴组缃先生极言称道的裴斐的《文学原理》，似可称为"人生论"或"心灵论"的文论。它从"文学的对象是人生""文学是直接诉诸心灵的语言艺术""文学的最大功利是按照美的原则塑造人的心灵，使人更加热爱人生"等文学本体观和文学价值观立论展开论述，与以往习见的文论迥然不同。[①] 九

[①] 参见裴斐《文学原理》，中央民族学院出版社1990年版。

歌编著的《主体论文艺学》，是在1980年中后期，文学界关于文学主体性问题大讨论的热潮中应时而出的一项成果。它从人的主体性实现的角度立论，把文学界定为"主体的特殊活动"，是"主体对人性的审美把握活动的产物"。这里的核心范畴是"人性""主体性",[①]由此可见与以往文学观念的根本区别。林兴宅所著《象征论文艺学导论》，认为文艺的本质特性不是"认识"而是"象征"，文艺是人的生存境况及理想追求的一种象征，因此他认为，应把"象征"作为文艺学的核心范畴。从这一观点立论，构筑起象征论文艺学的逻辑构架，由此展开对文艺的基本问题尤其是艺术本质与价值问题的探讨。[②]这其中可能既有作者的独特领悟，也包含着对象征论美学（如高尔泰的美学思想）的某些借鉴。[③]

　　第三种路向，我们姑且称为多元综合或宏观整合。这就是突破和超越原来认识论文论的框架，也超越从某种特定视角立论的其他文论形态，站在一个更为宏观的立场，把包括认识论、审美论、感兴论、主体论等文学观念的合理部分，都整合到一个更为宏观、更具有包容性的理论系统中来，从而对各种文学现象或文学形态都能给予合理的观照与阐释。这种宏观整合的思路，首先是在思维方式上发生了较大变化，即由原来认识论文论那样比较偏狭、平面、线性的思维，转变为更为宏阔的立体的思维。这种思路的一个突出特点，就是从主要着眼于把文学看作一种静止的、物态化的存在（文学作品），转换到把文学看成是一种"活动"，即由作家、作品、读者以及文学所依存的世界所构成的一种立体的、动态的活动。它关涉文学活动的各个方面及各种要素，从而彼此关联形成一个有机"系统"。从中可以看出对美国当代文论家艾布拉姆斯关于文学"四要素"及批评坐标理论的某种借鉴。这方面的理论探索这里也略举数例。如陈传才等编著的《文学理论新编》，开篇第一部分（第一编）即为"文学活动论"。它的侧重点是从哲学、美学的层面，从主体与客体的互动关系来看待文学作为一种"活动"的存在。由此追溯"文学活动的发生"，界定"文学活动的特性"，观照"文学

[①] 参见九歌《主体论文艺学》，中国社会科学出版社1989年版。
[②] 参见林兴宅《象征论文艺学导论》，人民文学出版社1993年版。
[③] 参见高尔泰《美是自由的象征》，人民文学出版社1986年版。

活动的系统",然后在这样一个活动系统中再展开探讨文学的本质、规律及相关问题。这样就将认识论与审美论、社会学与人学、本体论与形态学等各种文学观念、范畴加以有机整合,形成一个理论系统,其逻辑关系颇为明了。① 再如童庆炳主编的《文学理论教程》,其正篇第一部分(第二编)也是"文学活动"。其中,一方面直接引用了艾布拉姆斯关于文学"四要素"的理论,以此构建"文学活动"系统的立体宏观的结构框架;另一方面,则将马克思关于"人的活动"的范畴引入文学理论,力图将二者结合起来,用以考察界定"文学活动作为人类活动的性质",追溯"文学活动的发生和发展",然后再进一步探讨"文学活动的审美意识形态性质",文学创造活动、文学接受活动和文学批评活动的规律,以及使这些文学活动得以成立和联系起来的"文学作品"的特性。在这个过程中,也尽可能把中国传统与西方现代的种种文学观念和范畴(包括认识论与审美论)都整合进来,构建了一个比原来认识论文论框架宏大得多、内容也丰富得多的理论系统。② 在将文学扩展为一种动态的活动系统,进而整合多种理论资源探寻其规律方面,可能还有不少理论家进行过这种努力,包括笔者也曾进行过一些思考探索,③ 这里不再多加论述。

第四节　马克思主义文学理论批评的当代拓展

前面曾说到,在20世纪前半期中国文学理论批评现代转型发展的历程中,曾受到马克思主义思想理论的影响,形成了比较系统的以唯物反映论为理论基础的认识论文学理论批评形态。与过去一些文学理论批评形态相比,这一理论从社会生活出发来看待和说明文学活动,同时又特别关注和强调文学对于认识现实、促进社会变革的能动作用,从而解决了一些带根本性的重大问题,有力地促进了现实主义文学思潮的发展。但从另一方面来看,也存在一定的局限性。比如,它基本上是文艺社会学或文艺政治学的单一视角,过于强调客观生活的决定作用,过于

---

① 陈传才等:《文学理论新编》,中国人民大学出版社1994年版。
② 童庆炳主编:《文学理论教程》,高等教育出版社1992年版。
③ 参见赖大仁《当代文艺学体系论纲》,《学习与探索》1994年第1、2期连载。

强调文艺的认识功能和文艺为政治服务的价值取向，而忽视了从别的视角看待文艺问题，忽视了文艺的审美创造特性，容易导致文艺主体性的弱化乃至失落等。在极"左"思潮的影响下，这种局限性显得愈益突出。

在新时期拨乱反正的过程中，曾有人认为，这一认识论的文学理论批评形态过于偏狭，过于机械和僵化，因而主张完全抛弃它。但仍有不少学者坚持认为，过去认识论的理论批评形态虽有其理论局限，并且导致了文艺实践上的种种偏向，进行批判性的反思和扬弃是完全应该的，但这并不意味着这一理论的基本原理也完全错了，因此完全可以对它进行补充修正和进一步发展。实际上，从1980年初以来，就不断有学者致力于对这一理论形态进行修补与发展。而这种修补与发展的主要趋向，是用审美论对其进行补充和丰富，寻求二者的有机融合。其主要着眼点，仍然是落在这个理论体系中的两个基本观念上。一是在原来直接以哲学反映论原理阐释文艺问题的基础上，进一步提出"审美反映论"的命题，着重探讨文艺反映生活的特殊性。这种特殊性就正在于它是一种"审美反映"，而审美反映是包含了主体的审美价值判断和审美理想的，同时也是融合了主体的审美追求与审美创造的。这样就在反映论基本原理的基础上突出了文艺的审美特质，丰富了文艺反映生活的内涵。二是在原来以意识形态（偏重于政治意识形态）的观点看待文艺社会本质与功用的基础上，进一步提出"审美意识形态论"的命题，着重强调文艺区别于其他意识形态的特殊性，以及文艺社会本质与社会功用的宽泛性，可以看作是这一文论形态的革新与发展。一段时间以来，仍有不少学者致力于对审美反映论和审美意识形态论进行反思和探讨，并不断做出新的理论阐释。

一 马克思主义实践论的文学理论批评形态

当代马克思主义文学理论批评的发展，一方面是对原来的认识论理论批评进行补充修正，另一方面则是突破既有的理论框架，寻求向纵深层面上拓展。其中的一个努力趋向，就是一些学者致力于运用马克思主义实践论哲学思想来阐释文艺问题，逐渐形成实践论或活动论的研究思路和理论形态。

本来实践论的文学精神，在原来认识论的理论系统中是有机包含着的。比如在《讲话》中，就十分注重和强调文艺家的实践精神，以及文艺家作为艺术实践主体的能动性。但在后来的社会条件下和认识论文论的演变中，反映与认识的特性和功能被极大地强化了，而艺术实践的特性，以及艺术实践的灵魂即主体精神，则逐渐被遮蔽乃至失落了。因此，理论的发展就需要有一个返归本真的过程，需要特别凸显和强调原本被遮蔽或失落了的方面，因而就有了向实践论理论批评层面的推进。

这一探索拓展趋向所获得的一个重要契机，是 20 世纪 70 年代末展开的关于真理标准的讨论。这场讨论既是新时期思想解放的标志和改革开放的前奏，同时对新时期哲学人文社会科学的创新发展也具有至关重要的意义。因为随着"实践是检验真理的唯一标准"命题的提出以及广泛深入的讨论，"实践"的意义、特性日益凸显出来了，马克思主义的实践论哲学思想，也愈益成为理论界充分关注和争相讨论的热点问题。从 1980 年初以来，哲学界根据马克思《关于费尔巴哈的提纲》《德意志意识形态》等著作中的思想，提出关于"马克思主义的实践唯物主义"命题，并由此展开了一场时间不短、规模不小的讨论。马克思在《关于费尔巴哈的提纲》中说："从前的一切唯物主义（包括费尔巴哈的唯物主义）的主要缺点是：对对象、现实、感性，只是从客体的或者直观的形式去理解，而不是把它们当作人的感性活动，当作实践去理解，不是从主体方面去理解。"[①] "全部社会生活在本质上是实践的。凡是把理论引向神秘主义的神秘的东西，都能在人的实践中以及对这个实践的理解中得到合理的解决。""直观的唯物主义，即不是把感受性理解为实践活动的唯物主义至多也只能做到对单个人和市民社会的直观。"[②] 马克思、恩格斯在《德意志意识形态》中说："对实践的唯物主义者即共产主义者来说，全部问题都在于使现存世界革命化，实际地反对并改变现存的事物。"[③] 有学者认为，可以把马克思主义学说直接归结为"实践唯物主义"；而另一些学者虽然并不赞成作这种简单的归结，但也仍然认为，马克思针对"直观的唯物主义"而提出"实践活动的唯物主义"的命题，以及主张对事物、现实要从人的感性活动、从

---

① 《马克思恩格斯选集》（第 1 卷），人民出版社 1995 年版，第 54 页。
② 以上所引见《马克思恩格斯选集》（第 1 卷），人民出版社 1995 年版，第 56—57 页。
③ 《马克思恩格斯选集》（第 1 卷），人民出版社 1995 年版，第 75 页。

实践、从主体能动的方面去理解的思想，是值得特别重视的。因为这有助于我们克服过去那种对马克思主义唯物论学说的片面僵化的理解，有助于充分发挥实践主体的积极作用，促进现实的变革发展。差不多与此同时，与哲学界的讨论相呼应，美学界也展开了关于马克思主义"实践论美学"思想的讨论。其主旨是从马克思的实践论观点出发，致力于发掘马克思《1844年经济学哲学手稿》等著作中的美学思想，着重围绕"人的本质力量对象化""劳动创造美"，以及美的创造的"合目的性"与"合规律性"等命题加以阐发，从而实现当代美学的创新发展。

正是在这一时代变革背景及理论思潮的影响之下，加上如前所说的试图超越以往认识论理论批评局限的内在要求，文艺理论界也同样表现出对马克思主义实践论学说的极大关注，力图从实践论的视角和意义来重新观照文艺现象，阐释文艺活动的规律，探寻马克思主义文学理论批评的创新发展道路。如果说以往的认识论文论只是从主客体的反映与被反映的相互关系来说明文艺现象，并且偏于强调社会生活的决定性作用，那么，实践论的理论思路及观念，则是把文艺活动作为一个有机的动态系统来看待，其中尤为重视文艺主体的审美价值选择和审美创造的特性与作用。

如果把这一理论思路放到1980年的文艺背景之下来观照的话，那么就可以发现，这种理论转向并不是孤立发生的，而是与当时文艺创作中的实验探索，以及理论界关于文学主体性问题的探讨相关联的。新时期以来，以真理标准讨论为突破口解放思想促进生产力发展，表现在文艺实践上是一系列的实验探索，如朦胧诗、实验戏剧、先锋小说、寻根文学等。不管这些实验探索的实绩如何，至少显示了当时创作主体极力要进行创新实践探索的一种内在要求，而这种文艺实践上的要求，则又迫切希望在理论上得到回应和阐释。正是在这样的现实语境中，同时也是在哲学界关于实践论讨论不断深化的背景下，文论界提出了"文学主体性"命题并展开深入的讨论，引起了人们广泛的关注。文学主体性理论的精神实质，正在于把文学活动作为一个系统来看待，主要从文学活动的主体方面入手，揭示整个文学活动系统的特质。这一理论认为，文学活动并不只是单纯反映、认识生活，而是文学主体的一种更为自觉积极的实践活动方式，其中体现着主体的审美价值选择及对自我实现的追求。由此可见，文学主体性理论恰与马克思所强调的从人的感性活动、从实践、从主观方面来理解事物的思想相暗合，也与当时哲学界讨论"实践唯物主义"、美学界讨论"实践美学"在基本精神上相通，可归于一种"实践论"的探索思路。

当然，虽然文学主体性理论是在实践论讨论的背景下提出并展开讨论的，其基本精神也与实践论相通，但毕竟还不是实践论文论本身的探讨。当代文学理论批评真正推进到实践论层面的比较自觉系统的探讨，应当说是在文学主体性讨论之后，并且从理论逻辑上说，也是在文学认识论基础上的推进与深化。其中较有代表性的，是王元骧先生对实践论文论比较系统的理论探索。他曾在20世纪90年代末著文，对新时期以来我国当代文论从认识论向实践论推进的历程进行反思，认为一个时期以来，出于对实践在社会活动中的重要地位的认识，我国学者以实践的观点切入对文艺理论和美学研究的也日益增多，取得了不少成果。但由于对反映论的认识和态度不同，导致对于实践的理解采取了不同立场。比如，有人采取本体论的立场，即以实践（在有的人那里主要是精神活动的实践）为艺术本体，以此抬高实践而贬低认识，或者把实践与认识对立起来。他认为，这样脱离甚至否定认识来谈论实践，就很容易脱离物质感性世界，使实践成为一种纯精神活动。而王先生则主张采取价值论的立场，他说："我在阐述文艺的实践性时，基本上是持价值论的立场的，即除了把文艺看作反映作家人生实践的价值意识的载体之外，更是从实现文艺审美价值的意义出发去理解文艺的实践性。"[①] 从这一立场出发，他在1995年前后发表了《艺术的实践本性》等一系列论文，致力于用马克思的实践论哲学思想阐释文艺问题，论证文艺的实践特性，阐发了一些颇为深刻的见解。他认为，要全面理解文艺活动的性质，像过去那样仅仅从认识论（反映活动）的视角去研究是不够的，还须向实践论进行延伸。而艺术实践并不是一种与认识无关的纯精神的活动，因为在人的整个活动中，认识与实践作为两种最基本的形式，应该被看作是互相渗透、互为前提的。一切成功的实践都不只是一种合目的性的活动，同时还是一种合规律性的活动，同样受主观目的和客观规

[①] 王元骧：《探寻综合创造之路》，陕西师范大学出版社2000年版，第312—313页。

律的双重支配。以此观照文艺活动，他把文艺活动看作是以目的为中介所构成的认识与实践的双向逆反的流程。① 由此可以看出，他是很切实地从文学认识论推进到实践论，并且把认识论与实践论辩证地整合起来，这种理论思路是富有启发意义的。不过，就王先生对"实践"的理解，以及在价值论立场上如何将认识论与实践论统一起来的理论思路上，笔者以为还有值得商讨之处。② 至于有的学者从本体论的立场来理解"实践"范畴，进而切入对艺术本质特性的观照阐释，如果它并不排斥价值论，而是在本体论的基础上将主体论和价值论统一起来探讨，笔者以为这种理论思路也仍有其价值，目前仍是实践论文论探索的一种路向。

实践论文论在探索发展的进程中，还与另一个理论资源，即美国当代文论家艾布拉姆斯的文学活动系统的理论相贯通。艾布拉姆斯在其代表作《镜与灯》中，从文学批评的角度分析了构成艺术活动的"四要素"，以此构建艺术批评的坐标。按照艺术"四要素"的内在或外在关系，以及这一批评坐标的不同向度，他区分出几种不同的批评理论。艾氏的这一理论在1980年末被译介进来后，引起了我国文论界的极大关注。由于这一理论从宏观上把握文学的基本要素，并构建文学活动系统的框架，与我国当代文论从实践论视角看待和理解文学活动系统的理论思路恰相吻合，因而被纳入实践论文论的视野中。在艾氏理论的参照下，过去那种过于哲学化的"实践论"理论范畴，随之转换成为一种更具有艺术意味的"活动论"的理论范畴，此后一些系统性的理论建构，往往都是在"活动论"的名义下展开的。但不管用什么名称，其理论思路主要是由实践论发展而来，并且也是以实践论思想为内核的。

正是在上述各种因素的共同影响作用下，"实践论"或"活动论"文论形态不断形成发展，乃至被整合纳入一些文艺理论教科书，以此为轴心建构新的文艺学理论体系。如前所述陈传才等编著的《文学理论新编》，童庆炳主编的《文学理论教程》等，都是以"活动论"为轴心所作的理论探索，都可以看作是实践论层面上的探索推进，属于实践论的文论形态之一。目前这种文论形态也仍在继续发展中。

---

① 王元骧:《艺术的实践本性》,《文学评论》1995年第6期。
② 赖大仁:《关于文艺本质特性问题的思考》,《社会科学战线》2000年第3期。

二　马克思主义人学的文学理论批评

如果我们可以把实践作为本体来看待的话，那么按马克思的看法，实践有两个基本要求或质的规定性：一是要求"合规律性"；二是要求"合目的性"。前者指向认识，认识既在实践的基础上形成，同时也为进一步的实践提供前提和依据；后者则指向实践所要达到的目标，即指向价值。对实践的预期来说，目标是一种价值取向；对实践的最终结果来说，目标则是一种价值归宿。因此，实践总是一头联系着认识，另一头联系着价值（可图示为：认识←实践→价值）。价值追寻也许可以说是哲学探寻的永恒的终极的目标。在马克思主义哲学中，其价值论主要表现为人学价值论。并且这种人学价值论始终是马克思主义学说的核心，以致我们几乎可以直接把马克思的理论学说称为"人学"，即关于人类历史发展与人的解放及自由全面发展的学说。[①] 早在马克思青年时代的著作中（如《1844 年经济学哲学手稿》《德意志意识形态》等），即以深刻而独到的哲学思维及宏阔的视野，清晰地描绘了他的人学思路，构建了一个以人学价值论为核心的思想体系。具体来说就是，把"自由自觉的生命活动恰恰就是人的类的特性"作为其人学的逻辑起点；以逻辑和历史统一的思想方法，通过对人的生命活动及其特性的实现与逻辑展开的分析，揭示了人类社会发展过程中分工和私有制产生的必然性，以及所必然带来的人与人的关系的异化；进而探讨了克服和扬弃这种异化，实现人的解放的可能性与现实途径，展望了最终实现人的解放及自由全面发展的美好前景。尽管马克思后来不同阶段的理论研究有不同的侧重，一些概念、范畴的使用也多有变化，但其人学思想的总体思路是一以贯之的。

然而，我们以往对马克思主义哲学思想的理解是存在较大局限性的。原先是仅限于唯物反映论与认识论层面的读解与阐释，进入新时期后才推进到实践论层面的理解与开掘，由此突出了社会生活的实践性，以及实践活动中人的主体性，为解放生产力，为激发人们投身于改革开放实践并充分发挥主动性、积极性、创造性，为改革开放实践中的大胆

[①] 参见赖大仁《马克思主义人学及当代意义》，《广东教育学院学报》1996 年第 4 期。

闯大胆试及各种实验探索提供了理论上的重要支持。但这只解决了实践动力的问题，还未能解决价值目标的问题。因此随着对实践论哲学讨论的逐步深化，对于马克思主义理论学说的进一步开掘，也逐渐推进到人学的层面。从1980年中期以后，我国理论界日渐形成"人学"研究的热潮，其中尤为重视对马克思主义人学思想的阐发，以及对现代西方马克思主义学派中有关人学理论资源的借鉴，借以研究探讨人与人类社会的健全合理发展问题。

在此背景下，文论界也致力于从马克思主义人学思想出发来思考探讨文艺问题，以寻求中国当代文论发展的新思路。当然，这方面的研究也许还不能说取得了多么成熟的理论成果，但这种努力的趋向是显而易见的。如前面提到的王元骧先生就曾经说到，当今的文艺理论建设，最根本的是要形成和确立一个足以反映我们时代要求和民族文化精神、并有能力来整合我们已经积累起来的一切有价值的理论资源的文学观念。他所设想的这个文学观念，就是人学的或具有"人学"内涵的观念，即能把文学与人的生存和价值关系联结起来的观念。他的那篇题为《对于推进马克思主义文艺学在当代发展的思考》的长文，便是致力于将马克思主义文艺学在当代的发展，从实践论层面推进到马克思主义人学的层面进行阐发，力图将马克思主义的认识论、实践论和人学思想加以整合，以求在现代语境中对文艺问题做出全面系统的阐释。[①] 再如一直致力于马克思主义文论研究的陆贵山先生，在他20世纪八九十年代主编的一系列马克思主义文艺理论教材中，都注意加强了对马克思人学思想资源的发掘与人学的文论阐释。尤其是在《文学与人论》《宏观文艺学论纲》等几部论著中，作了更为集中也更系统深入的探讨。比如，他把"人学观点"与"历史观点""美学观点"视为马克思主义文艺理论的三大基本观点，通过对这三大观点的内涵及相互关系的阐释，设想以此为理论基点和理论支柱，构建当代宏观文艺学的理论体系框架，从而将各种文艺问题纳入这一理论框架中加以阐释。[②] 这一理论构想是否周全另当别论，但至少可以看作是马克思主义文艺学向着人学层面的一个拓

[①] 王元骧：《对于推进马克思主义文艺学在当代发展的思考》，《社会科学战线》1997年第5期。

[②] 陆贵山：《宏观文艺学论纲》，辽宁大学出版社2000年版。

展和推进，是富于启示意义的。

从马克思主义人学视角和层面来观照与思考文艺问题，并进行理论探讨，也是笔者一段时间以来所努力追求的。① 从本体论方面来看，笔者一直以为，"文学是人学"这一传统命题，完全可以在马克思主义人学视野中，作为一个文学本体论命题来理解，具体来说就是，文学的本体存在与人的本体存在是一致的，把文艺放到人的生存发展（人生实践）的根基上，与人对自己自由自觉生命活动的观照体悟及对自由解放的追求联系起来思考，就有可能对文艺活动作出比认识论文论或实践论文论更深入切实一些的阐释。倘若我们基于对马克思主义人学本体论的理解，从马克思主义实践论哲学和人学统一的基础上，来理解文艺活动的本质特性，则可以说文艺活动是人的自由自觉生命活动的一种实现方式，是人（民族乃至人类）生存的审美表达方式，具体说就是文艺活动的主体对自身、民族乃至人类生存状况进行审美观照与体悟的一种传达。与实践论联系起来看，则文艺活动既是主体人生实践的一种结果，同时也是这种人生实践本身，是主体的实践选择与审美创造。其次，从价值论方面来看，过去认识论文论既以反映生活为文艺本体，更以认识生活作为文艺的价值目标，然而笔者认为，虽然"认识"也不失为文艺的价值功能之一，但它并非文艺价值功能的全部，更不是终极价值；实践论文论以人的文艺活动实践为本体，以文艺活动中的自我实现为价值目标，应当说这也还没有涵括文艺的价值功能，也仍然没有抵达文艺的终极价值。只有超越社会学的意义，深入人学价值论的层面上，从人的自由自觉的生命活动的本性着眼，以"自由"（在文艺活动中具体表现为"审美自由"）为基本的价值坐标，以人的解放和自由全面发展、追求人性的完善与完美为尺度来看待文艺活动的价值，或许更能切入文艺价值的本质，从而抵近文艺的终极价值。在这方面，西方马克思主义文论的人学研究思路及理论观点，对中国当代文论发展也是有重要启发意义的。

马克思主义人学研究思路，目前还处在初步探索阶段，还有待逐步

---

① 参见赖大仁《从人学基点看文艺精神价值取向》，《文艺报》2000年1月18日；《关于文学本质特性问题的思考》，《社会科学战线》2000年第3期；《关于马克思主义文学批评的当代形态》，《中国人民大学学报》1999年第4期。

展开，可以预料，它将为中国当代文论发展开辟广阔的前景。

第五节　新时期文学理论批评转型探索的成绩及其问题

新时期文学理论批评经过了20余年转型探索的历程，在诸多方面都取得了较大的进展，其成绩是不言而喻的。大而言之，也许可以从以下几个方面来看。

首先，新时期文学理论批评变革和转型的最大成绩，是打破了封闭僵化的理论观念和单一的政治批评模式，解放了思想，激发了文学理论批评的活力，这样才使全方位探寻文学理论批评的转型发展之路成为可能。正是在上述条件下，1980年以来，从文学理论批评方法的探讨到文学理论批评观念、话语的变革，新时期文学理论批评的转型探索，从各个方面和层面不断向前推进，形成多样化或多元化探索发展的局面。这对于我们这样一个刚从"文化大革命"封闭僵化的禁锢中解脱出来，原本理论批评观念、方法和话语就极为单一和贫乏，如今却处于现代化开放发展格局中的文学理论批评来说，这种多元化探索发展无疑是十分必要的。并且从这种探索发展的趋势来看，也逐渐超越浅表层次，越来越切近对文学本体特征和美学规律的把握，这也无疑有助于文学理论批评走向创造性的建设发展。

其次，则是对中国文学理论批评传统全面深入的研究与阐发，一方面使从"文化大革命"中走出的当代文学理论批评极大地开阔了理论视野，同时通过借鉴与吸纳，使文学理论批评传统的历史积淀有可能转化成为当今文学理论批评建设的宝贵资源。

如前所述，在20世纪初文学理论批评转型发展的过程中，就已经涉及对中外文论传统的吸纳与融汇的问题。但在当时的时代条件下，对各种文论传统的研究借鉴显得比较仓促浮浅，比较急功近利，择取中可能也包含着某种片面性。比如对西方文论的学习借鉴，如果说开始阶段涉及面还比较宽，那么后来则比较偏重于近代浪漫主义和现实主义批评传统，而对西方现代文学理论批评的发展则关注不够。关于中国古典批评传统，如前所说，它在20世纪末即已走向终结和寻求现代转换，除了它的某些内在基质仍被承继和转换发展外，作为传统批评形态的理论系统在当时显然不被重视，或许还被置于受批判的地位。倒是马克思主义文论和俄苏批评传统引进后，由于与时代变革潮流相契合，很快为文坛所接受，并与现实主义批评相融合，形成现实主义理论和社会历史批评的主流形态。由于这一主流的文学理论批评形态越来越膨胀，西方文论传统和中国古典文论传统都只能是越来越被挤向边缘；当主流文学理论批评形态完全排斥一切走向封闭的时候，其他文学理论批评传统便被完全放逐，彼此隔绝达几十年。而马克思主义文论传统在中国化的过程中，由于教条化和庸俗化的阐发和应用，实际上也被扭曲，或者被丢弃了它的内在精神。

新时期文学理论批评转型探索中的一项重要内容，就是对三大文论传统的重新认识和研究探讨。其中，对马克思主义文论传统首先是拨乱反正，剥去附加在它身上的种种庸俗化、教条化的阐释，恢复它本来的理论形态，然后是把这一理论形态放到马克思主义世界观和方法论的整体系统中，去把握它的基本精神和发掘它的深刻内涵，从而为当代文学理论批评的系统整合，寻求总体框架和理论基点。在这方面，理论界一直在不懈探索，但也许还不能说已经解决了问题。

关于西方文论传统，虽然在前几十年中也有过一些译介，但真正比较全面系统深入的引进和研究是在改革开放以后，这种研究探讨在很大程度上具有一种"补课"学习的意义。从时段上讲，20世纪中国文学理论批评的转型发展与西方20世纪文学理论批评的发展虽然处在同一时间轴线上，但两者却形成了差不多一个世纪的时代落差。在西方，20世纪被认为是真正进入"批评的时代"，然而我们对于同时代的西方现代文学理论批评却恰恰不予正视，显得极为隔膜。新时期在对外开放的条件下，首先是对西方现代文学理论与批评方法大量译介引进，并展开全面研究探讨。虽然一时显得有些杂乱与浮躁，但这个过程也许是难以避免的，经过一个时期理论研究的深入沉潜之后，收获是丰硕而实在的。这样，我们对西方文论传统的了解便不再是残缺不全的，而是第一次得到比较全面系统的介绍梳理，并且通过比较文学与比较诗学的研究，获得了切实有益的理论参照。

也许正是由于一个时期里，对西方文论的介绍和研究显得过热或过于声势浩大，与中国古典文论的冷寂局面形成了明显的反差，这样就在无形中形成对中国文论传统的挑战和刺激。从另一方面看，西方文论研究要深入下去，要寻求在中国的现实土壤中扎根生长，它也需要寻求与中国文论传统的对话和沟通。即使从中西比较诗学研究的意义上说，比较的双方也需要有大致对等的地位。所有这一切都需要并呼唤中国古典文论研究作出积极的回应。正是在这样的背景条件下，在西方文论研究热潮过去之后，20世纪90年代初以来，沉寂已久的中国古典文论研究也逐渐升温，形成新的理论研究热点。不仅如此，在有些学者看来，对中国古典文论传统不仅仅是一般的研究借鉴而已，也不是如何与别种文论传统对话和沟通的问题，而是要寻求"古代文论的现代转换"，即以古代文论为母体建构新的理论体系。[1] 这种设想是否切实可行，恐怕还有待于进一步探讨，不过这种努力的趋向无疑有利于将继承推进到创造，将发掘性研究推进到开发性研究，从而使中国古典文论研究提升到一个更高的层次和推进到一个新的阶段。

总的来看，新时期文学理论批评的变革与探索，无疑取得了重大进展和可喜的成绩，标志着20世纪中国文学理论批评的现代转型与发展，真正推进到了比较前沿的位置。然而着眼于当代文学理论批评的建设与未来发展，那么它的局限与不足也是显而易见的。

比如，在僵化的理论观念和单一的批评模式打破之后，多元化的探索所带来的多元混杂，以及一定程度上的价值迷乱，恐怕是当今文学理论批评中一个比较突出的问题。造成这种状况可能有多方面的原因，如改革开放之后，各种文论传统和现代批评理论同时展现在人们面前，形成多元纷争乃至冲突的局面，使人感到无所适从；还有在思想充分解放和文学主体性不断强化之后，人们具有了自由探索的广阔空间，但由于缺乏或者拒绝一定的价值导引，使这种自由探索准的无依，难免陷入彷徨困惑；当然，也还包含着极端个体主义及其主体观的膨胀所带来的种种问题。面对这样一种现实，不要说如何去解决它，就是对这种现实如何认识，也存在着较大的分歧。钱中文先生曾

---

[1] 参见张少康《走历史发展必由之路——论以古代文论为母体建设当代文艺学》，《文学评论》1997年第2期；曹顺庆、李思屈：《再论重建中国文论话语》，《文学评论》1997年第4期。

著文明确提出文学批评中的价值取向问题,对于文学批评中的反人文精神、反美学、反价值评判的现象,以及价值取向上的消解性和消极性提出批评,认为文学批评还是应当有最基本的价值导向,当代文学批评应当建构和确立自身正确的价值取向。[①] 但是,当代文学批评界显然也还有另一种看法,认为文学批评本不应有任何确定的价值规范,否则就会妨碍文学批评的自由发展,使批评重新回到封闭和僵化。一些人极力倡导"相对主义批评",其实就是用"相对主义"对抗价值规范和价值选择。在他们看来,存在就是合理,任何批评探索都有存在的权利,一切批评都可以在"相对主义"的旗帜下相安无事和平共处。[②] 如果从维护改革开放和思想解放所带来的学术自由和繁荣发展的局面,以及保护文学批评的生机与活力的意义上说,这样的看法和主张应当说是可以理解的,也是应当予以重视的。但是从另一方面看,当代文学批评如果总是停留在这种多元混杂、价值迷乱的浑沌状态而不能超越出来,就很难有大的发展,甚至会制约整个文学的发展。这是我们必须面对的一个严峻的现实问题。

与此相关的另一个问题是,新时期文学理论批评的变革与探索,几乎已涉及理论观念和批评方法的所有方面,有许多切实的进展和收获。但是从理论形态转型与建构的意义上说却仍存在较大不足,这主要表现为尚未形成比较稳定成熟的新的文学理论批评形态。

前面我们把新时期文学理论批评的变革发展,看作是20世纪中国文学理论批评的第二次转型,是从理论形态转换的总体趋向或总的发展潮流来说的,并不意味着已经实现了这种转换。要真正实现这种转型,恐怕还有较长的一个探索过程。如果我们拿第二次转型与20世纪初的第一次转型进行比较,可以看出新时期文学理论批评的转型,是一种整体方向和风气上的转变。它主要不是由某些特别富于理论创造、构筑理论体系的批评家所代表的,而是整个文学批评界的共同努力所促成的,从而形成一种整体转型的风气和潮流。如果从具体批评形态的转换和建构而言,就让人感到似乎不那么成熟,不那么富有理论成果,迄今为止

---

① 参见钱中文《文学批评中的价值取向问题》,《人民日报》1997年6月19日。
② 参见《文艺争鸣》1998年第1期关于"相对主义批评"的讨论;《文论报》1997年关于"第三种批评""相对主义批评"的讨论。

也还不能说已经形成了某种新的当代文学理论批评形态。因此，第二次转型还需要进一步推进，跨出关键性的一步，即建构适应新时代文学发展要求的新的理论批评形态。为此当代文论界正在进行积极探索，提出了种种建构设想，标志着新时期文学理论批评转型，确实已经进入临界突破的新阶段。

余　论

当代文学理论批评创新建构的几个问题

我国新时期以来文学理论批评的变革发展，在经历了打破僵化格局和走向多元化探索之后，如今面临着如何从多元混杂中走向进一步创新发展和成熟的理论批评形态建构的问题。当代文学理论批评的创新建构，无论在具体的探索途径上有怎样的不同，可能都会面临着一些探索中的实际问题。对其中有些具有普遍性的问题是值得认真思考的。

一是当今文学理论批评的创新建构，是否需要坚持辩证立场与辩证思维的问题。

首先应当充分肯定，新时期以来文学理论批评的创新发展是从打破过去的僵化观念开始的，也是在对各种传统观念的不断突破中探索前进的。在一个较长时期的突破探索中，在很多情况下，我们往往主要站在批判性、解构性的立场，以单向的批判性、拓展性思维，努力去突破乃至否定既有的文学批评观念，努力去发现和开掘过去的理论批评所忽视或被遮蔽的方面，从而提出一些新的理论命题和观念，其中也包括对一些西方现代文学批评观点的引介和阐发。为了引起人们对这些新的理论命题和观念的充分关注与重视，又往往极力对其加以突出和强调，甚至于强调到某种极端，以求达到所谓"片面的深刻"或"深刻的片面"。而当某个理论命题或理论观念谈得过多并且过头，人们已经厌倦，已经不合时宜，则又会转到别的方面乃至另一个极端加以突出和强调，重新提出一些理论命题和理论观点，并努力使其成为新的理论热点。就是在这样一种单向性的、极端化的突破中，或者是在两个极端的摆动中，往往造成文学理论批评突破和探索创新中的顾此失彼。一些理论问题的某一个方面或层面得到了突出和强调，而另一些方面或层面则又重新被忽视被遮蔽，终难形成比较辩证的认识。

例如，针对过去的文学理论批评过于强调文学反映现实生活的特性和社会意识形态功能，为了突破和解构这种观念，于是就提出审美论的观念。在一些理论家那里，还非要把审美绝对化、纯粹化甚至是神圣化，主张文学活动以艺术审美为目标，与现实和意识形态无涉，离政治越远越好。当这种高雅化的纯审美论走向了极端化，走向了象牙塔，走向了审美乌托邦，令人迷醉和自我陶醉之后，则表现为自我疲软和令人厌倦。到20世纪90年代的市场化时期，审美论再难以坚守象牙塔，于是寻求自我蜕变，从高雅跳到世俗。而从世俗化的视角来看待和阐释审美，那么文学审美就成了大众娱乐与消闲，在这种新的审美迷醉之中，文学的其他特性和功能还是被忘却或抛弃了。又比如，过去的文学理论批评很强调文学活动的客体性而忽视主体性，这种片面性和局限性是不言而喻的。在1980年的变革中，文论界提出了"文学主体性"的命题，并展开了广泛的讨论，取得了许多积极的成果。但在讨论中也形成了一种偏向，即为了突出主体性问题的重要，而忽视与文学密切关联着的社会现实这个客体。并且在对主体性的强调中，又特别突出个体性和自我性，沿着这个向度往极端化发展，则走向个体主义、自我中心主义，走向自我膨胀和自我封闭，形成自恋心理。这种偏向从理论本身到文学创作和批评实践都存在，并且至今也还有相当的影响。再比如，过去的文学研究和文学批评比较注重外部研究，注重联系社会、时代、作家等因素来阐释文学作品与探讨文学问题，并且在价值观念上也比较注重文学对于社会人生的意义价值。这种文学观念一度被当作"他律论"的观念而被突破和解构。与之相应的则是极力张扬"自律论"的文学观念，倡导内部研究，即从文学本身出发来研究和说明文学，寻找文学本身的"文学性"和美学价值。这种"自律论"的文学观和研究思路，固然是对"他律论"的补偏救弊，但是完全把"他律"解构掉而崇尚"自律"，或完全抛弃外部研究而走向内部研究，把文学及其文学理论批评自我封闭起来，用文学本身来说明文学，从文学的"自律"来寻找价值，那就难免要生发出"文学何为？""文学批评何为？"的困惑。于是，当今的文学研究又寻求从自我设置的牢笼中跳出来，跳到另一种立场，即泛文学和泛文化批评的立场，乃至将文学本身的特性也置之不顾了。在当代文学理论批评的突破性创新发展中，此类问题还有不少。

实际上，在文学理论批评中，有许多命题本来就是辩证命题。如上面说到的文学的主体性与客体性、个体性与社会性、审美与意识形态、自律与他律、内部研究与外部研究，还有形式与意义、科学与人文、感性与理性、历史理性与人文情感等。由于过去僵化的理论形态把这些辩证命题扭曲了，把一些方面遮蔽了，因此在一段时间里，致力于"纠偏"和突破创新是在情理之中的，一时顾此失彼、矫枉过正也是在所难免的。但是如果长此以往，使这种单向性的突破创新成为一种原欲性的冲动，总是以批判、解构和提出新命题新理论为快慰，总是热衷于以一种理论打倒另一种理论，以一种观念取代另一种观念，就很容易发展成为某种片面性立场和单向性思维定式。这种所谓理论批评创新也不过像狗熊掰苞米，掰了新的丢了旧的，手里始终只有一个东西而不曾多留下一点什么。当代文学理论批评要走向建构，可能就需要克服这种片面性立场和单向性思维定式，回到辩证立场和辩证思维，回到理论命题的辩证要求本身，把这些辩证命题本身被遮蔽了的辩证关系揭示出来，并把这些辩证关系研究得比较清楚透彻，在此基础上寻求各种创新成果的辩证整合。实际上，辩证命题中的辩证关系，不仅包含着彼此对抗的张力，同时也包含着彼此互补互渗实现整合的可能性。比较而言，单向性的突破与解构，单一性地提出某种理论观点并进行极端性的阐发，乃至达到某种"片面的深刻"，可能都是比较容易做到的（当然，这在突破性创新发展的阶段上也是需要的和难以避免的），而要把一个辩证命题所包含的辩证关系认识和论述清楚却是很难的，需要更为深厚的功力。但从理论建构本身的学理性要求来说，又是必须朝此方向努力的，否则就难以形成一个时代比较成熟稳定的理论观念，就难以实现当代文学理论批评的健康与健全发展。

二是当今文学理论批评的创新建构是否需要"寻根"即寻找理论根基的问题。

人们常比喻说"理论之树常青"。一棵有生命的树是有"根"的，其树干枝叶都是从这"根"上长出来的，这些树干枝叶的生命也都来源和依附于它的"根"。同样，一种成熟的文学理论批评也应当有自己的"根"，即哲学的理论根基。应当承认，过去反映论或认识论的理论批评虽然有很大的局限性，但这个理论是有其坚实的理论根基的，它的内在理论逻辑性很强,具有相当的"自洽性",仅就这一点而言,是值得我们重视和思考的。然而,后来一些理论批评的突破和创新,却只注重了对西方文论的理论命题和观念方法进行引介和移植,试图借此来演绎阐释当下的文学问题;或试图将这些外来的理论学说整合到自己的理论系统中来;或寻求重新提出和确立一些理论命题和理论观点进行阐发,往往忽视了理论根基的问题。这些创新探索往往把理论根基悬置或虚幻化了,使得对一些文学理论问题的研究和讨论,处于一种寄生的、悬浮的、无根的状态。

比如说,对现代西方文学批评的引介、阐发与整合,无疑是我国当代文学理论批评突破与创新的重要方式,但是我们在这样做的时候,可能更多是理论命题及研究方法层面上现成地"拿来",而很少遵循着文学观念的思路去追寻其理论根基。实际上,现代西方各家各派的文学批评学说,如精神分析学批评、结构主义批评、阐释学批评、接受美学的理论与批评等,大多都有他们各自深厚的理论根基。而我们在引进的过程中,由于意识形态背景和历史语境不同,就往往把这些理论学说的根基有意无意地遮蔽了或虚幻化了,成为一种"无根"的移植或嫁接。与此相联系,在借鉴这些外来理论或受它们启发提出一些新的理论命题、理论观点进行阐发的时候,恐怕也很少往理论根基的层面上追问,很少考虑理论系统本身的自洽性。因而我们的一些理论总是处于一种学理上的"非结构状态",即看上去营构了一个结构系统,但这个结构系统不是从一个理论根基即逻辑起点上合乎学理逻辑地展开的,因而还是一种"无根"的状态。

当今文学理论批评要走向重新建构,从学界的一些主张来看,大致有这样两种思路,不过这两种思路都面临着一个共同的问题。一种是不少学者所主张的走综合创新的建构之路,即充分吸纳中外古今的各种理论资源,尤其是整合新时期以来理论探索创新的成果进行综合创造,建构具有广泛涵盖面和广阔阐释空间的文学理论批评系统。能做到这样当然再好不过,但问题在于,是否能够找到进行这种有机整合的共同理论基础。如果不能找到各种理论都可彼此通约的共同理论根基,那么,所谓综合创新的建构,就仍将是一种悬浮与无根状态和非结构状态的拼接凑合,难以形成有机的理论形态。而另一种思路则认为,要想建构一种综合各种理论观念和方法，适应各种现实需要的文学理论批评形态，不过是一种良好的愿望和幻想，其实是难以实现的。比较现实的建构之路，还是应当鼓励自由开放的理论探索，自创新说成一家之论。不过，这里同样有一个往理论根基上追寻的问题。其实，多年来各种理论新说也并不鲜见，但往往难以得到普遍认同，原因之一也正在于缺少扎实的理论根基，很大程度上还处于悬浮状态。概言之，当今文学理论批评的创新建构，无论是哪种思路和哪种取向，可能都有一个加强"寻根"的自觉性问题。

三是当今文学理论批评的创新建构，如何面对现实和扎根现实土壤的问题。

理论与现实的关系，始终是文学理论批评发展中的一个重要问题。一方面，理论的生命力应当是来源于现实土壤，它要面对现实存在，要对现实中提出的问题做出应答，要对现实的需求做出回应；而另一方面，理论又理应具有自身的品格，它不应一味地去俯就、迎合、屈从现实，而需要适度从现实中超拔出来，站到历史理性的高度，站在超越性的普遍价值立场，对现实进行审视、诘问乃至批判，从而对现实的发展起到一种理性引领的作用。文学理论批评与文学现实及社会现实之间的关系，同样也是如此。

然而，从一个时期以来文学理论批评创新发展的实际情形来看，可能也存在着某些偏向。比如在有些阶段上，我们过于急切地追求理论批评本身的突破创新与超越性发展，过于急切地追求实现当代文学理论批评的科学化、学科化，因而往往热衷于引进国外现成的理论观念加以阐发与整合，以求快速地实现我国文学理论批评的"更新换代"。这样实际上也就导致比较忽视从我们自身的历史语境和现实要求出发来提出问题和论证问题，导致某些理论创新难免玄虚蹈空。还有一种情况是，我们有些创新性理论过于追求从现实中超拔，过于强调文学自身的价值，极力寻求建构纯粹的"审美论""自律论"的批评理论，而将文学反映现实、介入现实、影响现实变革的观念，完全当作过时的"他律论"观念予以否定解构，其结果只能是促使文学和理论批评本身远离现实。文学和文学理论批评一旦离开了现实的土壤而"超凡入圣"，也就难免丧失生命活力而从"绿色"变为"灰色"。当然问题也还有另一个方面，就是在另一些阶段或另一种情况下，有一些文学理论批评，比如"消闲论"或泛文化研究的理论批评，则又十分轻易地放弃了应有的文化立场，过于认同和拥抱世俗化的现实，从而为消费主义的现实存在作注解和论证，甚至自身就陷入世俗主义的滚滚红尘不能自拔。如果当代文学理论批评的根须过于伸展到这些腐蚀性很强的世俗主义的土壤中去，也很容易丧失理论品格，造成文学理论批评的精神性和功能性的缺失。因此，当代文学理论批评的创新建构，如果不能扎根于现实土壤，或者不能正确面对现实，不能超越世俗化潮流而从现实中汲取现代性精神，也将是难以获得应有的理论品格和持久的生命活力的。

四是关于当代文学理论批评的现代性问题。

中国文学理论批评自从20世纪初走向现代转型发展以来，现代性就成为它的一种内在品格，对现代精神的追求也成为它不断发展的一种内在动力。然而现代性始终是一个历史范畴，是一种不断被赋予历史具体性、内涵不断丰富发展的现代精神。在中国文学理论批评现代转型发展的历程中，这种现代性曾表现为从古典文学理论批评形态和传统文学观念中冲决而出，开拓现代转型发展的道路；表现为积极而广泛地引进、接受、转化国外的各种理论批评学说，并在对这些理论批评资源的消化吸收、模仿整合以及探索创造中，逐步建立起中国现代文学理论批评新的知识形态；表现为这种现代文学理论批评形态紧紧追随着中国新文学和新文化的发展方向，追随着现实主义文艺的发展潮流，同时也追随着中国社会现代化的历史进程，并在促进这一发展潮流及历史进步的过程中实现和确证自身的价值。进入新时期，中国文学理论批评的现代精神重新觉醒，一方面表现为重新积极而广泛地引进、接受、转化国外的各种理论批评学说，从中获得世界性的现代视野、现代眼光和现代学术滋养，其意义自不待言；另一方面，则表现为对既往理论的自觉反思、突破与解构。因为从现代性的辩证发展规律来看，过去曾经属于现代性的东西，在现代化进程的新阶段就可能不具有现代性，甚至成为相悖的东西了。更何况在经历了一个思想僵化和文化专制的时代之后，曾经具有的现代精神也早已失落了。不过问题在于，当代文学理论批评的现代性追求，是否仅仅表现为对西方文学理论批评新潮的不停追逐，以及对本土理论批评传统的不断解构？从一段时间的现实情况来看，不少人确实对引介国外理论新说表现出过于高涨的热情,对解构本土理论批评传统表现出难以抑制的冲动。然而当今更为需要的,恐怕还是呼应当今社会现代化发展和文学自身发展的要求,致力于综合创新和重新建构,尤其是重建中国文论的现代理性精神。坚持这样一种现代性追求,也许可以说是当代文学理论批评创新建构的一个基本前提。

五是关于当代文学理论批评的学科化问题。

中国文学理论批评在现代转型发展的进程中,追求体系化、学科化、科学化始终是它的一个目标,并且也在某种程度上取得了一定的成效,建构了一定的理论体系,比如"认识论"及社会历史批评的理论体系。但是,当经历了一个时代的变革,进入新时期后进行理论反思,就发现这个理论体系的局限性或某种非科学性,实际上不利于文学的发展,于是就对这个理论体系进行突破和解构,并寻求多向度的探索创新。在这个过程中,当代文学理论批评一方面是进行解构,另一方面则要致力于建构,即重建当代文学理论批评的学科体系。钱中文先生曾把文学理论自身的科学化,文学理论走向自身、走向自律、获得自主性,看作当代文论现代性的表现之一。① 但问题在于,应当如何理解和看待文学理论批评的自主性和自律性,如何实现当代文学理论批评的学科化。钱先生主张以现代新理性精神来推进当代文学理论的学科化建设,这是笔者所深为认同的。但值得注意的是,理论批评界也存在另外一些观念,比如把文学理论批评的自律性和学科化建构,理解为走一条与原来"认识论"文论及社会历史批评完全相反的道路,即无须顾及文学的外部关系(有的将此归结为"他律论"),而只着眼于文学的内部关系,只注重进行文学的内部研究。如果这样也显然是有问题的。笔者以为,对于原来的"认识论"文论及社会历史批评,也不应只是简单地解构和背弃,而是应当进行扬弃与超越,在此基础上整合新时期探索创新的成果,按照文学本身的"存在"状态,全面认识文学的内部关系与外部关系,才有可能真正把握文学的本真规律,实现当代文学批评的科学化和学科化建构。

---

① 钱中文:《文学理论现代性问题》,《文学评论》1999 年第 2 期。

主要参考文献

《马克思恩格斯选集》，人民出版社1995年版。
《毛泽东选集》，人民出版社1991年版。
《鲁迅全集》，人民文学出版社1981年版。
《中国近代文论选》（上、下册），人民文学出版社1959年版。
《中国新文学大系·建设理论集》，上海文艺出版社1981年影印本。
《中国新文学大系·文学论争集》，上海文艺出版社1981年影印本。
《梁启超选集》，上海人民出版社1984年版。
《王国维文学论著三种》，商务印书馆2003年版。
《李大钊选集》，人民出版社1959年版。
《瞿秋白文集》，人民文学出版社1953年版。
《冯雪峰论文集》，人民文学出版社1981年版。
《周扬文集》，人民文学出版社1984年版。
《胡风评论集》，人民文学出版社1985年版。
《李健吾文学评论选》，宁夏人民出版社1983年版。
《郁达夫文集》，花城出版社、香港三联书店1982年版。
《茅盾文艺评论集》，文化艺术出版社1981年版。
《闻一多全集》，湖北人民出版社1993年版。
《徐志摩选集》，人民文学出版社1983年版。
《朱光潜全集》，安徽教育出版社1992年版。
周作人：《自己的园地》，北新书局1923年版。
周作人：《中国新文学的源流》，华东师范大学出版社1995年版。
郭沫若：《文艺论集》，《文艺论集续集》，人民文学出版社1979年版。

梁实秋：《浪漫的与古典的文学的纪律》，人民文学出版社 1988 年版。

巴人：《文学论稿》，新文艺出版社 1954 年版。

温儒敏：《中国现代文学批评史》，北京大学出版社 1993 年版。

黄曼君主编：《中国近百年文学理论批评史》，湖北教育出版社 1997 年版。

钱理群等著：《中国现代文学三十年》，北京大学出版社 1998 年版。

［斯洛伐克］玛利安·高利克：《中国现代文学批评发生史》，陈圣生等译，社会科学文献出版社 1997 年版。

柯庆明：《现代中国文学批评述论》，台湾：大安出版社 1987 年版。

张双英：《中国文学批评的理论与实践》，台湾：国文天地杂志社 1990 年版。

许道明：《中国现代文学批评史新编》，复旦大学出版社 2002 年版。

郭延礼：《中国近代文学发展史》（第 1—3 卷），山东教育出版社 1990—1993 年版。

唐正序等主编：《20 世纪中国文学与西方现代主义思潮》，四川人民出版社 1992 年版。

唐明邦主编：《中国近代启蒙思潮》，江西人民出版社 1993 年版。

叶嘉莹：《王国维及其文学批评》，广东人民出版社 1982 年版。

徐舒虹：《五四时期周作人的文学理论》，学林出版社 1999 年版。

张德祥：《现实主义当代流变史》，社会科学文献出版社 1997 年版。

汤哲声：《中国文学现代化的转型》，南京大学出版社 1995 年版。

吴中杰：《中国现代文艺思潮史》，复旦大学出版社 1996 年版。

马良春、张大明等：《中国现代文学思潮史》，北京十月文艺出版社 1995 年版。

钱中文：《文学理论：走向交往对话的时代》，北京大学出版社 1999 年版。

陆贵山：《宏观文艺学论纲》，辽宁大学出版社 2000 年版。

王元骧：《探寻综合创造之路》，陕西师范大学出版社 2000 年版。

后　记

关于本著写作的缘起，或许要从大约二十年前说起。1994 年，我所在的学科获得文艺学硕士学位点，我开始在文学理论与批评方向指导研究生和讲课，其中有一门中国现代文学理论与批评课程是我开设的。当时选作教材和教学参考书的，有温儒敏先生刚出版不久的《中国现代文学批评史》，黄曼君先生主编的《中国近百年文学理论批评史》，马良春先生等著《中国现代文学思潮史》，还有斯洛伐克学者玛利安·高利克著《中国现代文学批评发生史》等。上述著作体例各不相同，温儒敏先生所著主要是批评家论，通过对一些有代表性的文学理论批评家的个案研究，串联起来成为一部中国现代文学批评史；黄曼君先生主编的是一部近百万字的通史性著作，资料丰富论述全面；马良春先生等所著是偏重于对中国现代文学思潮发展演进历史的描述与论析；玛利安·高利克先生所著则是主要着眼于对中国现代文学观念发生的考察与评述。这些著作各有特点和学术成就，能够从各种角度给我们提供有益的启示。

按照研究生教学的基本要求，教师不应只是照本宣科讲述某门学科的理论知识，还应当努力和学生一起进行研究性、探讨性学习。因此，我在向学生推荐介绍上述教学参考书的同时，也努力想在自己的教学中有某些新的探究性讲法，有一些自己的认识思考，在讨论式教学中与学生共同学习探讨。我所选取的一个稍有些新意的视角，就是试图从文学理论批评现代转型的角度，对中国现代文学理论批评的发展进程进行历史观照与理论思考。促使我形成这样一种视角和思路，大致有三个方面的原因。一是当时我刚做完一个教育部人文社科研究项目"文学批评形态研究"（1997 年完成，作家出版社 2000 年出版），对文学批评形态问题有一些理论思考，可以运用到对中国现代文学批评的观照与认识思考上来。二是20世纪90年代中期，我国文论界正热烈讨论文学与文学理论批评的"现代性"问题，我对这一问题也很关注并有所思考，感到对于这种"现代性"问题的认识，应当放到中国现代文学及理论批评现代转型发展过程中来，才能得到更切实的理解和认识。三是当时文论界开始兴起关于"失语症"问题的争论，有学者认为，从中国现代到当代文学理论批评，由于一方面过于激烈地反传统，导致了古代文论传统的"断裂"；另一方面则是过多受到外国特别是西方文论的影响，导致了中国现代文论到当代文论的"失语"。对于这种认识判断，学界有各种不同的看法，我也有些自己的理解和思考，感到还是需要把这些现象放到中国社会文化现代转型发展的时代条件下来认识，才能看得更清楚一些。

我对中国文学理论批评的现代转型发展，主要有以下几点认识思考。第一，在20世纪中国新文学发展的整体格局中，中国文学理论批评发生了两次根本性的、具有全方位意义的大转型：第一次发生在20世纪初，由古典文学理论批评形态向现代文学理论批评形态转换，在经历了短时期的理论批评形态多元化发展之后，逐渐归于以现实主义理论和社会历史批评为主导的文学理论批评形态；第二次发生在新时期以来，主要是打破单一僵化的政治化理论批评模式，走向开放性、多元化的探索发展，并寻求重新建构适应新时代和新文学发展要求的文学理论批评形态。第二，在20世纪以来中国文学理论批评的现代转型发展进程中，始终是在破、引、建三者交织互动的作用下变革发展不断推进的。所谓"破"，就是努力破除过去旧的已经不能适应新时代要求的理论模式，寻求文学理论观念的变革。所谓"引"，就是积极引进国外特别是西方各种现代文论资源，努力拓宽理论视野获得启示借鉴。这既是破除旧的理论观念与模式的需要，也是重建新的理论观念与范式的需要。所谓"建"，就是在破除过去旧的理论观念和模式的同时，寻求新的文学理论观念与范式的重建。应当说，无论是中国现代还是当代文学理论批评，都多有与时俱进的理论创新和拓展，并不是像有些人眼中所看到的那样"一地鸡毛"毫无可取。第三，20世纪以来中国文学理论批评的现代转型发展，也不能简单说就是"断裂"或"失语"。至少从价值论批评的角度来看，在中国文学理论批评的发展进程中，始终贯穿着以社会功利为主导价值取向和以艺术审美自由为主导价值取向的两大潮流，彼此既有对立冲突，也有相互交织与融合，形成不同时代此消彼长的发展轨迹。在中国古典文学理论批评中，表现为政教中心论与个体审美论之间的对立冲突与融合；到中国现代文学理论批评中，则转换为社会改良、思想启蒙和民主革命为内涵的社会功利主义，和追求人的个性解放与自由发展为内涵的审美主义之间的对立冲突与融合。这种历史性的变革与转换，既有反封建传统的革命性意义在内，同时也有中华美学精神的内在传承在其中，这种复杂性是值得辩证认识和分析的。第四，无论中国现当代文学还是文学理论批评，最重要的应当说还是"现代性"问题。这种"现代性"既受到西方现代性思想的影响，同时又具有中国社会现代变革转型的特定时代要求；它既诉诸每个人的主体自觉，同时也诉诸全民族的主体觉醒；它既需要个体面向自我的灵魂自省，同时也需要群体面向社会的思想启蒙。因此可以说，这是一个极其重大的时代命题，也是一个极为复杂的现实问题。在这个问题面前，近现代以来几乎所有知识分子都无不以各种方式探寻求索，其中当然也包括文学和文学理论批评方面的探索。从中国现代到当代的文学理论批评，都鲜明体现了这种现代性启蒙探索的积极努力和成效，当然同时也还有毋庸讳言的时代局限性。直至今日，我们或许还不能说，这种现代性启蒙的历史任务已经完成。无论是从社会文化形态还是文学及文学理论批评而言，真正意义上的现代转型都还是未竟的事业，都还行进在路上。从历史的观点来看，20世纪中国社会文化和文学发展中的现代性探寻，以及文学理论批评现代转型发展的历史进程，都是值得认真观照和研究的。对其如何总结评价又当别论，至少这种历史观照可以为我们今天的现代性反思提供一种参照和借鉴。

基于上述基本认识，一方面我把这些认识思考融入课程教学之中，与学生一起学习探讨；另一方面也作为自己接下来要做的研究选题，进一步深入探究，后来以"20世纪中国新文学发展的基本经验与教训——20世纪中国文学批评转型研究"为题，申报了国家社科基金项目。项目获得批准后，经过几年的努力，发表了一些阶段性研究论文，写出了20多万字的书稿，提交审核后批准结题。由于当时一方面缺少出版资助经费，另一方面也自感书稿还比较粗糙，有待加工打磨得更像样一些，于是就把提交出版之事拖延搁置下来了。后来一直忙于做别的课题研究，以及工作事务繁忙无暇顾及，也就没有再费心思和工夫去处理此事。不过，这些年来，在我承担的中国现代文学理论与批评这门课程的教学中，一直还是以此为讲稿，在教学研讨中实现其价值。如今适逢我校文学院积极支持学术著作出版，本著得以纳入出版计划之中，免得自己多费周折，实为幸事。借此机会，谨对学校及文学院的积极帮助，对出版社的热情支持，以及编辑陈肖静老师编审拙稿所付出的辛劳深表谢意！

此外还要略加说明的是，虽然如上所说一直期望能有时间对书稿进一步加工打磨，但实际上总是有应付不完的各种任务，因此也总未能如愿把它加工修改得更好一些。拙著中粗疏或错误之处在所难免，敬祈各位读者同仁不吝指教，谨再次深表谢意！

赖大仁
2017 年 2 月